www.tredition.de

AF176859

H.R. Sebastian

Old Hansen oder 7 Tage eines Mannes aus der Nachbarschaft

www.tredition.de

© 2018 H.R. Sebastian

Verlag und Druck: tredition GmbH, Hamburg

ISBN
Paperback: 978-3-7469-9115-3
Hardcover: 978-3-7469-9116-0
e-Book: 978-3-7469-9117-7

H. R. Sebastian

Für alle, die mich in meinem Leben begleiten, mir Kraft und Liebe schenken und somit unwissentlich Ihren Anteil an diesem Buch haben,

Danke

Vorwort

Nichts ist vollkommen, vor allem nicht die Berührungen mit dem Leben anderer Menschen. Wir können froh sein, wenn wir in unserem eigenen Leben ein bis zwei wahre, lange, intensive Berührungen mit Menschen haben, die uns so aus der eigenen Bahn werfen, dass wir auf einer dritten landen. Wie können wir andere Menschen erforschen, wenn wir für uns selbst ein unerforschtes Gebiet bleiben?

Jedes Leben ist bruchstückhaft, keines ist am Ende gespickt mit verlorenen Details, sondern eher eine Melange aus Lücken und großen Feldern, die mal bunt erblühen oder im brachen Grau liegen.

Hansens Geschichte bemüht sich nicht um eine genaue Widerspiegelung der heutigen Gegenwart, sondern soll einfach einen Menschen darstellen, der in seiner gegenwärtigen Situation lebt und für das ganz Große keinen Blick übrig hat, weil er mit seiner kleinen Welt zu beschäftigt ist, so wie es jedem Einzelnen jeden Tag ergeht. Erst wenn in der eigenen, kleinen Welt alles in Ordnung ist, kann man sich auch an deren Grenzen wagen.

Tag 1, Sonnabend, Der Weg ins Alleinheim

Endlich war sie gestorben. Hansen fiel über die Leiche seiner Frau her, um die letzte Wärme aufzunehmen, die sie verströmte. So lange hatte es gedauert. Endlich war es geschehen. Sie war gestorben. Endlich, endlich, endlich.

Hansens Schmerzen verschwanden mit jeder Minute, die verging, seit die Ärzte ihm den ausgefüllten Totenschein übergeben hatten. Nun war es amtlich bestätigt. Sie würde nicht mehr zurückkommen. Und sein Herz lachte, es jauchzte vor Freude. Sie war tot, endlich, endlich, endlich.

Er gönnte es ihr, denn genau wie er hatte sie seit sechs Jahren gelitten. Jetzt begann für beide eine friedliche Zeit. Hansen und seine Frau hatten sie herbeigesehnt. Doch immer standen ihnen die Entscheidungen anderer gegenüber, die der Kinder, der Ärzte, der Nachbarn, immer funkte jemand mit Moral dazwischen. Und schlimmer noch, die Gefühle der anderen.

Sie selbst hatten schon vor fünf Jahren geplant ihrem Leben ein angenehmes Ende zu bereiten. Doch es war schwierig. Welcher Selbstmord einer Todkranken sieht nicht wie Mord aus? Hansen hatte sich belesen, meistens in irgendwelchen Büchern aus der Bibliothek, einmal quer durch alle Genres, aber alles war zu kompliziert. Er wollte seine Frau nicht aktiv töten, und seine Frau sich selbst auch nicht. Diese Art zu töten vermochte nur der Zufall. Doch wie konnte man ihn herbeirufen?

Gern hätte Hansen es gekonnt seiner Frau etwas zu viel von den Medikamenten einzuflößen oder besser zu wenig, aber der Pflegedienst hatte alles im Blick, auch wenn der meist nur flüchtig war. Gründlich arbeitete er trotzdem, da konnte man nicht meckern.

Und so fügten sich Hansen und seine Frau in ihr Schicksal, das sie leiden ließ. Sechs ausgedehnte Jahre lang und dabei waren sie schon überdurchschnittlich alt gewesen, als Hansens Frau ihre Diagnose bekam. Sie hatten sich angesehen, waren aus der Praxis marschiert, um spazieren zu gehen, einfach um einen Weg zu nehmen, den sie schon kannten, den sie beide so oft beschritten hatten, ihre tägliche Runde, einen sicheren Weg, der sich langsam auflöste.

Am Ende stand der Entschluss es mit der Medizin zu versuchen, wohl vor allem aus Angst. Hansen wollte nicht wirken als wäre er froh darüber, dass sie sterben würde, und sie, weil sie ihn nicht alleine lassen wollte. Kurzum stand ihnen ihre Liebe im Weg, das verdammte Glück, das sie seit siebzig Jahren einfach nicht los lassen wollte. Und falls es mal Probleme in dieser langen Zeit gab, dann hatte es meist nur etwas mit Geld zu tun und so waren es eigentlich keine.

Sie ergriffen also die Möglichkeit, die man ihnen bot und rutschten unversehens in die erste wirkliche Herausforderung ihres Lebens. Vertrauensvoll zu Menschen waren sie schon immer.

Also, was sollte schief gehen?

Hansen erinnerte sich nicht mehr an die vergangenen Jahre. Er freute sich nun auf das Kommende. Zum ersten Mal würde eine Woche damit beginnen wie er es sich stets herbei gesehnt hatte. Ein Bild hing in seiner Galerie, der Galerie in seinem Kopf. Hansen hatte sie tief in seinen Kopf gebaut und immer wenn die Tage besonders schlimm waren, setzte er sich in sie hinein und betrachtete das Bild an dem er so lange gemalt hatte.

Hansen trat vom Bett zurück, besser gesagt, zog man ihn. Zwei Pfleger nahmen das Bett samt seiner Insassin mit und erklärten kurz was mit seiner Frau nun passierte. Abstriche, Waschen, Sarg, Krematorium, Friedhof. Er nickte nur, lächelte und versuchte daraus kein Lachen werden zu lassen. Am Ende hätte man ihm doch noch Mord vorwerfen können, so kniff er sich kräftig in den rechten Oberschenkel und legte eine betreten, dreinschauende Maske auf sein Gesicht.

Ein letztes Mal sah er seine Frau und er hätte es lieber gesehen, wie sie in einer venezianischen Gondel aus dem Krankenhaus direkt in den Himmel oder den Ort des Paradieses geschippert wäre. Doch der Pragmatismus verbot solche Wünsche, wer hätte das auch bezahlen wollen? Plötzlich stand ein Arzt vor ihm und redete auf ihn ein. Am liebsten hätte Hansen ihm eine gescheuert, dafür dass er nicht den Mumm gehabt hatte seiner Frau den Hahn eher abzudrehen. Er wusste nicht genau, ob die Geräte und Medikamente heutzutage heilen sollen oder den Patienten schröpfen. Hansen plädierte innerlich für letzteres, die Geschichte seiner Frau sprach eindeutig für seine Vermutung. Niemand darf mehr sterben, demnächst wird man sich noch seinen Todestag aussuchen dürfen. Mitspracherechte überall.

Das alles bereitete Hansen nun doch wieder Kummer und er stand inmitten des Krankenzimmers, dass ein schrecklicher Todesort war.

Irgendjemand schrie ihn an.

«Papa, was machst du denn? Wieso schlägst du den Arzt?»

«Lassen sie gut sein, er steht wohl unter Schock. Ich komm dann später noch mal zu ihnen.»

«Entschuldigung. Bist du verrückt? Du kannst doch nicht dem Arzt die Fresse polieren. Sag mal hörst du mich überhaupt? Papa?»

Hansen hörte und seine Hand brannte noch immer von dem Schlag ins Gesicht des Arztes, der ihm schließlich doch herausgerutscht war, aber er wollte nicht mit seinen Kindern sprechen, von denen er sich immer mehr Menschlichkeit erhofft hatte. Allein es ging ums Geld und da hören Beziehungen plötzlich auf. Also schwieg er weiter und bereitete seinen Kindern zusätzliches Kopfzerbrechen. Eigentlich hatte er das Gefühl, dass er gehen müsste, also ging er los und verließ das Krankenhaus. Er machte keine Umwege, sondern ließ sich mit einem Taxi nach Hause fahren. Hansen hatte einen Plan und mit diesem ging er auf den Dachboden seines Hauses.

Der Speicher war fast leer. Zu Beginn der Krankheit seiner Frau hatten sie sich schon darum gekümmert, alles Gesammelte loszuwerden. Manches war Müll, manches verschenkbar, manches zum Vertrödeln. Hansen hatte dafür gesorgt, dass alles so schnell wie möglich verschwand. Jetzt war er froh darüber, dass er diese Aufgabe schon so früh erledigt hatte. Nun gab es nur noch die wenigen Sachen seiner Frau, die er in Kisten packen musste. Also holte er das letzte was noch auf dem Dachboden zu finden war herunter, ein halbes Dutzend zusammengelegter Umzugskisten.

Im Wohnzimmer kniete er sich auf den Fußboden und begann die Kisten zu falten. Nebenbei überlegte er, ob er alles weggeben wollte oder ein paar Sachen als Erinnerung behalten könnte. Doch Hansen wurde, durch das Rudern zwischen den Gedanken und der Konzentration, die das Falten einforderte, schnell müde. Unvermittelt legte er sich auf das Sofa, deckte sich mit einer Tagesdecke zu, schlief ein und hoffte im Schlaf, dass man ihn doch bitte vergessen möge.

Noch immer war es Sonnabend, als Hansen munter wurde. Er schaute auf seine Armbanduhr und es war fast zwölf. Mittagessen, dachte Hansen. Er konnte nicht spüren, ob er Hunger hatte, also legte er erst einmal die Tagesdecke zusammen und platzierte sie über die rechte Sofalehne, streifte ungeschickt die letzten Falten heraus, beließ es schließlich dabei und widmete sich erneut dem Falten der Kisten.

Die Kisten standen wie Bauklötzer auf dem Teppich und glotzten ihn an. Hansen verharrte und Erinnerungen verhinderten weitere Schritte. Hansen versteckte sich in einem warmen Kokon und verweilte einige Minuten, denn endlich hatte er Zeit für Träume und die schönen Geschichten mit seiner Frau, die größer waren, als die schlechte Trauerserie der letzten Jahre. Es war auch nur die geballte Aufmerksamkeit des persönlichen Pechs, das sie beide geschafft hatte. Pech waren sie einfach nicht gewohnt. Und schon war Hansen wieder bei den Menschen, die das Ende dieser Geschichte erst so lange hinaus geschoben hatten. Doch was sollte er tun? Sie alle umbringen? Keine schlechte Idee, aber eine schlechte Lösung.

Ein Klingeln an der Haustür ließ den Kokon platzen und Hansen hatte sich nicht verwandelt, denn er war immer noch derselbe.

„Hallo, Papa."

Hansens jüngstes Kind stand vor ihm. Auch schon pensioniert, dachte er. Es kann nicht gesund sein, dass sich Eltern und Kinder noch im hohen Alter begegnen. Aber so ist das Leben.

Hansen konnte nicht antworten, sein Kind fiel ihm in die Arme und heulte los. Er fühlte sich nicht wohl, denn er verschwand fast vollkommen im Körper seines Kindes. Noch so ein Nachteil.

Er klopfte seinem Kind beruhigend auf die Schultern, zog mit der anderen Hand sein Taschentuch aus der Hose und tupfte die Tränen weg. Er wusste genau wie man das machen musste, denn er hatte in den letzten Jahren viele Tränen getupft. Er fühlte sich beklommen, ja eingeklemmt. Wieder musste er sich um das Leid der anderen sorgen. Wieder geriet sein Leben in den Hintergrund. Und dabei wollte er sich gerade ein Spiegelei braten, dazu Kaffee schlürfen, Kulturradio hören und aus dem Fenster glotzen, denn er wusste schon gar nicht mehr wie das ging. Doch dazu kam es nicht, denn die Türklingel schrie erneut.

Hansen öffnete. Kind eins und zwei standen vor ihm. Sie hatten Kuchen mitgebracht, viel Kuchen und ein verführerischeres Brot, was nur bedeuten konnte, dass es viel zu besprechen gab. Hansens gute Laune verzog sich nun endgültig.

Seine Kinder kümmerten sich um alles. Tisch decken, Kaffee kochen, Heizung andrehen, Kuchen verteilen, einen Stift holen, aber keiner machte ihm sein Spiegelei. Hansen schwieg und hörte sich die Erklärungen zur anstehenden Bürokratie an. Mit einer Unterschrift bestätigte er wenig später seine Abschiebung ins Altersheim, sein Testament, seine Entmündigung. Was er aber ganz genau behielt, war das Datum seiner Einlieferung ins „Abendland", so hieß sein neues Zuhause. Hansen hatte eine knappe Woche Zeit sein Bild aus der Galerie zu holen und es in die Wirklichkeit zu kopieren. Um dies so schnell wie möglich umzusetzen, tat er eben alles nötige, damit seine Kinder verschwanden. Er liebte sie, aber sie hatten gerade keine Ahnung von ihrem Vater. So wie er in bestimmten Zeiten keine Ahnung vom Leben seiner Kinder hatte.

Diesmal täuschten sich die Kinder jedoch nicht. Auf sie wirkte ihr Vater etwas angeschlagen, genervt und trübtassig. So gönnten sie ihm seine Ruhe, im Wissen darum, dass sie alles unter Kontrolle hatten. Sie schlurften gewichtig aus dem Haus, winkten, ohne sich umzudrehen, dem alten Mann zu, stiegen in ihre Autos und fuhren ihrer Wege.

Endlich briet das Spiegelei in der Pfanne, besser gesagt vier. Hansen hatte auf den Kuchen verzichtet, konnte jedoch notfalls auf ihn zurückgreifen, da er im Kühlschrank schlummerte. Seine Kinder wollten ihn nicht wieder mitnehmen und wiesen auf ihre Körper hin. Ja, sie waren dick geworden, was wahrscheinlich damit zu tun hatte, dass sich alle drei im selben Jahr scheiden lassen hatten und sich seitdem regelmäßig trafen, um sich gegenseitig zu betrauern.

Manche tranken dabei Alkohol oder nahmen Drogen. Seine Kinder frönten dem Essen. Auch keine bessere Lösung, fand Hansen. Aber was sollte er machen? Seine Kinder waren über das Erwachsenenalter weit hinaus und so war er doch froh, dass er endlich alleine war.

Der Sonnabend ging in sein letztes Drittel als Hansen endlich in der Küche am Tisch saß und die vier Spiegeleier auf jeweils eine Scheibe Brot legte. Dann schnitt er Tomaten klein und legte die Stückchen auf die Eier. Noch etwas Pfeffer, Salz und getrocknetes Schnittlauch rundeten den Geschmack ab. Zuletzt legte Hansen auf jede Stulle noch eine Scheibe Gouda und dann wanderte alles für ein paar Minuten bei 150 Grad in den Herd. Die Wartezeit nutzte er für das Ansetzen einer Tasse Kaffee. Und da Hansen seinen Kaffee immer türkisch trank, dauerte dies auch nicht lang, denn der praktische Wasserkocher verkürzte den Vorgang unheimlich. Lange hatte sich Hansen gegen so eine technische Neuerung in seinem Haushalt gewehrt, bis sein geliebter Tauchsieder fast einen Brand im Haus entfacht hätte. Erst da löste er diese Liebe auf und arrangierte sich mit der neuen Beziehung. Den Tauchsieder hatte Hansen aber behalten und ihm einen Ehrenplatz in der Garage geschenkt. Unbeeindruckt von diesen Gedanken piepte der Wasserkocher eifersüchtig dazwischen und Hansen füllte zwei Teelöffel Kaffee in seine Lieblingstasse, schüttete das brühend heiße Wasser darüber, dann einen Schluck Milch und zwei Stück Kandiszucker. Mit dem Löffel rührte er alles um und ließ ihn in der Tasse stehen. Dann stellte Hansen die Tasse auf den Küchentisch und er war stolz auf sich, weil er nicht gekleckert hatte. Nun setzte er sich an den Tisch und umschloss die Tasse mit seinen Händen, die ein bisschen ausgekühlt waren und wartete auf das Essen.

Hansen bemerkte wie langsam die Zeit dabei verstrich. Sein Leben stürzte in einen befriedigenden Beschleunigungsentzug, was so rasant passierte, dass ihm fast schwindlig davon wurde. Also steuerte er dagegen und schaltete das Radio ein. Hansen hatte noch eines dieser alten Röhrenholzgeräte in der Küche stehen, eines der wenigen Dinge, die noch von seinen Eltern übrig geblieben waren. Das Einstellen eines Senders therapierte ihn von den Zeitanpassungsschwierigkeiten. Es knarzte und kratzte in dem Lautsprecher und ferne Wellen wehten leise Töne herbei, bis eine Welle klare Töne in seine Ohrmuschel spülte. Hansen erkannte das Stück sofort, der fröhliche Landmann, leider kam der gerade Zuhause an und die Nachrichten ergriffen das Wort. Hansen stellte leiser, Katastrophenschutz. Außerdem war das Essen fertig. Er nahm einen guten Teller aus dem Küchenbuffet seiner Großmutter und legte Silberbesteck auf den Tisch. Dann holte er die vier dampfenden, miteinander verklebten Stullen vom Ofenblech und servierte sich sein Essen. Hansen setzte sich auf den Platz seiner Frau, weil er einen besseren Blick aus dem Fenster bot. Draußen passierte der Wind gerade das Gartentor und schlug es hinter sich zu. Der Knall war selbst in Hansens Küche zu hören und der Wind schien äußerst wütend zu sein, denn er kehrte in den Garten zurück. Nun trat er die letzten Blumen nieder und ließ den Wetterhahn auf dem Geräteschuppen durchdrehen. Hansen mochte es, wenn die Natur ihre natürliche Fassung verlor und einfach mal ein Arschloch war. Seine Gedanken erlaubten ihm in solchen Worten zu denken, denn in seinem Alter durfte man nicht mehr ausfallend in Gesprächen werden. Seine Frau hatte das nie gestört, ihre Sprache kam von Herzen und sie machte sich nichts daraus, wenn die anderen Leute ihre Nase rümpften und der Ausdruck nicht stimmte. Manchmal sind Schimpfwörter genau das passende Argument, um eine Sache zu beschreiben. Hansen lachte vor sich hin und schnitt die zweite Stulle klein. Der Käse klebte widerspenstig am Besteck, vielleicht hätte Hansen doch lieber das Edelstahlbesteck benutzen sollen, dass konnte er wenigstens in die Spülmaschine stecken. Allein, Hansen störte sich nicht an diesem kleinen Umstand. Dafür verfügte er einfach über zu viel Zeit und schließlich gab es auch hierfür eine Lösung, die bereits in seinem Kopf auf Abruf stand.

Die Stullen füllten nach und nach Hansens Magen und als das letzte Stück seinen Magen vollkommen verschlossen hatte, lehnte sich Hansen zurück und rieb sich seinen Bauch. Er wusste nicht mehr, wann er sich das letzte Mal so voll gefressen hatte. Beim Essen hatte er sich in den vergangenen Jahren stets zurückgehalten, zum Wohle seiner Frau, die auf einiges verzichten musste. Durch diese solidarische Essaskese war Hansen deutlich schlanker geworden. Eigentlich lebte er in der Zeit der Krankheit viel gesünder, als alle Jahre zuvor. Mit 96 Jahren hätte er es sicherlich noch mit einem 87jährigen aufnehmen können. Und er dachte an seine Jugend, als er so oft Sport gemacht hatte. Fußball, Volleyball, Rudern, das alles bevor es mit der Verantwortung losging. Sechsundsiebzig Jahre Verantwortung. Und jetzt endlich war er sie los geworden, denn andere hatten sie nun am Hals, nämlich seine Kinder.

Hansen war froh, dass er alle Dokumente unterschrieben hatte, damit stahl er sich aus der Bürokratie und fühlte sich einfach frei. Es gibt zwei Phasen im Leben der Freiheit, Kindheit und Alter. Das sich Kinder und Alte gut verstehen ist kein Wunder, denn sie haben frei und Fehler werden ihnen meist verziehen, da die einen vieles noch nicht und die anderen es nicht mehr wissen. Und somit drückt sie auch keine Verantwortung.

So einfach ist es manchmal, dachte Hansen. Und der Gedanke stachelte ihn zu etwas Aktionismus an. Hansen nahm Teller, Tasse und Geschirr, brachte alles zum Spülbecken und stellte es hinein. Zunächst spülte er den Kaffeesatz so aus der Tasse, dass nichts im Becken zurückblieb. Dann stöpselte Hansen den Ausguss zu, spritzte etwas Spülmittel über Teller, Tasse, Messer und Gabel und ließ lauwarmes Wasser hinzu, es entstand ein zarter Kokosnebel und Hansen tauchte in die Karibik ab.

Weiße Strände, heiße Temperaturen, dass mochte Hansen nicht, er war eher der pränordische Typ, ein Herr der vier Jahreszeiten und als Hansen das Radio wieder etwas lauter machte, da erklang eine Jazzvariation des Winters in einem düsteren Gegenwartskostüm, also schaltete Hansen ab. Das Radio brummte kurz weiter, aber der Protest hielt nicht lange an, keine Energie. Hansen überlegte, während es draußen langsam dunkelte, was er mit seiner Zeit anfangen konnte. Der Sonnabend war noch recht lang, zumindest für einen freien, einsamen Menschen. Für morgen, also Sonntag, hatte Hansen schon einen Plan. Angeln. Aber wo war sein Angelzeug? Der Dachboden war leer, blieben noch der Keller und der Geräteschuppen im Garten.

Hansen entschied sich für den Schuppen und ging in den Hausflur. Er zog sich eine Strickjacke an, drapierte eine Bommelmütze auf sein Haupt und schlüpfte in zweckentfremdete Badelatschen. »Die Taschenlampe, ich brauche die Taschenlampe.«, sprach er vor sich hin und überlegte, wo er sie suchen sollte. Er kramte in der Schuhkommode und fand sie schließlich in einem seiner Winterschuhe. Zufrieden nahm er sein Schlüsselbund, steckte es in eine Hosentasche und machte sich auf die Suche nach dem Angelzeug.

Der Geräteschuppen stand wie von Menschenhand unberührt im Garten. Hansen hatte ihn in einem Anflug von Rage in einem Baumarkt gekauft und aufstellen lassen. Das Einräumen hatte er auch noch geschafft, alles weitere viel dem gemeinsamen Warten mit seiner Frau in Wartezimmern zum Opfer. Wie viel Zeit man mit Warten verplempert, sagte sich Hansen und dachte, dass es auch nützliche Züge hatte, zum Beispiel bei Langeweile oder wenn man sich vor Entschlüssen drücken wollte. Aber das war jetzt eigentlich nicht wichtig. Hansen wollte morgen angeln gehen und falls er seine Sachen heute nicht mehr finden würde, dann hätte er schließlich noch Zeit in den Baumarkt um die Ecke zu fahren, der hatte seit neuestem auch sonnabends länger auf und eine exquisite Anglerabteilung.

Hansen fand das praktisch im Bezug auf seine eigenen Bedürfnisse, aber die arme Belegschaft kappte dafür ihre eigenen und der finanzielle Ausgleich war nicht wirklich einer, in Hinsicht auf den Verlust an gemeinsamer Lebenszeit. Viele dachten immer noch, dass Geld trösten könnte oder beruhigen, na ja, was sollte Hansen da machen? Er nahm sich fest vor die Leute vom Baumarkt besonders nett zu grüßen, falls er diesen Umweg gehen musste. Doch noch bestand die Chance, dass er die Leute nicht zu belästigen brauchte.

Hansen knipste die Taschenlampe an, schloss die Tür zum Geräteschuppen auf und trat hinein. Von den Gerätschaften hatte nur der Spaten im letzten Frühjahr mal den Garten besuchen dürfen. Alle anderen waren etwas verstaubt oder sogar noch originalverpackt.

Er leuchtete sich durch den Schuppen und suchte Hinweise auf das Angelzeug. Dabei scheuchte er eine Maus auf, die den Schuppen wohl besetzt hatte. Sie verschwand in einer Ecke und brachte einen Stock zum Kippen, den sie in ihrer Eile angerempelt hatte. Der Stock traf Hansen an der Schulter. Ein Schmerz blieb aus, denn es war die Angelrute, die sich sanft biegend an Hansens Schulter anschmiegte. Hansen nahm sie und überprüfte ihre Vollständigkeit. Sehne, Schwimmer, Blinker, Haken, alles noch dran, stellte Hansen fest, was kein Wunder war, denn er hatte sie noch nie benutzt. Auch so ein Ding, das er sich kurz vor dem Gau geleistet hatte und das seit dieser Zeit verstaubte. Auf sein altes Angelzeug konnte er auch nicht zurückgreifen, denn das hatte Hansen in seiner damaligen Neuanschaffungseuphorie einfach in die Mülltonne geworfen.

Sorgvoll putzte Hansen die Rute mit einem Ärmel ab und verließ den Schuppen.

Es war frisch geworden und an seiner Nase hing ein Rotztropfen. Er zog ihn bis zum Gaumen zurück, indem er einmal tief schniefte und schluckte die Brühe herunter, da sein Taschentuch wohl noch immer tränennass im Flur lag.

Die Wohnung war schön warm. Kinder zu haben, dass hat eben auch seine Vorteile, dachte Hansen und meinte es ernst. In der Küche schaltete er das Radio wieder an und es brummte vergnügt auf und spendete etwas Licht, das zwar nicht für eine Erleuchtung der Küche sorgen konnte, aber für ein schönes Bild, das Hansen liebte. Ein wenig Licht in zu viel Dunkelheit ist der erste Hoffnungstropfen, hatte Hansens Frau oft gesagt, wenn er, der Frühaufsteher, morgens als erstes sein Radio an- und es abends als letztes wieder abstellte. Er hatte eine kluge Frau geheiratet, dass machte ihn stolz und wieder erstarrte er plötzlich und schlüpfte in seinen Kokon, der diesmal aus Tränen gesponnen war.

Ein Jazztriangeltrio aus San Francisco holte ihn zurück. Hansen legte die Angelrute auf den Küchentisch und drehte das Radio etwas leiser. Obwohl ihm diese Mischung aus Polka, Funk und Jazz gefiel. Seinen Geist zu beflügeln, dass vermochte sie nicht.

Nachdem er zurück gekehrt war, setzte sich Hansen an den Tisch und besah die Angelrute. Taschenmesser, fiel ihm ein. Er brauchte sein Anglertaschenmesser. Also stand er wieder auf und ging in den Flur, denn das Messer lag immer an derselben Stelle, im Schlüsselkasten. Jedes Mal wenn Hansen das Haus verließ, nahm er das Messer mit, eine Gewohnheit die ihn seit seinen Kindestagen begleitete. Manche fanden es lächerlich, er dachte wiederum, Frauen haben eine Handtasche, ich habe mein Taschenmesser.

Hansen ging also in den Flur und holte sein Taschenmesser, dass er aber niemals mit ins Krankenhaus genommen hatte, wegen des Aberglaubens, ein Messer zu viel im Krankenhaus bringt sich selbst in Verdacht oder so ähnlich. Man konnte an solche

Weisheiten glauben, was Hansen eigentlich nicht tat, aber wenn einem erstmal ein Mysteriumsserum in den Kopf geimpft wurde, dann ist es eben da, genau wie das Gespenst im Kohlenkeller, dass ihm immer hinter her gerannt war, als er als Junge die Kohlen in die Stube hoch holen musste. Und sowieso existiert das meiste nur im Kopf, dies hatte Hansen schon längst erkannt.

Er kehrte in die Küche zurück. Aus dem Radio dudelte nun getragene Klassik, live aus einem Opernhaus in Europa. Hansen setzte sich wieder an den Tisch und nahm erneut die Angelrute. Er betrachtete sie und entfernte als erstes den Blinker. Seiner Erfahrung nach brachten die Dinger nicht viel, er setzte auf gekochtes Eiweiß mit Kartoffeln.

So würde auch der Sonntag beginnen, nämlich mit Eier kochen. Hansen würde früh um Vier aufstehen und eine Packung Eier, in Hansens Fall eine Sechserpackung, öffnen und sie eine Viertelstunde hart kochen lassen. Dann mussten die Eier eine halbe Stunde ruhen und abkühlen. In dieser Zeit hätte Hansen genug Zeit zum Frühstücken und zur Morgentoilette, die sehr kurz ausfallen würde, weil man niemals vor dem Angeln duschte, damit man mit der Natur im Einklang des wilden Geruches stehen konnte. Außerdem war es ungesund.

Den Blinker warf Hansen in den Müll, holte ihn aber gleich wieder heraus, weil er daraus vielleicht noch etwas basteln konnte. Ergo legte er den Blinker wieder auf den Tisch. Dann widmete er sich endgültig der Angelrute. Es war eine stinknormale, neumodische Angel ohne einen bestimmten Stil in ihrem Charakter. Nichts an ihr war besonders, also ein Gebrauchsmittel für den täglichen Bedarf. Sie würde ihre Arbeit tun und deshalb putzte Hansen nur den Staub mit einem Küchenkrepptuch weg. Die Sehne war straff auf die Rolle gezogen und der Haken fachgerecht befestigt. Hansen war sogar etwas enttäuscht darüber, dass die Angel ihm nicht mehr Aufgaben stellte. Aber da half nun alles grummeln nicht, wenigstens blieb ihm noch die Angelsachen schon mal für morgen zu verstauen.

Hansen packte die Angel und ging in die autoleere Garage, die durch eine Tür im Hausflur mit der Wohnung verbunden war. Mit 50 hatte Hansen sein letztes Auto verkauft und sich vom Erlös ein Motorrad mit Seitenwagen angeschafft. Es war sein Lebenstraum gewesen, den seine Frau sogar mit ihm teilte. Und weil die Kinder damals in einem Alter waren, wo ihnen Reisen mit den Eltern total an ihren Leibern vorbei gingen, nutzten sie die Gelegenheit und bereisten die Welt im Umkreis von nie mehr als 100 km. Nach acht Jahren verstarb das Motorrad ganz plötzlich und verschwand aus ihrem Leben. Da entdeckten beide das Reisen im Nachtzug und so begann eine neue Zeit. Nun standen nur noch ein kleiner Handwagen und zwei Fahrräder in der Garage als Fuhrpark zur Verfügung, die Hansen für die kleinen Reisen genügten. Ansonsten hatte sich Hansen über die Jahre eine kleine Werkstatt mit Lagerregalen eingerichtet, wo er aber eigentlich nur

Sachen reparierte. Für Basteleien fehlten ihm die passenden Ideen, zumal er nicht wusste, was er mit dem ganzen Zeug hätte anstellen sollen.

Hansen legte die Angel in den Handwagen und suchte noch ein paar wichtige Utensilien zusammen. Gummistiefel, einen Klappstuhl, Drahtheringe, einen Eimer, den Gartenteichkäscher, eine Thermodecke wanderten allesamt zur Angelrute in den Wagen hinein, der auch einiges an Staub abbekommen hatte wie Hansen bemerkte. Also putzte er ihn oberflächlich mit einem Lappen, den er aus einer Holzkiste zog, ab. Alsbald warf Hansen ihn achtlos zurück und montierte den Anhänger an sein Fahrrad. Eigentlich war das Montieren nur eine Steckverbindung, aber montieren klang nach «etwas können». Und weil es eben kein großer Aufwand war, die Gefährten zusammen zu führen, ordnete Hansen den Inhalt des Anhängers noch mal neu, eben so, dass nichts herausfallen konnte. An die nach hinten hinausragende Angelrute band Hansen einen roten Wimpel, den er mal aus einer alten Bluse seiner Frau geschnitten hatte und von dem er fand, dass an ihm ein paar restliche Duftfetzen ihres Parfüms hingen.

Hansen pumpte auch alle Reifen am Fahrrad und Anhänger auf, testete das Licht und schob das Gefährt noch ein Stückchen Richtung Garagentor, wo er es abstellte und das Fahrrad mit dem Fahrradständer gegen vermeintliches Umkippen sicherte. Es sollte früh losgehen. Und gut vorbereitet zu sein, bedeutet eben vor allem, mehr Zeit fürs Vergnügen zu haben.

Hansen suchte im Haus seine Anglerkluft zusammen und legte alles sorgfältig in der Reihenfolge des Anziehens auf den blauen Plastikstuhl im Badezimmer. Latzhose, Pullover, T-Shirt, Unterhemd, Socken und zuletzt Schlüpfer. Hansen dachte nicht daran, es jetzt, nachdem seine Frau gestorben war, in der Ordnung schleifen zu lassen. Dann hätte er sich ja gleich neben sie legen können. Er wollte den ersten freien Sonntag seit Jahren ganz in seinem Sinne zelebrieren und da konnte Unordnung ganz schnell dafür sorgen, dass alles von jetzt auf gleich ins Chaos stürzte. Lebenserfahrung, reine Lebenserfahrung, dachte Hansen und plötzlich steckte er wieder im Kokon. Es schien ihm fast wie ein Raumschiff, das ihn irgendwohin bringen sollte und die Phasen wurden immer länger. Hansen bemerkte zum ersten Mal, dass der Kokon Türen besaß. Doch ehe er sie öffnen konnte, fand er sich in seinem Haus wieder. Hansen taumelte und musste sich am Küchenbuffet festhalten, um nicht zu stürzen. Irgendwas passierte mit ihm seitdem er allein in diesem Haus umherging. Vielleicht war er nur noch ein Geist, bestenfalls ein lebendiger Tattergreis. Hansen schmunzelte, denn jetzt war es mehr als nur ein Gerücht, dass jeder einmal sterben würde. Zum ersten Mal in seinem Leben fühlte er die Lebensmüdigkeit und sie machte ihm keine Angst. Alles schien erledigt zu sein und der Rest war Bonus und den wollte er ganz für sich allein genießen.

Es war kurz vor 22 Uhr, als Hansen beschloss ins Bett zu gehen. Wie immer las er einen der Liebesbriefe seiner Frau, bevor er das Licht ausknipste. Die meisten der Briefe stammten aus ihrer Jugendzeit, erst seit der Krankheit seiner Frau hatten sie wieder begonnen sich Briefe zu schreiben. Denn während sie verheiratet waren, wohnten sie selbstverständlich auch zusammen. Und so besaßen sie eben den gleichen Briefkasten und aus Briefen wurden gesprochene Worte, wenn auch immer weniger. Die Angst machte der Selbstverständlichkeit Platz und die Poesie vertrocknete wie die Tinte in dem vergessenen Federfüllhalter in der Schublade von Hansens unbenutztem Schreibtisch. Das alles hieß aber nicht, dass es den beiden an Zuneigung und Zärtlichkeit fehlte. Ganz im Gegenteil, die Poesie trug nur ein anderes Gewand. Manchmal war es das Schweigen am Küchentisch, die Wiederkehr nach einer räumlichen Trennung, die Kinder, der schnöde Alltag, der Sex, all das hatte auf irgendeine Weise seine eigene Poesie, man musste nur gut dichten können.

Hansen weinte, der Tod seiner Frau rückte ihm nun dicht auf die Pelle, drang durch sie ein und durchwühlte alle Organe bis Hansen in Ohnmacht fiel.

Alle Organe befanden sich wieder an ihrem von der Natur vorgesehenen Platz. Hansen schaute auf den tickenden Wecker. Es waren noch zwanzig Minuten bis Mitternacht. Er ging in die Küche, nahm ein Glas aus dem Küchenschrank und füllte Wasser aus dem Wasserhahn hinein. Er stellte das volle Glas neben dem Spülbecken ab und steckte nun seinen Kopf unter den kalten Wasserstrahl.

Das kalte Wasser wusch die letzten Anstrengungen aus seinem Kopf, schließlich kippte Hansen das Wasser aus dem Wasserglas in seinen ausgetrockneten Hals und er verschluckte sich an seiner eigenen Ungestümtheit. Er spie das Wasser wieder aus und musste sich einen neuen Schlafanzug holen, wobei er fast auf seinem Erbrochenen ausgerutscht wäre. Der Tag endete schlimmer, als er angefangen hatte. Hansen ahnte, dass er alt war und schlimmer noch, das Alter brach plötzlich über ihn her. Mit 96 Jahren war es kein Wunder alt zu sein, aber bis gestern hatte es sich nicht so lauthals bemerkbar gemacht. Oder war er einfach blind gewesen, hatten seine Kinder Recht?

Hansen ging ins Badezimmer und zog den nassen Schlafanzug aus. Nackend ging er durchs Haus zurück ins Schlafzimmer. Er nahm einen neuen Schlafanzug aus dem Schrank, zog ihn an und wischte ihn an seinem Körper glatt. Der Wecker zeigte zehn vor Mitternacht an. Der Sonnabend verstarb in den mitteleuropäischen Breiten und Hansen wurde einfach nicht müde.

Vielleicht half ein Buch. Hansen nahm sich ein Buch vom Nachttischschrank seiner Frau. Der Staub hatte es eingehüllt und Hansen pustete ihn in Richtung Bettvorleger. Doch es nutzte nicht viel, Hansen musste schließlich doch seinen Schlafanzugärmel benutzen, um das Buch vollkommen zu entstauben. Endlich konnte es losgehen. Hansen klappte das Buch auf und ihm fiel ein Zettel in den Schoß. Hansen legte das Buch wieder beiseite und widmete sich dem Zettel, der zerbrechlich wie ein vertrocknetes Herbstblatt daherkam. Hansen kannte den Zettel, er musste jetzt fast siebzig Jahre alt sein und die Tinte ebenso. Irgendwie schienen sie sich gegenseitig festzuhalten. Hansen las den Text und fing an laut zu lachen. Den Zettel hatte er einmal von einem Matrosenfreund bekommen, der sich in jungen Jahren ein ganzes Gebiss an Hansens Frau in spe ausgebissen hatte. Am Ende seiner Versuche war er so erbost wegen ihrer Ablehnung, dass er seine Wut in Worte fasste, getraut hatte sich sein Freund jedoch nicht, ihn ihr selbst zu überreichen, dann hätte er sich wahrscheinlich vor Scham in die Hosen gemacht.

Hansen aber war ein Fuchs gewesen. Er brachte den Zettel zu seiner, von ihm selbst Angebeteten, und sagte, dass er nur der Bote sei und impfte ihr so eine erste Erinnerung an ihn. Allein, dass der Zettel noch existierte, verwunderte Hansen etwas, doch er rührte nicht weiter in diesen Gedanken herum, sondern las sich dieses stümperhafte Gedicht nach vielen Jahren erneut durch.

Die Nachttischlampe

Unter einer Nachttischlampe schrieb ich
diesen Vers für Sie.
Es war so finster in meinem Zimmer
wie wohl in Ihrem Herz.

So leuchtet die Nachttischlampe heller,
als Deine Seele,
Du Nachtischschlampe.

Hansen lachte auf, denn so schlecht war das Wortspiel wiederum nicht, inhaltlich jedoch einfach nur dümmlich und beschämend frivol. Ihm schmerzte hauchvoll die Brust, ihr würde es glücklicherweise nicht mehr weh tun. Hansen hatte sich schon viel eher als sein Kamerad in diese Frau verliebt. Doch Hansen war kein räudiger Hund gewesen. Er war eben ein Fuchs und wartete bis der Hund den Schwanz eingezogen hatte. Und Hansen spürte immer noch die Wut in ihm, die ihn fast dazu gebracht hatte seinem Kollegen aufgrund des Sprüchleins eine Faust ins Gesicht zu schlagen. Nun war alles anders. Im Alter wurden Erlebnisse zu Episoden über die man lachte, denn eins war klar, man war damals nicht daran gestorben, so würde es heute auch nicht passieren.

Hansen legte den Zettel auf das Nachtschränkchen und nahm das Buch. Ein paar Seiten wollte er lesen. Doch als er die erste Seite umblätterte, fiel eine andere Erinnerung aus dem Buch. Hansen sah nun einen Brief in seinem Schoß liegen. Den kannte er nicht. Er klappte das Buch zu und legte es zurück auf den Nachttischschrank, dann starrte er auf den Brief. Hansen begann zu zittern, denn es machte ihn immer nervös, wenn er bei seiner Frau etwas fand, was er nicht kannte.

Das kam recht selten vor, aber in letzter Zeit häufte es sich, dass er auf Dinge stieß, die ihm seine Frau vorenthalten hatte. Mit Absicht oder ohne, dass wusste Hansen nicht. Es waren meist auch keine schlimmen Sachen, sondern eher Hinweise dafür, dass sie wohl noch mehr als Mensch zu bieten hatte, als nur seine Frau zu sein.

Hansen hatte zuletzt eine Mappe mit Aktzeichnungen seiner Frau gefunden. Die Sammlung war nicht irgendwo versteckt gewesen. Sie lag in einer Schublade des alten Sekretärs im Wohnzimmer. Die Bilder waren chronologisch angefertigt bzw. geordnet worden. Jedes Jahr eins, dachte Hansen, als er an die Mappe dachte. Er stürzte aus dem Bett und holte sie.

Sie waren wirklich schön, die Zeichnungen, seine Frau war schön, selbst in den Winterjahren. Bei den Bildern aus den Frühlings- und Sommerjahren klopfte Hansens Herz besonders und mit einem Male vermisste er sie vor allem körperlich. Die Gedanken an sie konnte man konservieren, alles Physische jedoch blieb für immer verschwunden. Hansen weinte. Er legte sich auf die Bettseite seiner Frau und versuchte liegen gebliebene Atome von ihr zu finden. Aber da war nichts und Hansen schlief schmerzertrunken ein, während der vergangene Tag umgeblättert wurde.

Tag 2, Sonntag, zum Angeln

Verstört wachte Hansen auf. Um ihn herum lagen die Aktbilder seiner Frau. Er setzte sich aufrecht und lehnte sich an die gepolsterte Rückwand des Bettes. Hansen betrachtete die Situation. Und wieder wollte sich Bitterkeit in sein Herz setzen. Deshalb flüchtete er schlagartig aus dem Schlafzimmer und schlug die Tür hinter sich zu. Hansen fühlte sich wie ein gescholtener Jugendlicher, der am Vorabend eine ordentliche Standpauke von seinen Eltern erhalten hatte. Kurzum, er hatte einen Gedankenkater.

Hansen schlich in die Küche, setzte sich an den Küchentisch und stierte raus. Der Garten brauchte auch mal wieder Aufmerksamkeit. Doch wozu, dachte Hansen. In ein paar Tagen würde er schon im Abendland sitzen und langsam bei irgendeinem Brettspiel verdummen. Sollten sich doch seine Kinder darum kümmern, oder die Nachbesitzer, denn Hansen konnte die Nachtigall bereits tapsen hören, die seine Kinder vor sich her trieben. Und Hansen interessierte es auch nicht mehr, irgendwann hätten sie eh alles bekommen und ohne weitere Gedanken daran zu verschwenden, starrte er weiter aus dem Fenster.

Die Sonne schob die ersten Lichtboten über den Horizont, dass war Hansens Zeit. In seinem Kopf bewegte sich ein Schalter und es ging los. Hansen holte eine Schüssel aus dem Küchenschrank, füllte sie mit Müsli aus einem Schüttglas, das nicht mehr viel hergab und pflückte einen Löffel aus einer Schublade. Dann schaute er in den Kühlschrank und machte eine optische Bestandsaufnahme. Milch war noch da, ein Becher Quark, eine aufgerissene Packung Gouda, Butter, eine letzte Tomate, ein kleines Bund Schnittlauch, zwei Bio-Wiener, eine angefangene Flasche Orangensaft mit Pilzkulturen und das riesige Kuchenpaket der Kinder. Hansen entsorgte zunächst den Orangensaft und holte hernach einen Teller auf dem er die Wiener und die Tomate ablegte.

Hansen musste einen Einkaufsweg mit einplanen, damit er wenigstens über die Woche kommen würde. Im Gefrierfach gab es nichts weiter zu holen, als ein paar Eiswürfel. Aber da war ja noch das Angeln, ermahnte sich Hansen und gebot sich nicht mehr zu trödeln. Er schüttete etwas Milch auf das Müsli, stellte sie zurück und schloss den Kühlschrank. Nun nahm er den Teller und die Schüssel, setzte sich wieder an den Tisch, stierte weiter und schob sich löffelweise das Müsli in den Mund.

Mal wieder die Sonne aufgehen zu sehen, das genoss Hansen, auch wenn ihm nebenbei ein paar Tropfen Milch auf die Hose kleckerten. Langsam färbte sich der Horizont rosa golden. Hansen wusste, dass es heute Regen geben würde, dass erzählten ihm gerade Sonne und Himmel. Das würde bedeuten, dass es vielleicht Fische im See zu angeln gab. Doch Hansen hatte noch nie etwas bei Regen gefangen. Er war ein Experte im Sonnenangeln, also überlegte er, ob er nun wirklich angeln gehen sollte.

Schließlich fiel ihm ein, dass der örtliche Anglerverein neulich das städtische Hallenbad für lau von der Kommune erworben hatte, so wie es jedenfalls in der Zeitung gestanden hatte. Aber das musste auch schon wieder eine Weile her sein, denn das letzte Mal in eine Tageszeitung geschaut, hatte Hansen im Warteraum des Hausarztes, also irgendwann vorm Sommer, und jetzt war Herbst.

Im Artikel hatte jedenfalls irgendeiner vom Verein über ein neues, superinnovatives Konzept gesprochen, genau dieselben Worte, die der damalige Bürgermeister zur Eröffnung des Schwimmbades aus seinem Mund fielen ließ. Hansen dachte sich, dass er auf dem Weg zum See am Ende der Stadt mal ein Blick auf das Projekt werfen könnte, um sich der Innovation zu vergewissern. Hansens Tagesplan nahm langsam eine reale Form an. Er nahm das Frühstücksgeschirr und stellte alles in das Abwaschbecken und begann umgehend mit der Vorbereitung für seinen Angelausflug.

Zunächst musste er noch Eier und Kartoffeln kochen. Dazu ging Hansen erstmal in den Flur, um sich aus der Speisekammer eben Eier und Kartoffeln zu holen. Er öffnete die Tür, schaltete das Licht an und ihm schlug ein vor Leere gähnender, kleiner Raum entgegen. Hansen ignorierte den Zustand, denn in einem tönernen Kartoffeltopf fand er eine handvoll Kartoffeln und schließlich war auch noch eine Sechserpackung Eier vorrätig. Mehr brauchte Hansen im Augenblick nicht. Zufrieden gestimmt ging er zurück in die Küche. Dort lud er die Eier in den Eierkocher, schüttete nach Augenmaß etwas Wasser hinzu, stülpte den Deckel über und schaltete ihn an. Die Kartoffeln wusch er nur kurz ab, legte sie in einen Topf, der noch auf dem Herd stand, nahm das Restwasser aus dem Wasserkocher, was nach seiner Nase auch noch nicht abgestanden roch, goss es hinein, Deckel drauf, Herd an, Topf drauf, warten.

Hansen setzte sich wieder auf den Stuhl seiner Frau und genoss den Ausblick, den sie Jahrzehnte lang gehabt hatte. Das kochende Wasser gurgelte in Topf und Eierkocher vor sich hin und in seinem Kopf brodelte es auch. Doch bevor die Gedanken ihm das Hirn verbrühten, zog er es lieber vor, sich dem Anziehen zu widmen. Hansen ging also ins Bad und wechselte die Abend- gegen die Tageswäsche. Zum Schluss nahm er seinen Kamm aus dem Badschrank und machte ihn nass. Dann kämmte er sich sein noch volles Haar nach hinten und hielt sich selbst für noch angenehm gut aussehend. Wenigstens das gab ihm Mut zu einer besseren Laune, denn in seinem Alter spielte das Aussehen kaum eine Rolle mehr, es gab nur einen Vorteil dabei, die Kinder würden keine Angst vor ihm haben.

Hansen legte den Kamm zurück in den Schrank und ging aufs Klo. Von der Küche wehte der Duft kochender Kartoffeln herüber. Eine Erinnerung hatte sie im Gepäck, aber sie war sehr verschwommen, eben genauso dunstig wie der Rauch, der plötzlich hinzu kam. Es dauerte eine Weile ehe Hansen in die Küche laufen konnte, denn beim Pinkeln tropfte es manchmal etwas länger nach.

In der Küche schrie der Eierkocher auf, während Hansen die Fenster öffnete und den Topf mit den leicht versengten Kartoffeln nach draußen aufs Fensterbrett stellte. Jetzt konnte er auch den Eierkocher abstellen, die Eier waren auf jeden Fall hart gekocht. Er nahm das dreckige Geschirr vom Vorabend aus dem Spülbecken und räumte es in die Spülmaschine. Dann ließ er das Wasser aus und wischte die Reste mit einem Küchenkrepp weg, dass Hansen gleich in den Müll schmiss. Nun ließ er wieder kaltes Wasser ins Becken und legte die heißen Eier hinein. Die Eier waren also versorgt.

Bei all dem Tun und Machen kam Hansen ein bisschen ins Schwitzen. Er holte ein Glas aus dem Schrank und füllte es mit Wasser aus der Leitung. Schluckweise trank er es und sein Herz fuhr von seinem hohen Ross herunter. Dreimal tief durchatmen, hatte seine Hausärztin gesagt. Und als er an sie dachte, war er ganz froh darüber, dass er zu ihr gewechselt war, denn mit seinem Ex-Arzt hatte er sich überworfen, seit es zu einem Streit um die Behandlung seiner Frau gekommen war. Seine neue Hausärztin schaffte es auch ihn ohne Unmengen an Medikamenten mit einem guten Gefühl nach Hause gehen zu lassen. Das gelang nur wenigen Ärzten.

Als die Anstrengung aus seinen Gliedern geatmet war, schaute Hansen nach den Kartoffeln. Der Topf dampfte nur noch kleine Wölkchen, war aber noch heiß. Deshalb holte Hansen zwei Topflappen und einen anderen Topf aus dem Schrank.

Er schüttete die losen Kartoffeln in den neuen Topf. Ungefähr zwei Drittel der Masse stürzte hinein, der Rest war Kohle. Den Topf mit der Kohle füllte Hansen mit kaltem Wasser und stellte ihn wieder raus aufs Fensterbrett, dann schloss er das Fenster und schaute, ob die andere Masse noch zu verwenden war. Ein paar unbrauchbare Krümel pulte er aus der Masse, die er dann mit einem Löffel zu einem Brei zerdrückte, selbst die Schale war so weichgekocht, dass Hansen sie gleich mitverarbeiten konnte. Als er damit fertig war, fischte er die gekochten Eier aus dem Spülbecken und schälte sie, was leicht ging, denn die Eier waren nicht mehr frisch. Dann fummelte er das Eiweiß vom Eigelb und warf es in den Topf mit dem Kartoffelmatsch. Das Eigelb steckte er sich in den Mund, nach dem vierten merkte er wie es seinen Hals in Schwierigkeiten brachte und er schüttete fahrig etwas Wasser hinterher. So beschissen wollte er nicht sterben, so ganz allein ohne jemanden mit rein zu ziehen. Deshalb war Hansen froh als er wieder frei atmen konnte. Die zwei restlichen Eigelb legte er auf den bereits benutzten Frühstücksteller und stellte ihn in den Kühlschrank, für später.

Seine Hände fingen an auszutrocknen, also ging er ins Bad und cremte sie ein. Hansen schaute noch mal in den Spiegel, lächelte sich wieder an und kehrte in die Küche zurück, wo er den Pürierstab bereitstellte, dann etwas Öl auf die Masse goss und einen Esslöffel Zucker dazugab und schließlich alles ordentlich durchrührte. Das war sein Rezept für einen ordentlichen Fischköder. Aus dem zähen Brei formte Hansen ein paar, ungefähr anderthalb Zentimeter dicke Teigmurmeln, die er auf ein Holzbrett legte. Anschließend stellte er das Brett in den Herd und stellte die Temperatur auf 50 Grad Celsius, heiße Wüstenluft hatte das seine Frau immer genannt, während sie Hansen beim Backen beobachtete.

«Das einzige was du backen kannst, sind diese Fischpralinen.», hatte sie dann oft zu ihm gesagt und er sagte diesen Satz vor sich hin und antwortete sich selbst, wie er ihr stets geantwortet hatte: «Dafür brate ich die Fische für dich, die ich damit fange.» Und dann nickte sie, kam zu ihm, gab ihm einen Kuss, mopste eine der Pralinen vom Brett und steckte sie in den Mund, dann schaute sie ihn mit einem kecken Blick an, streifte ihm mit beiden Händen durch die Haare und ging sein Angelzeug bereitlegen. Das war jetzt vorbei.

Hansen rettete sich vor dem Kokon indem er atmete, wieder dreimal tief in den Bauch hinein. Dann stellte er den Alarm am Herd auf 14 Minuten ein, die er dazu nutzte, um im Flur ein paar gymnastische Übungen zu machen, bei denen es vor allem auf das richtige Atmen ankam.

Gerade als Hansen zum letzten Mal ausgeatmet hatte, piepte der Herdalarm zur Beendigung der Gymnastikrunde. Es warteten andere Aufgaben.

Hansen ging in die Küche, schaltete den Herd ab und holte die Pralinen heraus. Keine war zerfallen, also war alles in Ordnung. Hansen holte eine Frühstücksdose aus dem Küchenschrank und füllte die Pralinen hinein. Er schloss die Dose und steckte sie in die Brusttasche seiner Latzhose. Dann ging er in den Hausflur und zog seine alte Armeeparka, seine Bommelmütze, Schal und Wanderschuhe an. Zum Schluss stülpte er sich seine noch älteren, aber umso mehr geliebten Lederhandschuhe über die Hände. Er nahm seinen Schlüsselbund, das Taschenmesser und verschloss die Wohnungstür von innen, dann ging er durch die Verbindungstür in die Garage. Und Hansen war auch dieses Mal wieder froh darüber, diese Investition beim Hausbau getätigt zu haben. Er hasste Umwege, im Leben wie auch im Sonst.

Auch diese Tür zum Hausflur verschloss er und betätigte kurz die Klinke, um den sicheren Verschluss zu testen. Dann stieg Hansen auf sein Fahrrad und öffnete mit der Fernbedienung des automatischen Garagentors, die an seinem Schlüsselbund hing, eben dieses. Langsam öffnete sich die Garage wie im Theater der Vorhang und Hansen rollte langsam Richtung Ausgang, um schließlich hinauszufahren, als der Spalt groß genug war. Draußen blieb er wieder stehen, schaute nicht zurück, sondern drückte erneut die Fernbedienung und das Garagentor verschloss sich wieder. Bis zum Gartentor tippelte Hansen fest im Sattel sitzend und öffnete es über den Lenker greifend, dann schob er sich samt dem Gefährt hindurch und durch eine Rückzugfeder, die Hansen mal ans Tor montiert hatte, schloss sich auch dieses Tor wie von selbst. Sicher wie eh und je trat Hansen in die Pedale, auch wenn die Geschwindigkeit nicht mehr wie ein Rausch war, sondern nun eher gemäßigt daher kam, wichtig war einzig, dass er das Fahrrad beherrschte und nicht anders herum.

Die Stadt in der Hansen lebte, war nicht übermäßig groß, und wenn sich jemand mal die Mühe gemacht hätte den Status dieser Stadt zu überprüfen, dann wäre sie wohl zu einem großen Dorf degradiert worden. Nicht das es hier keine jungen Leute geben würde und damit Nachwuchs, der den Kindergarten und die Schule füllte, dass war nicht das Problem dieser Gemeinde. Es gab zu wenig Alte, die starben in letzter Zeit wie die Fliegen oder zogen in andere Gegenden, und der Gemeinde fehlte hier eindeutig der Nachwuchs. Das Problem war natürlich hausgemacht. Steuererleichterungen für junge Leute ziehen zwar diese an, aber wenn man sich das Geld dann bei den vermeintlich reichen Alten holen will, hauen die eben ab. Also ein rein mathematisches Problem mit einem falschen Ansatz, da konnte man sich nur verrechnen.

Hansen bog links in die Bauernchaussee ein, die noch zu finstren Zeiten durch Sklaven in den Ort gewalzt worden war, sozusagen die geschichtliche Problemzone dieser Stadt. Hansen erinnerte sich noch daran wie mal ein paar auswärtige Menschen die Straße in „Friedensstraße" oder schlimmer „Straße der Reue" umbenennen wollten, als hätte man damit die Schuld abgegolten. Aber diese Zeiten waren vorbei, die Leute kümmerten sich um ihre Probleme und er hatte die Straße am Sonntagmorgen für sich ganz allein und wie ein Lausejunge nutzte er die gesamte Breite der Chaussee mit seinem Gefährt.

Langsam kroch die Sonne hinter den dicken Regenwolken am verborgenen Himmel hinauf, als Hansen unerwartet einige knallige Musikwellen entgegen schlugen. Die schmetternden Töne kamen vom Ende der Straße und Hansen ahnte woher sie kommen mussten.

Als er am Stadtbad ankam, stand der örtliche Schalmeienspielmannszug davor und probte seine Stücke. Hansen blieb kurz stehen, aber nicht um ihnen zuzuhören, sondern nur um das Plakat, das über dem Eingang zur Schwimmhalle prangte, zu lesen. Es waren wellenförmige, blaugrüne Buchstaben, die ihm verrieten, was hier eröffnet wurde.

„Erste Indoor-Angel-Event-Halle", gegründet vom Anglerverein „Weißer Karpfen 1847 Fortuna e.V.". Man hatte sich sichtlich Mühe gegeben, stellte Hansen fest, der auch ein Mitglied des Vereins war, aber noch viel mehr jauchzte er innerlich darüber, dass der See heute menschenleer sein würde, zumal der Regen behäbig, aber ausdauernd, hernieder fiel. Also schubste Hansen das Gefährt wieder an und er rollte ins Ruheparadies.

Wahrlich, was für eine Ruhe, Totenstille auf und um den See, leichter Nebel zog von einem Ufer zum anderen hinüber und Hansen richtete sich seinen Angelplatz ein. Da gab es ja nicht viel zu tun. Klapp-stuhl auf festen Untergrund stellen und ihn mit ein paar Drahtheringen am Boden verankern. Im Ge-hölz eine kleine Astgabel suchen, zurechtbrechen, an deren Ende mit dem Taschenmesser eine Spitze schnitzen und sie leicht vom Stuhl aus gesehen, nach links versetzt, fest in den Boden stecken, so dass Hansen die Angelrute darauf lagern konnte. Dann legte Hansen die Decke über den Stuhl, schöpfte mit dem Eimer Wasser aus dem See und stellte ihn ans Ufer, den Käscher legte er daneben, die Angelrute wiederum lehnte Hansen an den Stuhl. Nun holte er seine Gummistiefel, stellte sie vor dem Stuhl ab und ließ sich in ihn hineinfallen, um erst einmal den See zu beobachteten.

Es veränderte sich wenig, während Hansen so schaute, und dennoch passierte so viel. Hansen war einfach glücklich und für seinen Tod wäre das der schönste Augenblick gewesen. Aber der Gevatter verpasste ihn. Er hatte auch einiges zu tun, es gab so viel Leben auf der Erde hinwegzuraffen, da musste jede Millisekunde am Tag gut geplant sein. Als

Selbstständiger gab es für den Tod eben auch keinen Sonntag, da wurde auch gestorben. Einmal, nur ein einziges Mal hatte der Tod frei gehabt und das war am Tag des Urknalls, seinem Geburtstag, dann ging es aber los mit der Evolution, am Anfang langsam, später aber richtig. Gern wäre der Tod auch mal gestorben, aber er hatte einfach zu gute Gene, vielleicht kryptonische. So probiert der Tod eben alle möglichen Arten des Sterbens an den Menschen aus, irgendwie muss er sich ja bei Laune halten.

Hansen lachte wieder vor sich hin. Es war schön dieses Denken, bessere Gespräche gab es für ihn in letzter Zeit sowieso nicht, als seine Selbstgespräche. Lange konnte das nicht gut gehen, dass wusste Hansen. Irgendwann käme jemand auf den Gedanken ihn in die Klapse zu stecken und dann wäre es vorbei mit seinem Leben, das gerade ein neues Schwungrad bekommen hatte.

Hansen nahm die Dose mit den Fischpralinen aus der Brusttasche seiner Latzhose und öffnete sie. Er nahm eine heraus, schloss die Dose und steckte sie zurück in die Tasche. Dann nahm Hansen die Angelrute zwischen seine Knie und drapierte die Praline an den kleinen spitzen Haken, der in der Praline vollkommen verschwand. Nun stellte Hansen die Angel wieder an den Stuhl und wartete. Er hatte Zeit und ob er etwas fangen würde, dass hing schließlich nicht davon ab wann er mit dem Angeln begonnen hätte. So atmete Hansen weiter den Nebel ein und schaute dem Treiben des Sees zu.

Dann plötzlich hörte er leise Musik über dem See schweben. Es war recht undeutlich zu verstehen, vor allem weil die Gänse oft dazwischen schnatterten, die über die Gegend hinweg flogen. Langsam gewann die Musik an Intensität und Hansen erkannte zumindest das Instrument mit dem die Musik gespielt wurde. Ganz sicher war er sich dessen zwar nicht und Hansen wusste ebenso nicht, wie die Fische auf diese, jetzt eindeutig zu hörenden Banjomelodien, reagieren würden. So beschloss er noch etwas mit dem Angeln zu warten.

Der Nebel wurde immer dichter, während die Musik immer klarer wurde. Hansen hörte, sah aber nichts außer dem grauen Schleier den der See trug. Lohnte es sich überhaupt noch mit dem Angeln zu beginnen? Hansen überlegte. Das dauerte eine Weile und irgendwie schien es ihm, dass der Musiker seine Gedanken hören konnte, denn der fing plötzlich an in einen ganz anderen und härteren Musikstil zu wechseln. Hansen wurde es unheimlich. Sollte er den anderen rufen?

Er beschloss zu schweigen und warf den ersten Stein. Hansen versuchte die ungefähre Richtung zu ermitteln, pulte einen Stein aus dem Ufersand des Sees und warf ihn einfach in den Nebel hinein. Hansen war kein guter Werfer, und eigentlich wollte er den Täter auch nicht treffen, nur ein bisschen aufschrecken wollte er ihn.

Ein enttäuschendes Platschen verriet Hansen, dass er wieder schlecht geschossen hatte. Dafür schepperte es plötzlich in seinem Eimer und ein paar Wasserspritzer sprangen heraus. Hansen erschrak, schaute in den Eimer, entdeckte einen Stein und rief, ohne es zu wollen:

«Verrückt, oder was?»

Ihm antworteten ein paar hämische Banjolaute.

«Nicht lustig. Ich will in Ruhe angeln. Verschwinden sie.»

«Ich auch. Mit ihren Steinen verjagen sie die Fische.», antwortete ihm eine recht junge Stimme.

«Vielleicht liegt es an der Musik?

«Das glaube ich kaum, oder haben sie auch schon acht Fische in ihrem Eimer?»

«Das nicht, aber sie doch auch nicht.»

Wieder erklangen Banjomelodien und dieses Mal fühlte sich Hansen wie am Mississippi. Was die Musik mit einem anstellen konnte, unglaublich, dachte Hansen, und er setzte sich in seinen Klappstuhl und hüllte sich in die warme Thermodecke. Manchmal war es besser ein sinnloses Gespräch einfach abzuschweigen. Das änderte aber nichts daran, was der andere machte, denn der kam nun ans Ufer gerudert, was Hansen am behäbigen Schlag der Ruder hören konnte. Kurz überlegte Hansen, ob er seine Sachen packen und einfach abhauen sollte. Aber dann dachte er an seinen ersten freien Sonntag und den wollte er nicht so leicht hergeben. Also blieb er

stoisch sitzen, eben so wie es ein alter Indianer-
häuptling getan hätte, wenn er ins Reservat zurück-
gezwungen werden sollte.

Platsch, platsch…klang es immer noch vom See
her und das Geräusch wurde lauter, bis endlich der
Bug eines einfachen Ruderbootes aus dem Nebel
stach. Der Schleier gab langsam sein Geheimnis
preis und Hansen blieb in seiner Hülle.

Das Boot strandete am Ufer und eine vermumm-
te Jugendliche hüpfte forsch heraus. Sie nahm ein
Seil aus dem Boot und befestigte das eine Ende an
einem kleinen Baum, der sich etwas überlastet nach
vorn bog. Dann packte sie ihre Sachen aus. Eine Angelrute, Fabrikat Eigenmarke, einen Campinghocker
und eine alte Kaffeedose, auf der ein Streifen Krepp-
klebeband mit der Aufschrift „Köder" klebte und
natürlich ein Banjo.

Das Mädchen drängte Hansen kein Gespräch auf,
sondern begann mit ihrem Angelritual, besser gesagt vier sicheren Handgriffen. Angelrute mit Köder
bestücken, auswerfen, Angelrutenende in die Erde
stecken und Banjo spielen, dieses Mal mehrere Rudi-
mente französischer Chansons. Eigentlich spielte sie
immer nur die Refrains und Hansen nervte dieses
Medley, aber er liebte eben auch die Chansons, so
wie seine Frau sie geliebt hatte, was die Spielweise
der Göre jedoch nicht schöner machte. Das Spiel an
sich war schon schön, nur das Aneinandergereihe
von Fragmenten eben nicht. Seine gleichaltrigen
Kumpane hatten ihn schon davor gewarnt, dass die

Jugend nur noch mit Halbwissen zu glänzen versuchte und hier hatte er den Beweis.

Hansen hatte nichts gegen die Jugend. Wirklich nichts. Deshalb rügte er sich nun innerlich dafür, dass er solche Gedanken aufkommen lassen hatte. Um dem entgegen zu wirken, blieb er still und beobachtete. Vielleicht würde sich alles von allein ergeben.

Hansen musste pinkeln. Seit geraumer Zeit fischte das Mädchen einen Fisch nach dem anderen aus dem See und setzte sie wieder hinein. Bei dem übergroßen Hecht wäre Hansen beinahe schwach geworden und hätte sein Schweigen gebrochen. Den konnte man doch nicht wieder zurück in den See werfen, der musste in die Pfanne. Seitdem Hansen hier an diesem See angelte, hatte er noch nie etwas davon gehört, dass jemals ein Angler, ob Profi oder Amateur, hier einen Hecht rausgefischt hatte. Unruhig rutschte er deshalb in seinem Stuhl herum, aber sein stilles Gelöbnis wollte er wegen dieser Peinlichkeit nicht brechen, doch wegen dem Pinkeln musste er es tun, wenn auch nur körperlich.

Also schlug Hansen die Thermodecke auf und entschlüpfte ihr wie ein Schmetterling seinem Kokon. Sofort stieg die Kälte über seinen Rücken und sein Körper begann zu zittern. Hansen lief einige Meter vom Angelplatz weg um in Ruhe seine Blase zu leeren. Er stierte nach vorn und schaute auf ein paar Hagebutten, die an einem Wildrosenbusch hingen. Hansen hatte noch keinen einzigen Fisch gefangen, was auch kein Wunder war, denn er hatte die ganze Zeit über nur in seinem Anglerstuhl gesessen und gewartet. Worauf eigentlich? Hansen nannte sich in Gedanken einen Blödmann, schüttelte ab und ging zurück zum Angelplatz.

Das Mädchen machte gerade eine Angelpause. Auch ihr Banjo schwieg. Hansen ging an ihr vorbei und nahm entschlossen seine Angelrute. Er prüfte, ob der Köder noch dran hing oder ihn irgendwelche Insekten abgefressen hatten. Dem war nicht so und Hansen warf das erste Mal an diesem Tag seine Angel aus. Zufrieden mit dem Wurf setzte er sich wieder in seinen Stuhl und beobachtete den Schwimmer auf dem Wasser.

Das Mädchen kramte unterdessen in dem Boot herum, was Hansen zwar nicht sehen konnte, aber hören. Er versuchte alle Geräusche zu identifizieren, doch sein Gehör war eben nicht mehr das neueste und schließlich war da noch der Schwimmer, den er immer im Blick haben musste.

Plötzlich kroch ein Duft in seine Nase und umschmeichelte sein Herz. Zarte Süße kroch in ihn hinein und er schloss seine Augen, um Erinnerungen zu wecken. Er dachte schlagartig an seine Frau und eine pikante Szene aus ihrem gemeinsamen Leben. Wie Pudding schmiegte sich die Erinnerung in seinen Körper und fast berührte er den Körper seiner Frau, so echt war der Gedanke, aber er war leider nur ein Gerücht, dass durch ein paar wenige Worte zerstäubte.

«Auch eine Tasse Kakao?"

Hansen kam etwas rumpelig in die alte Welt zurück. Er erschrak so sehr durch die plötzlichen Worte, dass er mit dem Kopf gegen den Becher stieß, dem ihm das Mädchen vor die Nase gehalten hatte, dass dadurch fast die Hälfte des Getränkes verschüttet wurde, zum Leidwesen seiner Thermodecke und der Hand des Mädchens, aus der der Becher nun auf den Boden fiel und ihn mit dem süßen Kakao fütterte.

Hansen stotterte Silben vor sich hin, die keinen Sinn ergaben, während das Mädchen zum Wasser lief und ihre verbrühte Hand hineinsteckte. Hansen wiederum schnellte vom Stuhl hoch und warf gleichzeitig die Thermodecke nach hinten über den Stuhl. Er stierte zum Mädchen am See, das gerade ihre Hand untersuchte und damit keinen Blick für Hansen übrig hatte. Zum Glück für Hansen, denn der stand unbeholfen wie ein seniler, alter Mensch in dieser Szene und verpasste seinen Einsatz. Was sollte er tun? Er wollte doch nur einen freien Sonntag. Wieder wurden alle seine Vorstellungen und Pläne radikal in Stücke gerissen. Hatte nicht seine Mutter immer gesagt, dass er nichts erwarten sollte? Alles würde kommen. Aber warum kam es nicht? Hansen hatte schon immer das Gefühl gehabt, dass umso mehr er seine Erwartungen ignorierte, sie dadurch immer mehr einen Bogen um ihn machten. Er bemerkte wie sich ein dicker Mantel Melancholie um ihn hüllte und ihn schlagartig wärmte. Hansen hing plötzlich zwischen Geborgenheit und einer gewissen Wut gegenüber dem Glück. Und er bemerkte wie sein Kopf dröhnte, so als hätte ihm jemand Gedanken in die Ohren geblasen. Hansen hatte das schon ab und zu erlebt, meistens wenn es keine Lösungen für Situationen gab. Übersprungshandlungen nannte das seine Hausärztin und beruhigte Hansen zugleich, denn seine Übersprungshandlungen äußerten sich wenigstens in Kreativität. Und wieder spürte Hansen, dass sich aus den Gedanken Buchstabenreihen bildeten, die wie Schlangen in seinem Kopf umher krochen und miteinander kopulierten. Dabei entstanden neue Wortschlangen und ergaben irgendwann einen Sinn. Dann wanderten sie durch Hansens Körper bis sie endlich einen Ausgang fanden. Seine Lippen öffneten sich und sie fielen ihm einfach heraus, die Worte:

«Blume bist Du,
duftest nach Liebe,
schenkst sie ohne Fragen.
Blume bist Du,
tanzt im Wind,
bittest mich still hinzu.
Blume bist Du,
welkst mit mir wie es angedacht,
bis hin zur letzten Nacht.»

«Meinen sie mich?»

Doch Hansen stierte nur auf den See und ließ seine Gedanken sprechen:

«Der weiße stumme Mond
illuminiert deinen bloßen Körper.
Ich erblick die Mondscheinsilhouette
deines Körpers
mit nachtmüden Augen.
Sie segeln, sie treiben ab,
auf erleuchtet weißer See.
Dann tauchen sie unter in kalte Träume,
ertrinken darin,
erfrischen sich und schlüpfen bald
in einen neuen Tag mit Dir.»

«Hallo, hören sie mich?», redete das Mädchen weiter auf den geistig abwesenden, alten Mann ein. Doch der schien den Kontakt in ihre Welt gekappt zu haben. Sie traute sich nicht ihn zu schütteln, denn sie kannte sich mit alten Menschen nicht aus, wie sie sich überhaupt mit Menschen nicht auskannte. Und ihr begegnete man in dieser Gegend ohnehin nicht mit Wohlwollen, denn sie war zu schön für diesen Ort, weshalb sie auch schon so lange versuchte vor ihrer Schönheit unterzutauchen. Sie hatte ihr bisher nur fremde, aufdringliche Begierde und tiefe Seelenverletzungen eingebracht. Ihre Schönheit war das neidvolle Vorwurfsmesser der dörflichen Gemeinschaft, das immer in ihrem Herzen stecken würde, solange sie nicht aus dem Hier verschwand. Und gerade drohte sie wieder in einer Situation zu ertrinken, die sie so nicht wollte.

Das sie sich zu dem Alten ans Ufer gesetzt hatte, hatte sie einiges an Mut gekostet und dabei ging es ihr nicht einmal um den wirklichen Kontakt, sondern es war eher ein psychosoziales Experiment. Ihr erster Schritt zur Heilung oder wenigstens Linderung ihrer inneren Zerrissenheit. Doch nun stand der Alte vor ihr und rezitierte irgendwelche Gedichte, was konnte sie tun, sollte sie gehen, aber was würde dann mit ihm geschehen?

Sie blieb, immerhin hatte sie ihm schon die Thermodecke über die Schultern gelegt, zwar mit großer Scheu und pochendem Herz, aber sie hatte Kontakt aufgenommen. Und weil der Alte immer noch Gedichte aufsagte, setzte sie sich einfach auf ihren Klapphocker und hörte ihm zu, vielleicht würde er von selbst damit aufhören.

«Wo ist das Ich?
Wo ist es nur?
Wohin ist es gerannt?
Gleich um die Ecke in die Kneipe?
So früh schon ausgebrannt?
Bald traf ich es,
am Ende einer Straße,
wie es sich schleppte
und erbärmlich kroch,
immer entlang am Montagsloch.»

„Es fällt ein Schauer
auf meine Ohren
durchtränkt die Traurigkeit
bis in ihr Mark.
Sie stirbt daran
und es regnet weiter

bis zum nächsten Drift
durch Celloklang.»

Ihr fiel etwas ein, ob es funktionierte, würde sie
bald wissen. Sie holte ihr Banjo, setzte sich zurück
auf den Hocker und stimmte das Banjo vorsorglich
nach, um den Alten nicht mit falschen Lauten noch
weiter in den Poesieabgrund zu stürzen. Schließlich
begann sie vorsichtig die ersten Töne zu spielen, zunächst nur einzelne, jetzt war jeder Handgriff wichtig. Für sie war klar, dass sie den Alten retten wollte.
So setzte sie die Notoperation behutsam fort und
nach den ersten Tönen spürte das Mädchen, dass
der Alte ihrem Spiel zuhörte, denn schlagartig
schwieg er. Nun begann das Mädchen kurze Melodien zu spielen. Sie bereute fast, dass sie sich immer
geweigert hatte, die ganz alten Lieder zu lernen,
denn vielleicht hätte sie den Alten damit schon viel
eher zurückholen können. Doch dann fiel ihr schlagartig eine ganz einfache Melodie ein, die ihr Onkel
manchmal beim Rasenmähen vor sich her gepfiffen
hatte. Sie schwenkte von der eben noch leicht be-
schwingten Melodie ins seicht euphorische Musik-
fach um. Nach den ersten Tönen stieg Hansen in das
Stück ein und erhob seine Stimme, um der Lied
einen Text zu geben.

»Tut's noch weh?«, sang Hansen und zeigte damit, dass er langsam zurückkehrte. Das Mädchen
schaute zu ihm, aber seine Augen lagen immer noch
außer ihrer Sichtweite. Sie spielte weiter und Hansen schrie, «Der Schwimmer zuckt, der Schwimmer

zuckt." Er ließ die Thermodecke von seinem Rücken rutschen und nahm seine Angel vorsichtiger auf, als das Mädchen gedacht hatte, denn Hansen war aus seiner Lethargie geradezu heraus explodiert. Was war das nur für ein Mensch?, fragte sie sich und legte ihr Banjo zurück ins Boot. Vielleicht konnte sie dem Alten helfen, der gerade Mühe hatte, die Angel nicht gegen seinen vermeintlichen Fang zu verlieren.

Hansen spürte wie wenig Kraft ihm sein Alter gelassen hatte. Allein die Hoffnung, dass etwas ganz großes am Haken hing, gab ihm die Zuversicht, dass es doch weniger mit seiner Kraft zu tun hatte. Verbissen hielt er die Angel fest und versuchte die Sehne langsam aufzurollen, als das Gewicht schlagartig einiges von seinem schweren Charakter verlor, bis das Einholen plötzlich so leicht ging, dass er nach hinten trat, um in seinen Schuhen einen besseren Halt zu finden, wobei er unerwartet auf den nackten Füßen des Mädchens landete. Schnell machte er einen Schritt nach vorn und riss dabei das Mädchen mit sich. Augenblicklich wusste er, warum alles so leicht geworden war. Das Mädchen prallte ihm gegen den Rücken und Hansen bemerkte jetzt erst wie groß sie eigentlich war. Ungefähr einen halben Kopf größer war sie und er fühlte sich klein. Zusätzlich zu seinem kümmerlichen Alter kam nun auch seine kümmerliche Größe.

«Halten sie die Angel fest.», schrie sie ihn an, aber Hansen konnte nichts sagen, ein weiterer Aussetzer war im Anflug, doch diesmal traute sich das Mädchen ihn anzustoßen und er fiel aus seiner aufsteigenden Wolke.

«Sind sie in Ordnung?», fragte sie ihn mit Bedacht.

«Und sie?», fragte Hansen zurück.

«Geht schon. Wir sollten mal ihren Fisch rausziehen.»

«Welchen Fisch?»

«Der an ihrer Angel hängt.»

«Ach gut, ja, dass sollten wir."

Und Hansen gab dem Mädchen die Angel in die Hand und sie zog einen Wels aus dem Wasser, der beide ins Grübeln brachte.

«Ich esse gar keinen Fisch.», sagte das Mädchen, während Hansen ihn ausnahm.

«Ich schon, aber meistens den aus dem Laden, wissen sie, ich war nie ein guter Angler.»

«So wie sie den Fisch getötet haben, können sie auch nur ein schlechter Angler sein.»

«Das ist klug gesagt, aber nur weil man nichts tötet, heißt das noch lange nicht, dass man auch gut ist. Ganz, ganz früher hieß töten einfach überleben.»

«Und heute?»

«Heute ist Sonntag und da möchte ich bitte nicht philosophieren. Es ist der erste freie Sonntag für mich und wenn ich schon mal so einen Fang mache, dann will ich es gern genießen.»

«Entschuldigung, ich weiß nicht wie man mit anderen redet, dass ist schon sehr viel, was ich bis jetzt gesagt habe.»

«Wieso? Sie sind doch nett und hilfsbereit.»

«Die meisten sehen in mir ihre Wünsche, nicht die meinen.»

«Das verstehe ich gut. Und wissen sie, so geht es jedem.»

«Aber nicht jeder wird damit erpresst.»

«Was meinen sie damit? Erpresst.»

«Schon gut. Ich möchte eigentlich nur bei ihnen sitzen. Sie scheinen mir genauso hilflos zu sein wie ich. Haben sie auch jemanden verloren?»

«Meine Frau, gestern, aber verlieren möchte ich nicht sagen, wohl eher verlegt.»

«Das klingt komisch.»

«Ist aber treffender. Man kann nur etwas verlieren, dass nichts mehr übrig lässt, doch von meiner Frau habe ich noch reichlich.»

«Hm, weiß nicht. Ich fühle mich einfach leer, seitdem mein Bruder tot ist. Er hat mich beschützt, immer. Und jetzt ist dieses Haus weg und der kalte Wind weht mich durchs Leben.»

Hansen schaute das Mädchen an, während er den Fisch in Stücke schnitt. Es saß wieder auf seinem Hocker und hatte den Blick von ihm abgewendet. Sie schien sich zu ekeln. Also holte Hansen seinen Eimer aus dem See, spülte ihn noch mal aus und warf die Fischstücke hinein. Die Überreste sammelte er auf und warf sie in ein Gebüsch. Dann wusch er sich seine Hände im See und packte seine Sachen zusammen.

Das Mädchen blieb stumm und reglos sitzen und beobachtete Hansen bei seinem Tun. Und wieder fragte sie sich, woher dieser alte Mann wohl kam?

Hansen bemerkte ihren fragenden Blick, schaute sie aber nicht direkt an. Beide hatten es verlernt, das Zusammensein mit fremden Menschen an einem gemeinsamen Ort. Hansen war ihr nicht böse, dass sie ihm den Sonntag anders gestaltet hatte, als er es sich gewünscht hatte. Immerhin lagen in seinem Eimer die wunderbaren Stücke eines Welses und das hatte eindeutig was mit ihr zu tun.

«Kommen sie, sie können sich bei mir aufwärmen, wenn sie wollen. Machen sie aber erst das Boot richtig fest, der arme kleine Baum wächst sonst ganz schief.»

Das Mädchen schaute ihn mit ohnmächtigem Blick an. Das war genau der richtige Weg für sie, denn sie musste nicht mehr zurückkehren, auch wenn sie wusste, dass die Hölle mehrere Eingänge besaß. Sie nahm ihre Sachen aus dem Boot, einen Rucksack und das Banjo, das Angelzeug warf sie hinein und dann schob sie das Boot auf den See hinaus.

«Warum machen sie das?», fragte Hansen.

«Es gehört mir nicht. Der Rucksack und das Banjo sind das einzige was ich habe, das andere ist geborgt.»

Hansen fragte nicht genauer nach, jeder hatte ein Recht auf Geheimnisse, vor allem die Kinder und die Jugendlichen. Dann packte er seine Sachen, ihren Rucksack und das Banjo in den Fahrradanhänger und zusammen verließen sie den See.

Das Mädchen bemerkte Hansens Müdigkeit und übernahm das Fahrradschieben. Hansen wehrte sich nicht dagegen, es wäre albern gewesen ihre Hilfe abzulehnen.

«Wann haben sie das letzte Mal was Verrücktes gemacht?», fragte er das Mädchen.

«Weiß nicht?»

«Na, und das mit dem Boot, war das nicht verrückt?»

«Ich denke eher, dass es verboten war.»

«Verboten, verboten, was heute alles verboten ist. Früher war das einfach verrückt. Immer ist alles verboten. Solange keiner stirbt ist es verrückt, aber die

Angst verbietet alles. Wissen sie wie viele Ideen nur durch Verrücktheiten Aufmerksamkeit bekommen haben?»

«Nein.»

«Fast alle.»

«Oh, wirklich?»

«Ich glaube, wir sollten gleich noch mal was Verrücktes machen. Können sie Fahrrad fahren?»

«Ja.»

«Dann steigen sie mal aufs Fahrrad und warten sie auf mein Kommando.»

Hansen räumte die Sachen im Fahrradanhänger so um, dass er sich zwischen sie setzen konnte. Dann rief er:

«Los geht's, immer die Chaussee entlang bis zum Ende und dann scharf rechts, das einzige graue Haus ist meins, bitte dort anhalten.»

Zum Glück für das Mädchen ging es recht leicht das Gefährt in Fahrt zu setzen. Der Alte schien ein Leichtgewicht zu sein und so radelte sie ihn nach Hause. Unterwegs passierten sie die Indoor-Angel-Halle, vor der sich eine Menge Männer versammelt hatten, die sich in ihrer eigenen, fast ausgestorbenen Sprache über Karpfen und Lachse unterhielten. Den Alten sahen sie nicht, sie sahen nur das junge Ding, deren Kapuze im Fahrtwind vom Kopf gerutscht war und ihr kurz geschorenes Haupt hinterlistig entblößte. Man wandte sich ab und das Mädchen trat noch schneller in die Pedale, um aus diesem Gemäuer zu brechen.

Als die Chaussee endete, bremste sie ab, um in der Rechtskurve nicht herauszufliegen. Doch sie hatte die Fliehkraft unterschätzt. Der Fahrradanhänger hob seitlich ab und rollte schließlich nur noch auf dem linken Rad. Hansen drückte sein Gewicht auf die rechte Seite des Wagens und die Lage war entschärft. Das geschockte Mädchen ließ das Gefährt nun einfach ausrollen, bis es endgültig zum Stehen kam.

«Was ist los? Warum fahren sie nicht weiter, dass ist noch nicht mein Haus.»

«Aber, ich hätte sie fast umgebracht. Ich möchte lieber schieben, wer weiß, was sonst noch passiert?»

«Das kann man nicht umgehen, passieren tut immer was. Also los, steigen sie auf und fahren sie die paar Meter. Ich werde schon nicht rausfallen.»

«Wenn sie meinen.»

«Ja, ich meine.»

Also stieg das Mädchen wieder aufs Rad und fuhr die letzten Meter vorsichtig hinunter. Nebenbei hielt sie nach Hansens Haus Ausschau, was bald in seinem Grau aus der Häuserreihe hervorsprang.

Am Gartentor hielt das Mädchen das Gefährt an und zog sich die Kapuze wieder über den Kopf, bevor der Alte aus dem Anhänger gestiegen war. Er lief zum Tor und drückte es nach innen auf. Mit einem leichten Wink bat er seinen Gast herein und zeigte beiläufig auf die Garage. Und während sie hinüber ging, öffnete Hansen das Garagentor per Fernbedienung und sah dem Mädchen zu wie es in dem sich öffnenden dunklen Raum verschwand. Er dachte plötzlich an ein Märchen, und an das Mädchen Sanstriste, das darin vorkam. Sie erinnerte ihn daran und er wollte ihr etwas gutes tun, doch wie sollte er es anstellen, denn völlig Fremden eine Freude zu machen, dass war immer schwierig, da konnte man in alles hineintreten, was verletzen könnte. Schlussendlich riss er sich zusammen, immer diese Zweifel. Machen, Hansen, machen, nur das half, um die Zweifel zu vertreiben. Hansen wäre oft an seinen Zweifeln gescheitert, wenn ihm seine Frau nicht den Weg drum herum gezeigt hätte. Doch die war nicht mehr da, jetzt musste er beweisen, dass er von der Meisterin gelernt hatte. Also folgte er dem Mädchen in die Garage und schaltete das Licht an. Dann ließ er das Garagentor herunter und schloss die Verbindungstür zur Wohnung auf.

«Kommen sie, einfach gerade durch, da ist die Küche. Sie haben doch sicher Hunger. Oder nicht?», fragte Hansen das Mädchen und wirkte dabei wie ein verliebter Bengel.

«Schon ein bisschen, aber bitte keinen Fisch.»

«Oh, der Fisch, den hätte ich beinahe vergessen, gehen sie schon mal vor. Ich hole den Fisch und froste ihn erstmal ein. Ich möchte sie nicht weiter mit seinem Geruch belästigen.»

«Danke.»

«Ist schon gut, ohne sie hätte ich ihn auch nicht gefangen. Ich geh dann bloß mal schnell in den Keller, die Gefriertruhe steht da unten, dauert nicht lange, fühlen sie sich wie Zuhause.»

«Lieber nicht.», antwortete sie leise, wandte sich ab, putzte ihre nackten Füße am Abtreter ab, ging den Flur entlang und verschwand schließlich in der Küche.

Hansen merkte, dass er nun doch in etwas hinein getreten war. Aber was sollte er machen? Er ging in die Garage, holte den Eimer mit den Fischstücken und brachte ihn in den Keller, wo er den Fisch in Gefrierbeutel packte und diese in die Truhe legte. Dabei bemerkte er, dass die Gefriertruhe nicht einmal angeschaltet war, kein Wunder, Einfrosten hatte sich nicht mehr gelohnt, seitdem Hansen mit der Krankheit seiner Frau beschäftigt gewesen war. Also steckte er den Stecker in die Steckdose und die Gefriertruhe fing gefällig an zu summen. Wäre das nur auch bei den Menschen so einfach.

Hansen ging erstmal ins Badezimmer, um sich zu waschen, vor allem die Hände. Doch schließlich bemerkte er, dass der ganze Hansen stank. Er verschloss die Badezimmertür und duschte sich einen neuen Geruch an den Körper. Wenn man Gäste hat, verhält man sich recht eigenartig, stellte Hansen fest.

Wäre er ohne Besuch auch duschen gegangen oder hätte ihn der Gestank mit ins Bett begleitet? Hansen war sich nicht sicher, deshalb drehte er das kalte Wasser auf und verkühlte sich die elenden Gedanken.

Ein wenig später kämmte er sich vor dem Spiegel seine Haare nach hinten, nahm dann seinen Bademantel vom Haken an der Badezimmertür und schlich ins Schlafzimmer. Er kleidete sich neu ein, ging noch mal ins Bad, um seine schmutzigen Sachen in die Wäschetonne zu werfen. Ein letzter Blick in den Spiegel verabschiedete ihn und Hansen ging in die Küche.

Auf dem Weg dahin begegnete ihm der Geruch von Pfefferminztee. Und als er die Küche betrat, sah er einen liebevoll gedeckten Tisch, vor dem eine schwer lesbare, sehr junge Frau stand, die ihn nicht anblickte. Sie hatte ihren übergroßen Mantel über die Lehne eines Küchenstuhls gehängt und Hansen dachte wieder an Schmetterlinge. Es lag nicht an den Kleidern, die sie trug, auch sonst verstand es die Mode in letzter Zeit aus Schmetterlingen unscheinbare Kellerasseln zu machen. Nur Sekunden starrte er sie an, aber er hatte nun ein kleines Bild von ihr in seinem Kopf. Radikal kurze Haare, ein überweiter, vergrauter Pullover, enge, zerschlissene Hosen und nackte, zerrissene Füße, aber sie war fast kein Mädchen mehr, dass erkannte Hansen in diesem kurzen Blick.

Hansen setzte sich an den Tisch, dieses Mal nicht auf den Platz seiner Frau, denn draußen dämmerte es und so hätte er sich die ganze Zeit selbst in der Fensterscheibe sehen müssen, also setzte er sich mit dem Rücken zum Fenster, obwohl das Geschirr dort nicht eingedeckt war. Wieder so ein Napf, dachte Hansen, aber er war nicht mehr bereit sie zu umgehen, er wollte ihnen einfach in ihre Eingeweide treten, zumal er auch mit etwas Abstand zu ihr saß.

«Na, kommen sie, setzen sie sich und trinken sie einen Schluck Tee, der wird ihnen gut tun. Ich hab mich nur hierher gesetzt, weil ich mein Spiegelbild nicht sehen möchte.» Daraufhin ging das Fräulein zum Fenster und ließ das Rollo herunter. Der Spiegel war tot und Hansen verlegen. Er rutschte auf den Platz seiner Frau und goss ihr und sich selbst etwas Tee in die Tassen.

«Warum haben sie mich mitgenommen? Befürchten sie nicht, dass die Leute reden könnten.», begann sie und setzte sich zu Hansen an den Tisch, ohne das sich ihre Blicke kreuzten.

«Die Leute können mich mal am Arsch lecken, auf die muss man nichts geben. Wissen sie, wer in meinem Alter noch auf die unzähligen Meinungen Zeit verschwendet, der kann auch gleich bei der Geburt abtreten. So sehe ich das jedenfalls, aber glauben sie nicht, dass ich das schon lange weiß. Ich habe auch meine Zeit dafür gebraucht. Und jetzt hole ich uns noch eine kleine Gaumenfreude.»

Dann stand Hansen auf und ging zum Küchen-schrank. Er öffnete nacheinander die Schranktüren und sie vermutete, dass er sich in seiner eigenen Kü-che nicht sehr gut auskannte. Trotzdem bot sie ihm keine Hilfe an, denn sie wollte ihn nicht beleidigen, weil er es einfach nur gut meinte.

Endlich fand Hansen das, was er gesucht hatte. Eine Pralinenschachtel, deren Schutzfolie schon ent-fernt war und somit wurde Hansen klar, dass er der jungen Frau eine angefangene Schachtel anbot. Kurz überlegte er, ob er sich davon überzeugen sollte, dass in der Pralinenschachtel auch noch Pralinen drin waren. Auch an den Kuchen dachte Hansen. Wieder ein Dilemma. Schließlich entschied er sich für die Pralinen und versuchte diese Peinlichkeit mit einem klugen Spruch zu überspielen.

«Mal sehen, ob noch was drin ist. So eine Schach-tel ist ja wie das Leben, man weiß nie was man be-kommt.»

«Ja, und oftmals ist das auch nichts.»

Die Antwort brachte Hansen in erneute Verlegen-heit, was sollte er antworten? Für eine spontane, aufbauende Aufmunterung war es schon zu spät, denn die Sekunden verstrichen und wenn er jetzt mit etwas rausplatzte, bestand die Gefahr, dass er vollkommen den Kontakt zu ihr verlor. Was hatte man nur mit dieser zerbrechlichen Frau gemacht? Doch dann setzte sich Hansen einfach an den Tisch zurück und legte die Pralinenschachtel direkt vor ihr ab.

«Öffnen sie es. Beweisen sie Mut. Egal was da drin ist, erwarten sie nichts, nehmen sie das, was kommt.», sprach Hansen und er fühlte sich noch älter, wenn er solche Sätze von sich gab.

In die lang anhaltende Stille piepte plötzlich Hansens Armbanduhr zur vollen Stunde. Es war nur ein Millisekundenschrei hinein in die stillen Wasser, doch beide schreckten von der plötzlichen Unruhe so sehr auf, dass sie sich dabei die Knie an der Tischkante stießen, wodurch der Tisch so stark ausgehoben wurde, dass die Schachtel vom Tisch rutschte und auf den Küchenboden knallte. Der Pappdeckel löste sich und der Inhalt fiel heraus. Es waren tatsächlich noch alle Pralinen vorhanden. Beide starrten zum Boden und atmeten tief ein, jeder dreimal und Hansen schien es fast so, als hätte er die gleiche Ärztin wie sie. Dann räusperte sie sich und Hansen schaute auf die Uhr. Fünf Uhr nachmittags.

«Sehen sie, ist doch was drin.», sagte Hansen, stand auf, nahm seinen Teller und begann die Pralinen aufzusammeln.

«Entschuldigung.», rutschte es dem Fräulein durch die Lippen und sie half Hansen beim Aufsammeln der Pralinen.

«Für was denn? Vielleicht haben wir beide diesen Anstoß gebraucht.», beschwichtigte Hansen mit dünner Stimme.

Der Teller wurde voll und so hatten beide nun zu ihrem Tee auch etwas Süßes. Hansen schaute ihr nie richtig ins Gesicht, nur aus den Augenwinkeln beobachtete er sie. Das Mädchen wiederum traute sich den Alten nun ganz genau anzuschauen, so als würde sie versuchen sein ganzes Wesen in ihrem Kopf zu speichern. Wer war er, fragte sie sich immer noch. Hatte er etwas vor? Sie konnte Menschen schwer lesen, denn ihre Empathie hatte man ihr aberzogen, indem man ihre Gefühle stets auf die falsche Fährte geführt hatte. Langsam nahm sie sich eine Praline nach der anderen und ließ sie im Mund zerschmelzen. Hansen aber stopfte die Pralinen in sich hinein. Sie bemerkte, dass ihn diese Situation einklemmte.

«An was ist ihre Frau denn gestorben?», fragte das Mädchen plötzlich und Hansen hatte damit zu tun die Schokoladenmasse hinunter zu würgen, damit er ihr antworten konnte. Er scheiterte daran und verschluckte sich ordentlich, so sehr, dass er gewaltig husten musste, dabei schleuderte er einige Tropfen Schokospucke in die Küche und das Mädchen ging in Deckung. Als sie aber merkte, dass Hansen sich nicht erholte, ging sie zu ihm und klopfte ihm ordentlich von hinten zwischen die Schulterblätter, doch auch das half nichts. Sie bekam Panik.

Hansen lief schon blau an und röchelte nur noch. Zum ersten Mal schaute er dem Mädchen in die Augen, dass sich verzweifelt über ihn beugte und versuchte die Masse aus seinem Mund zu fingern, da Hansen aber immer wieder zubiss, schaffte sie es einfach nicht. Hansen nahm in Ahnung seines nahenden Todes ihre Hände und drückte sie an seine Brust.

Das Mädchen spürte das schwache Herz, aber die verklingenden Schläge gaben ihr auch einen äußerst schwachen Impuls, der ihr eine Erinnerung in den Kopf schrie.

Sie drehte Hansen auf den Bauch und griff ihm unter die Arme, dann zog sie ihn hoch und bemerkte, was er für ein Leichtgewicht war. Sie stellte sich hin und hatte Hansen vor sich im Heimlich-Griff. Sie drückte Hansens Bauch zusammen und hörte, ob er etwas ausspie. Erst beim vierten Mal übergab er sich und atmete tief ein. Sie legte ihn vorsichtig auf den Boden und brachte ihn in die stabile Seitenlage. Dann legte sie ihren Mantel über seinen Körper und suchte ein Telefon. Doch nirgends konnte sie eins finden, weshalb sie zurück in die Küche ging und Hansen ansprach.

«Hallo, hören sie mich? Wo ist das Telefon? Haben sie eins?»

Hansen holte immer noch tief Luft. Atmen, dachte er, einfach atmen. Die Worte des Fräuleins hatte er gehört, doch er konnte nicht antworten, er musste atmen.

Sie bemerkte, dass Hansen Ruhe brauchte, also kümmerte sie sich um seine Kotze, statt ein Telefon zu suchen, während der alte Mann atmete.

Die junge Frau öffnete das Küchenfenster, um auch den liegengebliebenen Gestank zu vertreiben.

Doch die Luft blieb einfach draußen stehen. Deshalb ging sie in den Flur und öffnete die gegenüberliegende Tür zur Küche. Sie schaute nochmal zu Hansen, der aber weiterhin nichts anderes tat als atmen.

Vorsichtig suchte sie einen Lichtschalter neben dem Türrahmen und schaltete schließlich das Licht an. Es war das Wohnzimmer. Doch sie hielt sich nicht lange darin auf, sondern öffnete eines der beiden Fenster. Nun strömte die Luft großzügig hinein und sorgte für Frische. Sie blieb kurz am Fenster stehen und genoss den Wind, der an ihr zupfte. Sie blickte auf das Nachbarhaus und sah durch ein Fenster dessen Innenleben. Zwei Menschen küssten sich und dann erlosch das Licht und im besten Falle war Liebe im Spiel. Um nicht entdeckt zu werden, verließ sie das Wohnzimmer und schaltete beim Verlassen das Licht aus.

Im Flur traf sie auf Hansen. Sie blickten sich an und verließen sich wieder. Beide stummten vor sich hin und warteten auf den nächsten Schritt des anderen, wieder bewegte sich nichts. Nur der Wind strömte an ihnen vorbei. Hansen hatte genug vom Schweigen, sein Sonntag war eine Farce. Was hatte er sich eingebildet so ein junges Ding mit nach Hause zu nehmen? Sie war zweifellos schön, obgleich sich nichts in ihm regte. Eigentlich hatte er ihr nur helfen wollen, doch nun hatte er sie wohl noch tiefer in den Trübsinn gejagt. Er war einfach zu alt dafür, um ein Auffangnetz für Gestrandete zu sein. Also machte er den ersten Schritt und ging in die Küche zurück. Er schloss das Fenster und setzte sich wieder an den Tisch. Dann nahm er seine Tasse und trank den kalt gewordenen Tee. Sie trat in den Türrahmen und lehnte ihren Kopf dagegen. Sie schaute Hansen beim Trinken zu und schien auf ein Kommando zu warten.

«Nun setzen sie sich doch endlich, wenigstens den Tee können sie noch trinken. Und nicht das sie denken, ich käme nicht allein zurecht, sie können gehen, wann immer sie möchten. Bitte erwarten sie keine Lebensweisheiten von mir, die würden ihnen nur Grenzen setzen. Ich kann ihnen auch ein paar Sachen geben, die sie vielleicht brauchen könnten. Am besten sie gehen mal durchs Haus und suchen sich was aus. Ich trinke derweil noch eine Tasse Tee.»

«Woran ist ihre Frau denn nun gestorben?», fragte sie ihn erneut mit leiser, unsicherer Stimme.

«Das weiß ich selbst nicht so genau, die Diagnosen stapeln sich seit sechs Jahren auf meinem Schreibtisch. Es ist auch nicht wichtig, zumindest für mich. Fakt ist, dass sie tot ist.»

«Mein Bruder ist im Krieg gestorben.»

«In welchem Krieg? Es gibt doch gar keinen Krieg mehr für unsere Armee.»

«Sie wissen schon. Im Konflikt.»

«Hm, aber er wusste doch worauf er sich eingelassen hatte, oder? Wenn man mit einer Waffe in ein fremdes Land kommt, dann weiß man doch, dass es gefährlich werden könnte, zumindest ahnen sollte man es. Bei uns war das noch anders. Wir sind freiwillig gegangen, weil wir jung und dumm waren.»

«Er war Arzt.», schrie sie ihn an.

«Oh.», mehr konnte Hansen nicht sagen, wieder steckte er mit den Füßen im Napf.

«Ihm haben sie zu verdanken, dass sie noch leben. Von ihm habe ich das Heimlich-Manöver gelernt. Ich hätte sie auch krepieren lassen können.», wütete sie verbal durch die Küche.

Dann begann das Schweigen und Erstarren der beiden von neuem.

Hansen schmerzte die Hand, weil er immer noch die Tasse krampfhaft festhielt und in sie hinein stierte. Konnten manche Leute wirklich aus Kaffeesätzen lesen? Im Tee schwamm nichts von Belang, kein Hinweis, alles war klar und durchsichtig. Hansen fragte sich, wie er seinen Gast in Erinnerung behalten konnte, war sie nun ein Mädchen, ein Fräulein, eine Frau? In ihr schienen alle Facetten immer wieder aufzublühen und ihr Körper verriet ihm auch nichts, dafür hatte er sie einfach zu wenig betrachtet. Er wusste nicht wie er sie respektvoll ansehen konnte, um sich all seine Fragen beantworten zu können.

Hansen dachte an seinen Wochenplan. Morgen war Montag und Hansen hatte sich eigentlich vorgenommen in die Kaufhalle zu gehen, um bis Sonnabend über die Runden zu kommen. Doch was nun?

Sie setzte sich zu ihm, nachdem sie geduscht hatte. Das Parfüm seiner Frau wehte von ihr über den Tisch. Hansen schaute auf seine Armbanduhr. Viertel nach sechs.

«Wollen sie heute noch weg?», fragte sie ihn. Aber Hansen hing augenblicklich wieder in seinem Kokon fest, nachdem er das Körper-Parfüm-Gemisch der jungen Frau gerochen hatte. Er flog weg und ließ sie allein in der Küche sitzen. Sie beobachtete ihn und spürte, dass er wohl an seine Frau dachte. Sie wollte ihn nicht quälen und lief ins Bad, um sich das Parfüm von der Haut zu waschen. Auch sie hatte sich seit kindlicher Ewigkeit nicht mehr in einem Spiegel betrachtet. In diesem Haus schien der Spiegel ein optimistischer Künstler zu sein, denn er schenkte ihr ein schmeichelhaftes Porträt. Sie war überrascht von ihrer Fraulichkeit. Vielleicht war es das was den Alten so verlegen machte. Und wieder stellte sie fest, dass ihr die eigene Schönheit wenig Nutzen auf ihrer Glückssuche brachte. Sie zog ihre Kleidung aus und wusch sich den Geruch mit Seife ab. Dann betrachtete sie ihren Körper. Warum hatte die Natur den Frauen diese Körper angetan? Sie riefen doch nur Begehren, Gier und Sucht hervor. Wie konnte man sich als Frau der Liebe gewiss sein, wenn man in solchen Körpern steckte?

Die junge Frau versteckte sich nach dieser kleinen gedanklichen Intervention wieder in ihrer Kleidung und ging in die Küche zurück. Hansen saß noch am

Tisch und schien wieder Gedichte zu rezitieren. Dadurch bot sich ihr etwas Zeit, um durch das Haus zu streifen und sich umzusehen. Aber irgendwie scheute sie davor. Zaghaft lief sie im Flur entlang und als sie zur Haustür kam, blieb die junge Frau unvermittelt vor der Garderobe stehen. Sie kramte in den Fächern einer Kommode und fand eine grau-blaue Strickmütze, die sie sich über den Kopf zog und durch die ihre Fraulichkeit verblasste.

Hansen war von selbst wieder in der Küche gelandet. Seine Uhr hatte gepiept. Punkt acht. Er schaute sich um, doch sein Gast war nicht mehr da. Hansen trottete durch die Wohnung. Nirgends brannte Licht. Vielleicht hatte sich die junge Frau schlafen gelegt? Aber sie war weg. Kein Krümel lag von ihr noch im Haus. Nicht mal einen Zettel hatte sie hinterlassen. Nichts. Und Hansen ging in den Keller, um sich davon zu überzeugen, dass wenigstens der Fisch echt war.

Die Gefriertruhe summte und der Fisch fror. Das war Hansen also wirklich passiert. Es hätte ihn jedoch nicht gewundert, wenn er den Sonntag nur geträumt hatte.

War das nun der Sonntag wie er ihn sich vorgestellt hatte oder musste er ihn morgen wiederholen? Der Montag war sowieso schon immer der heimliche Sonntag. Er war bestimmt der unproduktivste Tag der Woche. Man sollte darüber mal eine Statistik bemühen, dachte Hansen, andererseits hätte sich seine Theorie dann vielleicht doch nicht bestätigt.

Na sei's drum, er war wieder allein und es blieb für ihn nur die Hoffnung, dass mit der jungen Frau nichts Schlimmes passierte. Er wünschte ihr von ganzem Herzen ein schönes Leben und bedauerte, dass seine Stimme kein göttliches Gewicht bei solchen Entscheidungen hatte, denn er war lediglich Hansen, für manche sogar Old Hansen. Das sagte alles.

Es war bereits neun Uhr abends und Hansen hatte die letzte Stunde damit verbracht einen Einkaufszettel anzufertigen, was sich als äußerst schwierig herausstellte. Hansen haderte mit sich, ob es überhaupt notwendig war, etwas einkaufen zu müssen? Es waren schließlich bloß noch fünf Tage bis zu seiner Einquartierung im Altersheim.

Also verwarf er seinen morgigen Einkaufsplan und beschloss wenigstens früh zum Bäcker zu fahren, dass wollte er unbedingt noch mal genießen. Sollte der Tag doch kommen, Hansen würde ihn mit offenen Armen empfangen.

Hansen zerriss den begonnenen Zettel und warf ihn in den Müll. Dann schlurfte er zur Speisekammer, um sich eine Flasche Bier zu holen, wo die beruhigende Gewohnheit durch die Leere der Kammer zettelgleich zerfetzt wurde. Der enttäuschte Alte ging ins Wohnzimmer und setzte sich kindsgrämig in den Fernsehsessel, wo er, um an die Stille keinen Raum zu verlieren, den Fernseher anschaltete. Zunächst schaute Hansen den Rest der Nachrichten an, schließlich die Wettervorhersage und stöhnte genervt auf, als danach eine Sondersendung aufgrund einer Katastrophe angekündigt wurde. Hansen schaltete um, doch die Sondersendungen reihten sich aneinander.

Erst ab den Dreißigerkanälen gab es Aussicht auf Besserung. Sport. Die besten Tore der Fußballweltmeisterschaften wurden angekündigt und Hansen legte die Füße auf den Tisch. Er genoss es, sich die Birne medial freischießen zu lassen, genau so etwas Belangloses brauchte Hansen jetzt. Was war das nur für ein Tag gewesen? Und wer war das noch mal gleich der dieses Tor geschossen hatte? Wie hieß der bloß? Hansen zerbrach sich den Kopf. Eigentlich war er eine Koryphäe im Themengebiet Sport, aber der Name des Spielers, der gerade das eine Tor geschossen hatte, wollte ihm partout nicht einfallen. Während er überlegte, fiel ein Tor nach dem anderen und er kam jetzt gar nicht mehr mit. Es war kein sanfter Torreigen, der sich da vor ihm abspulte, es war ein Gewitter und nicht für seine müden Augen gedacht. Hansen schaltete den Fernseher ab, verließ das Wohnzimmer und ging ins Bad. Er setzte sich aufs Klo und hatte schmerzliche Schwierigkeiten beim Wasser lassen. Sein ganzer Unterleib war derartig verkrampft, dass Hansen erst jetzt klar wurde wie lange er nicht auf dem Klo gewesen war. So dauerte es eine Weile bis sich das Problem aufgelöst hatte. In dieser Zeit dachte Hansen noch mal über das Fräulein nach und es war ihm, als könnte er das Banjo immer noch spielen hören. Doch Hansen spülte den und andere Gedanken mit dem Spülgang herunter, putzte sich die Zähne und ohne einen Blick in den Spiegel verließ er das Bad.

Hansen ging ins Schlafzimmer und setzte sich aufs Bett. Nach ein paar Sekunden ließ er sich nach hinten fallen und stierte zur Zimmerdecke. Dabei fiel ihm auf, dass er, seitdem er allein im Haus war, viel mehr Gedanken im Kopf zu haben schien. Gedanken, die er vielleicht über die Jahre hinweg nicht beachtet oder irgendwo in irgendeinem Zimmer seines Gehirns eingeschlossen hatte. Hansen fragte sich nun wie diese Gedanken da raus gekommen waren. Und diese Überlegungen brachten neue Fragen und die bedeuteten neue Gedanken. Er steckte in einem Gedankenkarussell, das immer mehr Fahrt aufnahm und ihn völlig zu vernichten drohte. Dann aber hörte er plötzlich wieder das Banjo und die leisen Melodien schlossen das Zimmer zu. Hansen sprang auf und ging zum Fenster. Er dachte, dass die junge Frau unten vorm Zaun stehen würde und zu ihm zurückkehren wollte, nicht aus Liebe, so töricht war Hansen nicht, sondern eher aus Einsicht, weil sie erkannt hatte, dass er es eigentlich nur gut gemeint hatte.

Doch am Zaun stand niemand. Die Musik war verschwunden und Hansen machte das Licht im Zimmer aus. Er legte sich ins Bett und zog sich umständlich im Bett liegend seinen Schlafanzug an. Dann hüllte er sich in seine Bettdecke und schaute dem Straßenlaternenlicht, das etwas durch die Rollos brach, beim Flackern zu.

Hansen fühlte die Leere, die Menschen hinterlassen konnten. Das Gefühl war jedoch ein Scharlatan, denn wie oft nervten Menschen auch oder machten sich im eigenen Körper breit, dass nicht allzu selten zu wenig Platz für die eigene Seele blieb. Hansen fühlte sich als leeres Haus in einem leeren Haus. Er hatte plötzlich Angst davor langsam und gemächlich zu vereinsamen. Doch dann hörte er wieder das Banjo und die Straßenlaternen stellten abrupt ihre Arbeit ein. Er konnte nichts mehr sehen, nur noch hören und am Kopfkissen riechen, das immer mehr nach ihm roch und nicht nach der Vergangenheit.

Tag 3, Montag, Bäcker-Lotto

Hansens Traum stank nach Fisch, obwohl Hansen von schönen Dingen träumte. Er hatte in den Armen einer Frau gelegen, die ihm den Kopf gestreichelt hatte, doch ihr Gesicht konnte er nicht erkennen. Es war wie der Blick in einen alten Silberteller, wenn er versuchte die Fremde zu enträtseln. Und als sich das Rätsel endlich zu erkennen gab, dann warf jemand einen entarteten Fisch auf den Teller und ihr Gesicht zersprang gänzlich. Dieser Traum wiederholte sich ständig und außer dem Fisch, der auf den Teller fiel, änderte sich nichts. Karpfen, Aal, Plötze, Barsch, Schleie, fast das ganze Anglerlatein zerstörte den Wunsch nach Auflösung, allein er blieb unerfüllt und so war es eben kein Wunder, dass Hansen erstens schlecht und zum Zweiten zu lang geschlafen hatte. Es war bereits kurz nach zehn, als Hansen auf seine Armbanduhr schaute und sich innerlich anstieß, um endlich seinen Schlummerkasten zu verlassen.

«Los jetzt, Hansen, alter Sack!», motzte er sich lautstark voll und hievte seinen Körper über die Bettkante in den vertikalen Stand. Er gähnte und reckte sich, schlug sich mit den Handflächen auf beide Wangen und ging zum Fenster. Er schob zwei Lamellen der Jalousie auseinander und sah, dass es regnete. Mit einem Zug an der herabhängenden

Schnur erweiterte Hansen den trüben Ausblick durchs Fenster und ließ die mechanischen Fensterlider mit dem ausgeklügelten, nicht immer zuverlässigen, Kniff einrasten. Dann öffnete er das Fenster und stellte sich in den hereindringenden, kühlen Luftzug. Hansen fuhr eine Runde mit und als das Zimmer und er ausgiebig durchlüftet waren, schloss er das Fenster wieder.

Die Erfrischung hielt nicht lange an, da es draußen immer noch graute, wurde es somit im Schlafzimmer auch nicht heller. Alles blieb grau und Hansen beschlich die Müdigkeit. Aber er ergab sich ihrer nicht und schlurfte ins Bad um seine Geschäfte zu erledigen. Gut verpackt im Bademantel, den Kopf in dessen Kapuze steckend, ging Hansen wie ein Mönch durch sein Kloster der Stille. Er hasste Stille. Er liebte die säuselnde Stille, so wie die in der Natur oder in einer Küche mit Radio, die er dann auch aufsuchte. Hansen schaltete das Radio ein und es brummte auf, kratzte dann ein wenig und Hansen justierte den Sender ein bisschen nach, schließlich erklang ein Mönchschor und Hansen dachte sich seinen Teil dazu. Aber um sich seinen Tag nicht mit irgendwelchen Zufallsgedanken zu vermiesen, stieg er in den Chor ein und wunderte sich selbst über seine Textsicherheit. Die zahlreichen Besuche alter Klöster in seiner Jugendzeit hatten ein paar Spuren in ihm hinterlassen, und es waren nicht die hässlichsten. Vielleicht wäre Hansen doch irgendwann ein Mönch geworden, wenn er nicht Post von seiner zukünftigen Frau bekommen hätte. Hansen fiel der

Brief ein, er hatte ihn all die Jahre in einem kleinen Metallkästchen aufbewahrt. Nicht einmal seine Frau wusste wohl davon und er bereute es jetzt fast, dass er ihr den Brief nie gezeigt hatte. Hansen setzte die Kapuze ab und füllte Wasser in den Wasserkocher. Er nahm kaltes Wasser, damit der Kocher etwas länger für seine Arbeit benötigte, denn Hansen wollte in diesem größeren Zeitfenster den Brief holen, und weil er dafür einen Tick mehr Zeit brauchte, nahm er eben kaltes Wasser.

Hansen drückte den kleinen Starthebel des Wasserkochers herunter und das war für ihn auch der Startschuss zum Wettlauf mit der Küchentechnik. Er lief los, stieg hinauf zum Dachboden, öffnete die sperrige Holztür und zählte die Holzbohlen des Fußbodens. Ein Stück der sechsten ließ sich durch ein Astloch nach oben heben. Und in dem frei gelegten Fach befand sich immer noch die alte Kiste, die nicht einmal Rostspuren hatte. Hansen nahm sie heraus, legte das Holzbrett zurück und rannte etwas knochig die Treppen hinunter. Die Dachbodentür schlug mit etwas Verzögerung zu und Hansen war bereits im Hausflur. Der Wasserkocher brodelte vor Freude, doch Hansen saß schon am Tisch, als der Schalter das Wettrennen mit einem Klacken beendete. Er feierte den Sieg nicht, denn vor ihm lag die Kiste mit dem Brief wie ein heiliger Sarkophag, den er plötzlich kaum zu berühren wagte, auf dem Küchentisch. Der Wasserkocher beruhigte sich und im Radio säuselte ein Chansonnier etwas von je'taime und l'amour. Doch Hansen stierte auf eine Erinnerung, die sich trotz ihrer Verhüllung seinem Geist offenbarte. Er wusste noch genau was in diesem Brief stand und der Brief stellte einfach den physischen Beweis dafür dar, dass der Inhalt einmal nicht nur ein Gedanke war. Hansen lehnte sich zurück und schaute in den Schauer, der den Garten mit Wasser übergoss. Er scheute den nächsten Schritt, irgendetwas hinderte ihn daran die Kiste zu öffnen. Er durchsuchte seinen Kopf wie den Garten nach Unkraut. Sein Kopf stritt mit dem Herzen und immer wenn man sich nichts zu sagen hat, redet man übers Wetter. Also beobachtete Hansen dessen wildes Treiben in seinem Garten und somit war das innere Gespräch zunächst beendet.

Die Zeit schleppte sich durch Hansens Küche und eine zähe Erzählstimme im Kulturradio stellte ihr immer wieder ein Bein, damit sie erst gar nicht in Trab kam. Hansen seufzte leise vor sich hin und so tropfte seine tote Laune in die Küche und kühlte sie langsam aus.

Wieder war es Hansens Uhr, die ihn aus der Lethargie riss. Er schaute sie an und band sie vom Arm ab, es wurde Zeit sie zu begraben. Hansen nahm die Uhr und ging in die Garage. Er zog sich die Gummistiefel an, öffnete das Garagentor mit der Fernbedienung und ging zum Gartenschuppen. Hansen holte einen Spaten heraus und suchte einen geeigneten Platz im Garten. Dazu lief er einmal ums Haus, doch er fand nichts, also drehte er eine zweite Runde und blieb schließlich vor einem vertrockneten

Rosenstrauch stehen. Seine Zeit war abgelaufen, dachte Hansen und fand den Ort für passend. Er grub ein Loch von knapp dreißig Zentimetern Breite und Tiefe in das er schließlich die Uhr warf. Sie klagte darüber, indem sie piepte. Hansen schlug mit dem Spaten auf sie ein und ihr letzter Ton war schrecklich. Hansen schaufelte etwas Erde auf das Opfer, dann hielt er inne und ging in die Garage zurück. Er warf die Gummistiefel von den Füßen und ging in die Wohnung, um sie nach Uhren zu durchsuchen.

Hansen begann im Schlafzimmer. Er nahm den Wecker und überlegte, ob es in diesem Zimmer noch so einen Zeitverräter gab. Aber eigentlich kannte er die Antwort. Hansen verließ das Schlafzimmer und sammelte die Uhren ein wie er sich ihrer erinnerte, Wohnzimmer, Bad, Garage, die ehemaligen Kinderzimmer der Kinder, die nun Gästezimmer waren, der Hausflur, der Keller und zu guter Letzt das Schmuckschränkchen seiner Frau, das in einer Nische des Wohnzimmers stand. Hansen hatte es so lange hinausgezögert wie es eben mit einem unausweichlichen Ereignis zu machen war. Bedächtig wie an einem Grab stand er vor dem Schrein und seine linke Hand hielt den Knauf der obersten Schublade fest. Aus einem inneren Reiz heraus zuckte Hansens Körper zusammen und mit einem leichten Ruck öffnete sich die Lade. Sein Körper hatte die Entscheidung übernommen und Hansen ließ ihn gewähren. Er hing in seiner Hülle, während die Armbanduhren seiner Frau in die Bademanteltaschen wanderten.

Dann ruckte es erneut und der passagierlose Bus fuhr in die Küche zurück. Dort wurde der Einkaufskorb abgeholt und der Körper stopfte die zum Tode Verurteilten hinein.

Der nächste Halt war das Uhrengrab. Die Hände schöpften die Zeit aus dem Korb und legte sie in die Grube, dann schlugen sie auf die Körper der Zeit ein und bedeckten die Leichen mit Erde. Am Ende legten die Körperwerkzeuge die fein ausgestochene Grasnabe darüber. Die Beerdigung war beendet und Hansen hatte alles verpasst. Etwas angezählt kehrte er zurück, schaute auf die windschiefe Grasnabe, richtete sie ohne große Überlegungen her, trat noch mal kräftig drauf und ohne sich umzuschauen, verschwand er wieder im Haus.

Das Wasser im Wasserkocher war nur noch lauwarm, also betätigte Hansen den Schalter erneut und der Kocher begann zu dröhnen an. Diesmal verzichtete man auf einen Wettbewerb, denn Hansen wusste, dass er dieses Duell verlieren würde, er wollte sich mit Genuss die Kälte vom Körper duschen gehen.

Zunächst wollte er sich frische Wäsche aus dem Schlafzimmerschrank holen. Er roch an den Sachen und hätte sie fast umarmt, verzichtete bewusst darauf, denn Hansen war völlig durchnässt und verschlammt. Seine Hände sahen nicht besser aus, also ging Hansen ins Badezimmer und zog sich die schmutzige Haut vom Leib. Nackend stand er nun da und überlegte, ob er nicht gleich eine Wäsche machen sollte. Er entschied knapp dafür und sortierte die Wäsche nach Farbe und Stoff. Seit Samstag hatte sich ziemlich viel angesammelt. Aber als Hansen fertig war, stellte er fest, dass jeder Haufen für sich nur ein mickriges Häuflein war. Also überlegte er was man irgendwie zusammen waschen konnte. Er nahm alles Graue, Schwarze, Blaue und Dunkelgrüne und schmiss es in die Waschmaschine. Zur Sicherheit fügte er noch ein Schmutz- und Fleckenschutztuch hinzu, goss Waschmittel in den Schieber und schaltete die Maschine an. Die Digitalanzeige blinkte und zeigte Hansen an, was er gewählt hatte und Hansen nickte dem Gerät zufrieden zu. Dann stieg er in die Wanne, stöpselte den Ausguss zu, ließ etwas Badezusatz auf seinen Körper platschen und öffnete den Wasserhahn. Das Wasser sprudelte heraus und hob Hansens Laune genau so schnell an wie seinen drahtigen Körper. Langsam umnebelte Hansen ein Gemisch aus Schaum und dampfendem Wasser und er ließ sich von ihnen wegbringen. Er tauchte ab und überlegte, ob es überhaupt noch notwendig war sich zu waschen. Ab Samstag würden sich andere darum kümmern, warum sollte Hansen das nicht ausnutzen. Er musste nur darauf achten, dass er sich in den verbleibenden Tagen nicht zu sehr in schweißtreibende Arbeit oder Gedankendudelei stürzte, aber das sollte schon irgendwie machbar sein.

Hansens Wangen hatten sich vollkommen mit Kohlendioxid gefüllt und schrien ihm ins Gehirn, dass er das Tauchen bitte mal sein lassen sollte.

Doch Hansen reizte ihre Dehnbarkeit bis ins Äußerste aus. Erst als sich ein kleines Loch zwischen seine Lippen sprengte und ein erster Wasserstrahl in seine Mundhöhle lief, reagierte ein Hustenreflex und rettete Hansen das Leben. Hansen spuckte das Badewasser aus, wies sich innerlich zurecht, zog den Stöpsel und spülte sich mit der Dusche den restlichen Schaum vom Körper, der ab und zu noch aufhustete.

Je mehr Wasser aus der Wanne verschwand, desto mehr presste ihn sein Eigengewicht an die harte Badewannenwand und Hansen musste schwer an seinem Ausstieg schuften. Innerlich verabschiedete er sich von dieser Art Hygiene, seinem letzten Wannenbad. Der letzte Strom Wasser schnorchelte durch den Ausguss und heulte jämmerlich auf. Aber da war Hansen schon auf dem Weg ins Schlafzimmer, um sich anzuziehen.

Zurück in der Küche ahnte Hansen, dass das Wasser im Wasserkocher wieder lau geworden war. Er schaute aus dem Fenster und beschloss zur Bäckerei zu gehen, um außerhalb zu frühstücken. Der Regen wurde vom Licht verdrängt und Hansen ging in den Flur, um seine besseren Schuhe, seine Ausgehjacke, Seidenschal und Barett anzuziehen. Er musterte sich im Garderobenspiegel und beschloss alle Spiegel zu entfernen, wenn er wieder zurück war. Dann nahm er seinen Herrenschirm und verließ die Wohnung.

Hansen stand noch im Haustürrahmen, als sein Kopf einen Einwand einbrachte. Geldbörse? Schlüssel? Taschentücher? Sonstiges? Hansen gab ihm Recht und ging wieder in den Flur. Er sammelte die Dinge ein; die Geldbörse und eine Packung Taschentücher von der Ablage unter dem Schlüsselkasten, den Schlüssel aus dem selbigen und sein Taschenmesser, von dem er nicht mehr genau wusste, wann er das dort wieder hineingelegt hatte. Doch sei es drum, diese Frage hätte Hansen sowieso niemand beantworten können. Er steckte alles in seine Jacke, außer dem Schlüssel, den steckte er von außen in das Schlüsselloch der Haustür, schloss ab und ließ ihn erst dann in die Jackentasche fallen.

Sein Magen zog sich zusammen und Hansen bemerkte seinen aufkeimenden Hunger. «Zeit fürs Frühstück!», mahnte er sich selbst zuflüsternd. Und während er sich zur Bäckerei aufmachte, überlegte er zu welcher er gehen sollte. Es gab vier verschiedene und alle waren mehr oder weniger gleich weit von seinem Haus entfernt. Die traditionelle, die moderne, die im Kiosk und die französische Boulangerie mit der bezaubernden Justine, zu der er immer nur mit seiner Frau gehen durfte, weil die Angst hatte, dass sich Hansen von dem duftenden Charme und der stets roten Lippen, über den Tisch ziehen lassen würde.

Dennoch spielte sich unter der Ladentheke viel mehr zwischen den beiden ab, als Hansens Frau ahnte. Justine und Hansen verband beide eine Leidenschaft über die sie sich nur mittels Zettelchen unterhalten konnten. Rätsel. Mit Klebezetteln, die sie abwechselnd an immer derselben Stelle der Thekenunterseite anbrachten, gaben sie sich Rätsel auf und hinterlegten so auch ihre möglichen Lösungen. Das ganze hatte früher seinen ganz besonderen Reiz, da verboten. Doch nun? Hansen wäre gezwungen gewesen sich mit Justine zu unterhalten, dass hatte er für heute aber nicht geplant, seine Laune wollte einen dahin fließenden Tag, also entschied er sich gegen die Boulangerie. Die Tradition strich er ebenso, da man dort nicht frühstücken konnte und gegen das Moderne sprach, dass dort immer zu viel los war und man immer das Gefühl hatte, nach fünf Minuten raus gekehrt zu werden, worauf man bei einem Schnellimbiss letztendlich selbst drauf schließen konnte. Also ging er zum Kiosk von Familie Mahlzahn, einer alteingesessenen Familie mit Stadthistorie. Die Auswahl an Backwaren hielt sich da zwar in Grenzen, aber mal nicht wählen, sondern einfach nehmen, dass brachte Hansen auch ein Gefühl seiner Kindheit zurück und er war mit seiner Entscheidung zufrieden.

Hansen lief seine Straße runter bis zum Kreisverkehr, auf dem ein Mahnmal des Krieges stand. Es blieb so wie es ist, manches drehte sich immer noch um vergangene Krieg, dachte Hansen. Eine sonderbare Stelle für dieses Mahnmal, dass früher einmal wenigstens auf dem Friedhof gestanden hatte, doch aufgrund der Verkleinerung desselbigen, versetzt worden war. Komischerweise stand nun an dieser

Stelle ein Kindergarten, wenn das mal nicht die Toten störte.

Hansen bremste seine ins Zynische abgleitenden Gedanken, er wollte einfach nur frühstücken. Also ließ er die Insel links liegen und bog nach rechts ab. In dieser Straße begann allmählich die Stadt, denn aus den einzelnen Häuserkrumen wurden zusammenhängende Häuserreihen.

Hansen musste noch ungefähr hundert Meter laufen, dann bog die Straße nach links ab, um sich ins Zentrum der Stadt zu ergießen. Die Backläden befanden sich links und rechts der Straße. Das Kiosk, die Boulangerie und das Backhaus befanden sich rechts, die Traditionsbäckerei links. Hansen musste also nicht einmal die Straße wechseln, doch er musste erst Justine's Boulangerie passieren. Er stellte den Kragen seiner Jacke hoch und zog sich seine Mütze tief ins Gesicht. Dann steckte er seine Hände in die Jackentaschen und schlich vorbei. Ja, Hansen hätte zu Justine gehen können, vielleicht wollte auch ein Stückchen Hansen zu ihr, aber was sollte er sagen? Bisher hatten sich ihre Gespräche nur in schriftlicher Weise vollzogen, wie sollte Hansen da von jetzt auf gleich in die verbale Form wechseln? Außerdem hatte er Hunger und wollte einfach was essen, begründete sich Hansen sein Handeln und passierte das moderne Backzentrum aus dem die Leute strömten. Hansen hatte Mühe durch den Strom zu schwimmen, zumal der ihm entgegen lief und ihn drohte hinweg zu spülen. Ein Kind hatte ein

Einsehen mit ihm und öffnete ihm eine kleine Pforte. Hansen schlüpfte hindurch und als er erfreut zurückschaute, um dem Kind mit einem Blick zu danken, versank seine Freude, als das Kind mit einem Ruck in den Strom gezogen wurde. Er schüttelte seinen Kopf, um sich wieder auf sein Ziel zu konzentrieren.

Der Kiosk kündigte sich bereits aus einiger Entfernung mit Fähnchen und Aufstellern an. Auf einem der Botschafter leuchtete eine rote Zahl, 3,2 Mio. Hansen dachte an seine Lottoversuche und blieb vor dem Aufsteller stehen. Er faltete seine Kleidung zurecht, ließ sich die Zahl noch mal durch den Kopf gehen und betrat schließlich den Kiosk.

Ein elektronisches Signal bestätigte seine Ankunft und eine junge Bedienung begrüßte ihn.

«Guten Tag.»

«Tag.», antwortete Hansen knapp und schaute über die Theke, um zu sehen, was noch zur Auswahl stand. Doch die Auslage war leer und zwang somit Hansen zur Nachfrage.

«Gibt's noch Frühstück?»

«Leider nur bis zwölf.»

«Hm, wie spät ist es denn?»

«Eins.», antwortete die Bedienung und schaute Hinweis gebend hinter sich auf die Wanduhr, was zwangsläufig auch Hansen dazu veranlasste auf die

Uhr zu schauen. Der junge Mann hatte Recht. Hansen ließ die Augen von der Uhr fallen und überlegte. Was wiederum der junge Mann erkannte und geschäftstüchtig eine Lösung über die Theke reichte.

«Wir hätten jetzt noch unser Mittagsangebot, heute gibt's Erbseneintopf mit Knackwurst und Kaffee gibt's bei uns ja immer frisch und das den ganzen Tag, zusammen nur 4 Euro. Wollen sie?»

Hansen schaute den jungen Mann an und ihm fiel auf, dass der einen vernünftigen Eindruck machte. Doch die Uhr störte ihn gewaltig. Wenn er sich weiter mit dem jungen Mann unterhalten wollte, dann musste die Uhr verschwinden.

«Gut, ich nehme die Suppe und einen Kaffee, oder doch lieber keinen Kaffee, lieber eine Trinkschokolade, haben sie so was?», fragte Hansen nach und legte sich nebenbei einen Plan zurecht wie er die Uhr loswerden konnte.

«Klar, sogar mit echter Milch, nicht so ein Wassergebräu, also einen richtigen Kakao. Machen sie es sich bequem. Der Platz an der Heizung ist unser schönster, da hat man wenigstens einen schönen Ausblick und kann die Leute beobachten, die hier so vorbeilaufen, es sind wirklich viele, die nur vorbeilaufen. Aber was rede ich, sie wollen ihre Suppe und den Kakao, ich geh's mal holen. Setzen sie sich ruhig, bin gleich wieder da.», erklärte ihm der Mann und verschwand in einem Hinterzimmer, wo kurz darauf ein paar elektrische Geräte losdröhnten.

Hansen hatte auf diesen Augenblick gewartet. Er ging zur Theke, kletterte sehr ungelenk auf sie und lehnte sich nach vorn in Richtung Wand, an der die Uhr hing. Er stützte sich ab und nahm ganz oben vom Regal, dass rechts neben der Uhr stand eine Weinflasche und maß mit ihr die Entfernung zur Uhr ab. Das passt, dachte Hansen und stellte die Flasche auf die äußerste, obere Kante des Regals, so dass sie gerade leicht zu kippen drohte. Eine kleine Erschütterung sollte genügen und die Flasche würde kippen und im Fallen mit ihrem Hals die Uhr mitreißen. Die Fallhöhe maß knapp drei Meter, und würde beiden Dingen auf jeden Fall schaden. Die Elektrogeräte verstummten und mahnten ihren Komplizen zur Vorsicht. Hansen ließ sich von der Theke rutschen, zog seine Kleidung zurecht und setzte sich wieder an seinen Fensterplatz, wo gerade ein Hund an ein Fahrrad pinkelte und ihn dabei mit großen Augen anstarrte, so als fühlte sich das Tier bei einem zwielichtigen Geschäft ertappt.

Der junge Mann kam zurück und stieß mit einem Tritt nach hinten die Tür zum Hinterzimmer zu. Hansen schaute kurz zur Flasche, die ein bisschen wankte, aber nicht fiel, was Hansen zu einer missglückten Mine zwang, die der Kioskianer auf das Essen bezog.

«Schmeckt ihnen die Suppe nicht?», fragte er vorsichtig Hansen.

«Äh, was? Die Suppe sieht doch lecker aus. Ich hab nicht wegen der Suppe so geschaut, dass ist ein

Nervenleiden, man ist ja schließlich nicht mehr der Jüngste.", versuchte Hansen die Situation schnell zu beruhigen, was wohl auch funktionierte, denn der Mann lächelte.

«Wissen sie, sie sind bedeutend besser drauf, als manche von den jungen Leuten. Noch nichts wirklich Schlimmes im Leben durch gemacht, aber fertig bis auf die Knochen. Sie haben das Recht sich aufzuregen, denn sie haben schon gelebt, also ich meine im Sinne von leben.»

«Hab ich schon verstanden.», antwortete Hansen flach und schielte weiter auf die Weinflasche, die still an der Kante stand und sich durch nichts erschüttern ließ. Im Kiosk war es auch einfach viel zu ruhig, niemand kam rein und brachte die Luft ins Wallen, die dann die Flasche vom Regal schubsen konnte.

Also nippte Hansen vorsichtig mit dem Löffel an der Suppe und dabei wurde es noch stiller im Kiosk, bis die Uhr Hansen die Zeit tickend um die Ohren schlug. Sein Herz stellte sich auf den Takt ein und so zählte sein Kopf die Sekunden ohne Hansens Erlaubnis. Der junge Mann stand starr hinter der Theke und machte nichts außer Hansen zu beobachten, vielleicht wartete er auf ein lobendes Wort, aber Hansen hatte Wichtigeres zu tun. Er überlegte wie er die Flasche dazu bringen konnte, ihm endlich den einen, kleinen Gefallen zu tun.

Allein sie tat nichts.

Die Suppe schmeckte Hansen ganz gut und wahrscheinlich war sie sogar ausgezeichnet, doch weder Hansens Magen noch sein Kopf kehrten in die Welt des Geschmacks zurück. Sie verharrten immer noch in ihrer eigenen Welt des Zählens und Hansen versuchte durch einen Blick aus dem Fenster aus dieser Tristesse herauszubrechen.

Die Tür knallte plötzlich auf und schlug gegen einen Postkartenständer. Ein Paketbote schleppte einen Stapel Pakete herein und die Flasche fing an zu kreiseln, wobei sie ein leises Geräusch machte. Hansen blickte auf, was wie ein Signal für den jungen Mann gewirkt haben musste, denn der drehte sich plötzlich herum, sprang auf die Theke und fing die Flasche, bevor sie überhaupt ins Kippen gekommen war. Hansen warf entmutigt den Löffel auf den Teller und kramte die 4 Euro aus seiner Geldbörse, um sie auf den Tisch zu legen, was aber in einem lauten Knall mündete und Hansen trank den nur leicht abgekühlten Kakao hastig in einem langen Zug aus und verließ ohne große Worte den Kiosk.

Draußen atmete er die kalte Luft ein, um seine Kehle und den inneren Gram abzukühlen. Dabei stellte er sich noch mal vor den Aufsteller und schaute sich die Zahl an. Lotto spielen, das hatte er auch schon so lange nicht mehr gemacht, aber in den Kiosk zurück? Nein, danke, dachte Hansen, dann lieber ein bisschen durch die Straßen schlendern, dass hatte er sich ebenfalls lange nicht gegönnt.

Trotz seines Entschlusses blieb Hansen vor dem Aufsteller stehen. Er hatte wieder einen Aussetzer, wobei er aber anwesend war. Hansen bemerkte diese Phasen des Verharrens und wehrte sich nicht mehr, möge es auch noch so komisch für die Passanten gewirkt haben, Hansen blieb wie er war. Was aber dieses Mal fehlte, war der Kokon. Und trotzdem floss Hansen wieder in eine Erinnerung hinein. Sie hatte mit Lotto zu tun. Mit 43 hatte Hansen mal knapp tausend Mark gewonnen und er wusste ganz genau, was er damit anstellen würde. Er ging zu einem Juwelier und kaufte seiner Frau einen neuen Ehering, der ihrer Anmut und ihrem Wesen mehr entsprach, als der einfache, verbogene Hühnerring mäßige Notverhelf, den sie bisher an ihrem Finger hatte tragen müssen. Hansen ging nach Hause und wartete bis seine Frau von der Arbeit nach Hause kam.

Dreieinhalb Stunden später war es so weit. Seine Frau betrat das Heim. Aufgeregt schnellte Hansen vom Küchentisch hoch und brach zusammen. Seine Beine waren eingeschlafen und das Blut rieselte langsam in die Gefäße zurück, während der Ring aus Hansens Hand rollte. Die Romantik war zu einem Stummfilmulk verkommen, einfach zu ein paar grauen Sekunden geschrumpft und nicht wieder herzustellen. Also blieb Hansen am Boden liegen und hoffte auf die Güte seiner Frau, die aufgrund des Krachs in die Küche gerannt kam. Ihre Schuhe klackerten die Musik zum Film und ihr gerufenes «Hansen!» synchronisierte Hansens Lippenbewegungen, alles in allem eine Erinnerung, die es sich hart erarbeitet hatte nicht vergessen zu werden. Und dann raste sie plötzlich doch wieder los und nahm immer mehr an Fahrt auf. Denn es begannen die schönen Stunden, die wie ein Windhauch vorbeiströmten und Hansen nur wenig Zeit ließen, um seinen Kopf damit vollzustopfen. Hansens Frau beugte sich über ihn und er atmete auf und ihre Wärme ein. Den Ring hatte sie übersehen und Hansens linke Hand tastete den Fußboden ab, während seine Frau seine rechte Hand hielt und auf ihn einredete. Dann bekam Hansen den Ring zu fassen und schob ihn sich geschickt, einhändig auf den Zeigefinger und wartete auf den richtigen Augenblick.

«Was machst du denn Hansen?»

«Nichts. Also, ich hab auf dich gewartet und dabei sind meine Beine eingeschlafen. Ich hab wohl zu lange gesessen.»

«Aber wieso?»

«Weil.», Hansen verlor die Worte, die er sich so schön zurechtgelegt hatte. Einen Brief hatte er in seinem Kopf geschrieben und auswendig hatte er ihn gelernt und immer und immer wieder rezitiert. Und jetzt blieb es nur bei dem «weil». Seine Frau legte sich neben ihn und begann ihm das Gesicht zu streicheln. Hansen starrte hoch zur Küchendecke und drehte den Ring an seinem Finger. Das war es, dass war ihre Liebe, still, leise und voller zarter Gesten. Hansen rollten Tränen aus den Augen und seine

Frau fing sie mit ihren Händen auf. Und Hansen fühlte sich lebendig, er drehte seinen Körper über den seiner Frau und hielt ihr den Ring vor die Nase. Dann nahm er ihr den alten Ring ab und setzte an dessen Stelle den neuen. Doch seine Frau schaute nicht nach dem Ring, sie hielt immer noch Hansens Gesicht und küsste ihn die letzten Tränen von den Wangen. Dann hob sie ihr Becken und zog Hansens Körper innig an sich.

Ein Klingeling sprengte den zärtlichen Erinnerungsring der beiden und Hansen sah wieder nur die Zahl. Ein Kind hatte seine Hosen mit dem Fahrradlenker gestreift und ein hinterher eilender Vater rief ihm eine plumpe Entschuldigung zu. Da war er wieder, der alt gewordene Alltag. Hansen schaute noch mal durch das Fenster des Kiosks und sah, dass die Weinflasche wieder fest am Rand des Regals stand. Aber irgendwann würde sie fallen, denn irgendwann fällt jeder, dachte Hansen und trottete matt in Gedanken die Straße zur Innenstadt hinunter, um sich dort ein bisschen umzusehen, vielleicht hatte sich ja mal nichts geändert außer der Jahreszeit. Es war schon eine Weile her, dass Hansen bummeln gewesen war. Es machte ihm keinen Spaß, es hatte sich alles zu sehr verändert. Die Fassaden der Häuser waren bunter geworden, aber die Menschen die darin wohnten oder Krimskrams verkauften, die waren meist so grau wie eh und je geblieben, seitdem das Verkaufen zu einem reinen Geschäft abgestempelt worden war.

Hansen fühlte sich nicht als Menschenfeind, aber er machte eben keinen großen Bohei um sich und das Leben anderer. Hansen fand es schon immer besser, den Radius seines Bekanntschaftskreises gering zu halten. Außerdem hatte der sich in den letzten Jahren von alleine dezimiert. Einmal wegen dem Alter und zum Zweiten, weil er selbst viel zu sehr mit seiner Frau beschäftigt war. Hansen hatte nur durch den Briefkasten vom Ableben ehemaliger Bekannter erfahren und meist hatte er die Post erst so spät heraus geholt, dass er dadurch auch deren Beerdigungen verpasst hatte.

Hansen steuerte auf die Kirche zu, die sich am Marktplatz befand, gleich gegenüber vom ebenfalls denkmalgeschützten Rathaus mit Ratskeller und Geschichte, worin sich angeblich mal ein Feldherr von Größe die Nase geputzt haben sollte. Und der Dichterfürst musste auch mal einen Blick durch die Tür geworfen haben, denn auch für ihn gab es eine Gedenktafel am Gebäude.

Das gute am Marktplatz war, dass es hier seit knapp einem Jahrzehnt keine funktionierenden Uhren gab. Weder die Kirchturmuhr noch die Uhr am Rathaus liefen ihre Runden und so hatte man beide irgendwann mal auf Zwölf gestellt bis sich der Denkmalschutz, die Bürger, die Fördertopfverwalter und die Ururururenkelin des Uhrmachers auf eine gemeinschaftliche Lösung einigen würden. So blieb es immer Mittag oder Mitternacht in dieser Stadt und eigentlich störte sich die Mehrheit der Bevölkerung auch nicht daran, genau wie Hansen, der sich auf eine Bank am Brunnen in der Mitte des Marktplatzes niederließ, um auf das Kommen der Ereignisse zu warten.

Hansen schaute sich um und bemerkte, dass sich wirklich nicht viel geändert hatte, außer das der Brunnen hinter ihm wieder plätscherte. Das hatte wohl jemand hinbekommen. Und dann hörte Hansen plötzlich doch noch eine Veränderung. Er wusste nicht gleich woher es kam, deshalb stand er auf und horchte in jede Richtung. Es war kein unbekanntes Geräusch, aber eines, das er hier nicht erwartet hatte. Der leichte Wind machte es Hansen schwer die Richtung der Tonquelle auszuloten. Also lief er der ersten kleinen Tonspur hinterher, die ihn aber immer wieder an den Ohren mal nach links, mal nach rechts zog. Zuletzt stand er vor dem Kirchenportal und die Töne schienen aus der Kirche zu schleichen.

Das Portal ließ sich öffnen, auch was neues, dachte Hansen, und betrat die Kirche. Doch schon auf der Türschwelle hielt er inne, denn die Töne kamen nun aus einer vollkommen anderen Richtung, während aus der Kirche nur noch das Kehrgeräusch eines Strohbesens drang. Hansen ließ das Portal wieder ins Schloss fallen und versuchte erneut den Tönen auf die Schliche zu kommen. Er versuchte die Richtung zu ermitteln aus der die Töne herüberschallten. Hansen stand wie eine Windfahne vor der Kirche, aber der Marktplatz mit seiner eigenen

Musik machte das ganze Unterfangen einfach unlösbar. Hansen verlor bald jede kleinste Spur, allein weil ihn auch seine Kraft verließ. Ihm dämmerte, dass er seinem Körper zu wenig Nahrung zukommen lassen hatte. Wie ein zweischneidiges Schwert durchtrennte der Hunger seinen Willen und Hansen beschloss das Zentrum der Stadt zu verlassen, um einen Ort aufzusuchen, der ihm einmal etwas bedeutet hatte und nun aber eher ein Platz des Zweifels war, doch darüber wollte er sich gerade nicht auch noch den Kopf zerbrechen.

Hansen kam zum Friedhof, der etwas außerhalb der Stadt lag. Kurz blieb er vor dem Eingangstor stehen und lief im Kopf die Wege bis zur vorgesehenen Grabstelle seiner Frau ab. Als Kind war er fast täglich hier gewesen, um seinen Großeltern bei ihrer Arbeit als Friedhofsgärtner zu helfen. Dann half er seinen Eltern und schließlich machte er die Arbeit ganz allein. Doch seitdem er wusste, dass seine Frau am nächsten Freitag hier begraben sein würde, konnte er ihn nicht einfach so betreten. Er stand davor wie der Henker vor der Unschuld und die Welt schien ihn zu vergessen. Hansen hasste es Entscheidungen treffen zu müssen und eigentlich lagen die seit kurzem in den Händen seiner Kinder, aber die waren nicht hier, er war allein, ganz und gar und nur die sanfte, neu einsetzende Musik konnte ihn retten.

Die Töne kehrten zurück und Hansen lief ihnen hinterher. Sie brachten Hansen auf einen Weg, der ihn um den Friedhof führte, zu dem Ort, den er eigentlich aufsuchen wollte.

Der Friedhof war von einer Backsteinmauer eingerahmt und die Töne zogen Hansen immer weiter bis er schließlich den Friedhof hinter sich gebracht hatte. Er atmete durch, dreimal tief ein und wieder aus. Dann brachten ihn die Töne zu „Ullas Gulaschkanonenausschank" in der Altmannstraße. Sie warteten bis sich Hansen auf einer der Holzbänke niedergelassen hatte und zerbrachen schließlich in der Begrüßungsplauderei von Ulla.

«Old Hansen, welch Überraschung. Und? Mensch deine Frau, hab schon gehört. Ich koch uns erstmal einen beruhigenden Kräuter auf, na jedenfalls schön, dass du da bist, ist lange genug her. Nimm dir ne Decke vom Stapel, ist nicht wirklich angenehm heute.»

«Danke Ulla.», mehr rutschte Hansen nicht über die Lippen, so wie meistens, wenn er bei ihr gesessen hatte, um einen heißen Kräuter zu trinken und einen Teller Kesselgulasch zu genießen. Er kannte Ulla seit ihr Mann mit Anfang fünfzig bei einem Unfall gestorben war. Beide hatten sich bei dessen Beerdigung kennengelernt. Damals hatte Ulla lange am offenen Grab ihres Mannes gestanden und gewartet bis die gesamte Trauergemeinde verschwunden war. Und als Hansen dann kam, um das Grab zu zuschaufeln, kletterte sie gerade ins Grabloch, um ihr innerstes über den Sarg ergießen zu lassen. Seine Anwesenheit hatte sie damals nicht gestört, im

Gegenteil, es entwickelte sich daraus sogar ein Gespräch und seit dieser Zeit fing so manches ihrer nachfolgenden Gespräche immer mit den Worten an:

«Er hat mich betrogen, er hat mich geschlagen, er hat mich erniedrigt, deshalb nutze ich die Chance, wo er nicht mehr weglaufen kann und scheiße ihm ins Gesicht.»

Und tatsächlich hatte Ulla damals den Sargdeckel geöffnet, damit sie ihren Plan auch vollkommen umsetzen konnte. Hansen wusste, wie sehr Ulla das Leben mit ihrem Mann gedemütigt haben musste, denn er kannte es nicht anders. Opa schlug Oma und seine Kinder, Vater schlug Mutter und seine Kinder und Hansens Geschwister behielten die Tradition bei. Nur er nicht, er hasste Traditionen, die länger als eine Generation Bestand hatten. Hansen wollte keine elterlich zertifizierte Heirat, ihm waren Gefühle wichtig und so verließ er sich einfach auf das Mysterium des Lebens, das ihm die Liebe irgendwann auf seinen Lebensweg schubsen würde.

Es war sicherlich nicht die einfachste Variante, um der wahren Liebe zu begegnen und es bestand auch die Gefahr, dass man mit dieser erwartungslosen Einstellung ganz schnell auf der Resterampe der Liebe landete, aber Hansen wollte sich nicht drängen. Entweder es gab einen Knall und die Liebe plumpste urknallmäßig ins Herz oder sie kam als sich langsam öffnendes Miraculum daher. In welcher Form sie auch immer in Hansens Leben treten sollte, war ihm ziemlich egal. Er wusste, dass es passieren würde und behielt Recht.

Die Gedanken an die Liebe und das Verblassen der Erinnerungen an die wärmende Körperlichkeit, die eine große Liebe entfachen konnte, sog Hansen innerlich aus. Ihm fröstelte und so nahm er sich endlich eine Decke vom Stapel und wickelte seine Beine mit ihr ein, während sich Ulla tonal ankündigte.

«So, Old Hansen, heiß isser, wie immer, vorsichtig, verbrüh dir nicht die Lippen.», schnatterte Ulla auf ihn ein, schon während sie aus dem Garagenbistro herauskam. Sie hatte sich ihren Traum von einer Gastronomie erfüllt und Hansen mochte es, wenn jemand imstande war sich seine Wünsche zu erfüllen. Das zeigte eigentlich, dass die Person wahren Charakter hatte. Hansen machte dabei nur einen Unterschied, es durften keine belanglosen Wünsche sein, dass hieß, sie durften niemand schaden. Davon gab es genug und Hansen hatte für törichte Wünsche auch schon einiges in Brand gesetzt.

«Na, wie isses, so allein im Haus?», fragte Ulla zwischen zwei Zutschern aus dem Glas.

«Leer.»

«Ach Hansen, dass habt ihr nicht verdient, ich hol dir noch deinen Teller Suppe, mit Sahne oder ohne?»

«Bitte mit.», und Hansen machte einen Bogen, um die Thematik der Lebensverdienste.

«Wir reden gleich weiter, ist heut eh nicht viel los, alle wetterscheu die Leute.»

Hansen wärmte sich die Hände am Glas und es begann zu nieseln. Ulla tauchte hinter der Gulaschkanone auf und kam herüber gelaufen. In einer Hand balancierte sie den übervollen Teller, in der anderen schleppte sie einen Sonnenschirm heran.

Der Teller landete ohne Verluste vor Hansen, der Schirm schützte vor dem Nieselregen und Ulla setzte sich wieder zu Hansen und nahm das Gespräch wieder auf.

«Er hat mich betrogen, er hat mich geschlagen, er hat mich erniedrigt, deshalb nutze ich die Chance, wo er nicht mehr weglaufen kann und scheiße ihm ins Gesicht. Wie geht's dir jetzt?»

«Nun, sie ist noch nicht begraben, muss irgendwo rumliegen, dabei ihre Schönheit an die grauen Orte verlieren und vor allem an die unbekannten Leute, die sich um sie kümmern. Man hat als Leiche keine Rechte mehr. Aber eins kannst du wissen, auf sie scheißen, werde ich nicht.»

Und Hansen fing verbittert an zu lachen und Ulla stimmte ein bis sich beide in die Augen schauten und so einander trösteten.

«Weißt du Hansen, ich mach auch bald Schluss, ich haue ab von hier. Mein Wunsch hat sich so sehr erfüllt, dass ich mir nun auch Träume erfüllen kann. Das ist meine letzte Woche hier im Bistro. Nächste

Woche zieht eine Familie ins Haus und hat eigene Pläne mit dem Bistro. Ich bin dann weg, muss einfach mal raus. Es wird Zeit für einen Schnitt.»

«Schade, du wirst fehlen. Ich werde dir jetzt aber nicht sagen, dass du hier bleiben sollst. Wer weiß, wie lange ich noch lebe? Und von mir allein kannst du eh nicht leben. Lass uns einfach anstoßen und unsere gemeinsame Zeit nicht vergessen. Prost.»

Beide nahmen ihre Gläser, stießen sie gegeneinander, so dass ein leises Pling entstand und schlürften den heißen Kräuter vorsichtig herunter.

Hansen genoss das Gespräch mit Ulla. Auch wenn es nur um Leute aus dem Ort ging oder um Wahrscheinlichkeiten aus der Zeitung. Es war alles besser, als nur in der Küche zu sitzen und dem Gartentor beim Schaukeln zuzusehen. In der Gesellschaft von Ulla spazierte der Tag unbemerkt und gedankenlos davon.

Ulla und Hansen saßen immer noch auf der Bank, als ein silber goldener Schleier den beiden verriet, dass der Tag sich langsam hinter den Horizont verzog. Sie hatten einige Gläser des heißen Kräuters getrunken und mit schweren Beinen standen sie nun auf, um das Bistro zu schließen. Hansen sammelte die Decken ein und legte sie in eine alte Holzkiste, die in einer Ecke des Bistros stand, während Ulla den Kessel der Gulaschkanone säuberte.

Hansen schloss die Kiste und setzte sich auf sie. Genau wie er, ächzte sie, aber sie beruhigte sich gleich wieder, als sie bemerkte, das Hansen nicht besonders schwer war. Hansen beobachtete unterdessen wie Ulla draußen den Kessel schrubbte. Er machte sich Gedanken über diese Frau. Das es das Bistro bald nicht mehr geben würde, dass störte Hansen weniger, viel mehr bedauerte er, dass sich wieder ein Mensch aus seinem Leben verabschiedete, der ihm ans Herz gewachsen war. Ulla besaß ihren eigenen Reiz, der vor allem aus ihrer Gutmütigkeit und Zuversicht bestand. Gerade in den letzten Wochen vor dem Tod seiner Frau, konnte er ihr alles an Problemen in den Rachen werfen, ohne das ihn Ulla dafür genervt abgewiesen hätte. Wobei Hansen bemerkte, dass er sich wohl etwas irrte, denn so oft hatte er es in den vergangenen Wochen gar nicht geschafft Ulla zu besuchen. Vielleicht lag es an dem guten Gefühl beachtet zu werden, dass Hansen hier immer eingeflößt bekam, dass er sich im Rückblick so großzügig verschätzte.

Ulla räumte gerade die Reinigungsutensilien in einen Korb und schüttete dann das Wischwasser aus dem Eimer in einen Straßengulli. Hansen stand auf. Er wollte zu ihr hinausgehen und ihr etwas abnehmen, aber der Zaubertrank stellte ihm ein Bein und Hansen kippte zurück auf die Kiste. Ulla hatte alles beobachtet. Sie schien einen siebten Sinn für die Probleme anderer zu haben. Sozusagen trug sie wohl so eine Art Polyorgan in sich, das ihre Sinne in Bruchteilen von Millisekunden bündelte und ihr Informationen zusandte. Daraus resultierten die einzigartigen Hilfsleistungen dieser tollen Frau. Hansen blieb wie ein alter Mantel auf der Kiste liegen, während Ulla den Korb und den Eimer im Bistro abstellte und zu ihm eilte.

«Mensch Hansen, Old Hansen, was machst du denn?»

«Umgekippt, dein Kräuter, Ulla, ulalah, ich glaub ich bin fertig mit heute, ulalah, Ulla.», lallte Hansen mit schwerer Zunge und schwebte weiter in seinem Körper herum, was es Ulla erschwerte ihn ins Wohnhaus zu schleppen. Aber Ulla war von strammer Natur. Sie wuchtete den schmalen Hansen auf ihren Rücken und trug ihn ins Gästezimmer, in dem nicht mehr stand als ein Einzelbett, ein Nachtschrank, eine Kommode und ein Stuhl. Die Tapete war zu bunt, um auch noch Bilder tragen zu können und eine Alujalousie versuchte das Zimmer vor dem Draußen zu verstecken.

Ulla legte Hansen rückwärts ins Bett. Dann zog sie ihm die Schuhe und Jacke aus, fädelte den Schal vom Hals und pflückte zuletzt die Mütze von Hansens Kopf.

«Hätte nicht gedacht, dass du mal in diesem Zimmer landen würdest, Old Hansen, der der niemals säuft, na ja, in der Trauer sind alle Herzen grau. Schlaf gut, Old Hansen.» und Ulla deckte Hansen zu, knipste das Licht aus und bereitete ihren nächsten Tag vor.

Hansens Schlaf war dämmrig, zum einen weil der Alkohol in seinem Magen für Unruhe sorgte und zum anderen bemerkte er, dass er nicht in seinem Bett schlief. Dennoch wachte er nicht auf. Es war wie der Gedanke kurz vor dem Aufprall nach dem Sprung in den Tod. Undefinierbar. Es war nicht mehr Gefühl, aber eben auch nicht Fühlen. Vielleicht fremd, vielleicht einfach zu unerlebt. Hansen wünschte sich, dass die Träume beginnen würden, aber es rauschte nur in seinem Kopf und dabei blieb es, der Schlaf war ein Rausch.

Das war doch das Banjo, ja das Banjo, es spielte, draußen, draußen, da kam es her, es kam von draußen, diese unverwechselbaren Töne, das war das Banjo, und vielleicht auch das Mädchen oder die junge Frau. Hansen war sich darüber immer noch nicht ganz sicher, aber das spielte jetzt keine Rolle. Vor dem Haus stand das Banjo und spielte Musik. Hansen stürzte aus dem Bett und stürmte ans Fenster, wie ein Soldat an die Schießscharte einer alten Burg. Doch nichts, außer der eigentlichen Welt war zu sehen und selbst die Töne hatten sich erschrocken vor Hansens Hast zurückgezogen. Hansen schniefte und atmete dreimal ein und wieder aus. Dann setzte er sich auf das Bett und resümierte die letzten Sekunden. Doch schließlich breiteten sich seine Gedanken in die Tage und Wochen aus und explodierten in die Jahre hinein. Würde mal jemand ein Buch über ihn schreiben, oder wenigstens eine ähnliche Figur wie ihn, eine an die Wahrheit angelegte Person? Hansen bezweifelte das, obwohl er jedes Leben für romanwürdig hielt. Doch geschrieben wurde immer nur über die selbe Kacke, das Leben am Abgrund und wie alles schief laufen kann, letztlich dann doch alle glücklich sind, und schließlich die Katastrophen. So fühlte sich Hansen nicht. Er war keine Katastrophe, er war eine stille, stete Quelle heilenden Wassers, so wie jeder normale Mensch. Und dabei dachte Hansen vor allem an die Leute, die nicht in die Extreme schlagen, sondern bei sich sind. Deshalb gab es kein Buch über ihn, und Ulla, und seine Frau, und dem weißen Kakadu von der Brücke. Alle waren sie keine Katastrophen in einem stinknormalen Leben, verdient hätten sie es alle gehabt.

Ulla klopfte an die Tür des Gästezimmers und platzte augenblicklich hinein. Hansen reagierte nicht, er hing in einer steinigen Gegend in seinem Gehirn fest, wo kein Laut zu ihm vordringen konnte. Ulla ließ ihn links liegen und sorgte für Frischluft. Sie hielt es für normal, dass ein alter Mann schweigend auf dem Bett saß und nicht ansprechbar war. Sie verließ das Zimmer, um kurz darauf mit Besen und Handfegergeschirr zurück zu kehren. Sie machte sich an die Arbeit und brachte das Gästezimmer wieder auf Trab. Während dieser Zeit blieb Hansen verschwunden und so kümmerte sich Ulla erstmal um die Ordnung und dann um ihr Bistro.

Tag 4, Dienstag, Vereinsheim

Ulla bereitete Hansen ein Frühstück zu, obwohl sie nicht wusste, ob er je wiederkehren würde, beziehungsweise ob er überhaupt bleiben würde. Sie kochte ihm ein Ei, eine Tasse Kaffee, backte Brötchen auf, füllte Erdbeermarmelade in ein kleines Waffelbecherchen und legte zwei Scheiben Salami und Butterkäse auf einen Unterteller. Das alles drapierte sie auf ein kleines, rundes Tablett mit dem Bild eines Vollmondes und stellte es auf einen Tisch in der Ecke ihres engen Garagenbistros.

Dann kam die erste Kundschaft. Ein paar Männer von der städtischen Müllabfuhr holten sich ihre Tassen Kaffee ab, die Ulla direkt aus der großen Thermoskanne mit Spender in die Thermoskannen der Männer füllte. Zwei belegte Brötchen, eine heiße Bockwurst mit einer Scheibe Mischbrot und ein Obstsalat kamen noch hinzu, während man leichtherzig schäkerte und sich spitze Worte über die Verkaufstheke zuwarf. Das war Ullas Leben.

Hansen sah aus dem Fenster und beobachtete die Müllmänner, die mit Verpflegung bepackt wieder ins Müllauto stiegen, auf dem mittlerweile auch Werbung prangerte, die mehr mit den Autos zu tun hatte, als es sich die Erfinder erdacht hatten. Es war eben so, in dieser Welt musste man sich langsam darauf einstellen, dass man bei vielen Sachen nicht nur einmal um die Ecke denken musste, sonst kam man unverhofft zu ganz anderen Ergebnissen, als man sie sich ausgemalt hatte.

Sei es drum, Hansen machte das Bett, streifte zuletzt die Bettdecke noch mal glatt und verließ schließlich das Gästezimmer. Ein bisschen kannte er sich bei Ulla aus, denn manchmal war er ihr Hausmeister gewesen und hatte kaputte Sachen wieder repariert, alles für ein Getränk und etwas zu Essen. Längst waren auch diese Zeiten vorbei. Und seit gestern wusste Hansen, dass dies endgültig war. Er betrat die Garage. Ulla stand hinter der Theke und legte ein paar Bockwürste in den heißen Kessel. Die Kaffeemaschine knisterte und schnaufte und aus einem alten Rekorder leierte Musik von Ullas eigens fürs Bistro zusammengestellte Musikkassette. Hansen blieb noch einen Moment stehen, denn Ulla hatte ihn noch nicht bemerkt. Er hatte angst sie zu erschrecken. Sollte er sich räuspern? Oder leicht husten?

«Morgen, Ulla.» und Hansen erschreckte Ulla, der ein gekochtes Ei, das sie gerade abpellte, aus der Hand fiel und am Boden platschend zerschmetterte.

«Tut mir Leid, ich mach's weg. Kenn mich ja aus.», versuchte Hansen seine Untat etwas herunterzuspielen.

«Schon gut, Old Hansen, der letzte Tag verhält sich nicht gerade ruhig. Also in meinem Inneren, es weiß schließlich noch keiner. Ich hab's keinem gesagt, außer dir. Morgen bin ich weg. Meine Sachen habe ich schon gepackt. Ich sag dir aber nicht wohin es mich treibt, nicht das du in Verlegenheit kommst.»

«Ach Ulla, du machst das schon richtig. Geh ruhig. Im allerbesten Fall passiert dir irgendwo die Liebe. Ich wünsche es dir.», sagte Hansen zu Ulla und schaute sie mit einem ehrlichen Blick an. Er streichelte ihr kurz über die rechte Schulter und holte aus einem Schrank in der hinteren Garagenecke einen Wischmob und einen Eimer, um sein Missgeschick weg zu wischen. Und weil jeder beschäftigt war, keimte auch kein Gespräch mehr auf. Sie hatten beide miteinander gesprochen und dabei war alles gesagt worden. Nun blieb vielleicht noch eine halbe Stunde Zeit für ihre Bekanntschaft und dann würde auch sie aus Hansens Leben verschwinden. Bedächtig tröpfelte das Wasser aus dem Wasserhahn in den Eimer. Hansen hörte wie sich die Tür zum Bistro öffnete, schaute aber nicht auf, er hatte keine Lust auf Begegnungen in einem Moment wo er sich von einer langen verabschieden musste. Er beobachtete lieber wie das Wasser im Eimer den Mob ersäufte.

Im Hintergrund verließ der Jemand wieder das Bistro ohne Hansen zu missachten.

«Schönen Tag noch Ulla, und dir ebenso Hansen, tut mir Leid um deine Frau, die war echt ein toller Mensch.», rann es aus dem Mund der Kundin, ehe sie hinter sich die Tür zuschlug und einen bittren Ton in Hansens Ohren hinterließ. Hansen stöhnte leise auf und gab sich somit den nötigen, inneren Anstoß um endlich mit seiner Arbeit zu beginnen. Ulla wischte unterdessen die Theke ab, verließ dann das Bistro, um ihrer Lunge etwas Frischluft zuzuführen.

Hansen saß am Tisch im Bistro und frühstückte. Ulla hatte mit der Kundschaft zu tun, die in kurzen Abständen wechselte und Hansen überlegte für sich, ob die alle schon was ahnten, dass morgen die Ulla nicht mehr da sein würde. Für sich legte er jedenfalls fest, dass er dem Garagenbistro treu bleiben wollte, wenn die Nachfolger auch genauso ullamäßig waren. Aber tief im Herzen, da wo Ulla ein Stück Land gepachtet hatte, wusste Hansen, dass dies unmöglich war. Vielleicht fehlte ihm als alter Mensch auch die Geduld für Entwicklungen von Bekanntschaften, vielmehr würde es wohl an der nötigen Zeit fehlen. Hansen brachte das Geschirr zur Geschirrrückgabe, die ein Servierwagen war und neben der Theke stand.

«Ich mach los, Ulla. Bis dann.»

«Machs gut Hansen. Bis später.»

Als Hansen das Bistro verließ, zog er die Tür ganz sanft ins Schloss. Er wollte zum Abschied keinen Knall verursachen, sondern die Geschichte sanft beenden, und es gelang ihm.

Er zog seine Kleidung zurecht, putzte letzte Krümel von seinem Mund und ging. Und während Hansen immer mehr Zeit und Raum zwischen sich und Ulla brachte, erspann er sich eine wunderschöne Lebensgeschichte für sie.

Ulla würde das Bistro schließen. Es in Ordnung bringen, das Licht und den Strom abschalten. Dann würde sie in die Wohnung gehen, sich ein Bad in der Wanne gönnen, sich mit einer nach Mandel und Vanille riechenden Creme einreiben, ihre Haare richten, zaghaft etwas Schminke auftragen und schließlich moderne, aber nicht zu aufdringliche Kleidung über ihren Körper legen, zuletzt einen Mantel, einen Hut und lange, feinstoffige Handschuhe anziehen. Alles in allem stellte sich Hansen Ulla als eine Frau aus den 1950igern vor. So könnte sie ein wunderbares Leben beginnen. Sie würde auf einem Schiff die Welt bereisen, ehe sie in eine Stadt an irgendeinem Ende der Welt gelangen würde, da wo Menschen selten sind. Ulla würde sich einen anderen Namen geben, vielleicht hieße sie einfach Rosa oder Klara. Sie würde ein Stück Land besetzen, sich eine Hütte aus aufgelesenem Holz bauen und ihrem Leben eine neue Bahn schaufeln, und hier setzten Hansens Überlegungen aus, denn irgendwo, unweit der Straße flogen aufgescheuchte Krähen hinauf zum Himmel. Der Schreck zerrte Hansen zurück in die Gegenwart und Ullas Leben nahm ohne Bezugnahme auf Hansens Vorstellungen ihren Lauf.

Hansen verweilte einige Augenblicke still stehend, um sich den Weg des Tages zurechtzulegen. Da erklangen zu all dem, nicht mehr als einem Zirpen einer Grille gleichend, die Töne von einzeln gezupften Banjoseiten. Sie schleppten sich durch eine zähe Melodie und erschwerten Hansens Entscheidungsfindung. Seine Gedanken schwankten zwischen allen Orten der Umgebung, die er liebte. Das Problem war nur, dass die meisten von ihnen immer mit Hansens Frau zu tun hatten. Überall versteckten sich glückliche Momente, mal auf Parkbänken, mal an Flussstränden, egal woran er dachte, seine Frau saß schon da und der ängstliche Hase suchte die Flucht, damit er an diesem Wettlauf nicht zu Grunde gehen würde.

Das Banjo spielte nun immer schneller und Hansens Herz drosch das Blut durch den Körper, sodass Hansen Mühe hatte seinen Kopf und seinen Körper bei sich zu halten. Zu seinem Glück hupte ein Auto zwischen das innere Gemetzel, und Hansens Taumel ordnete sich zu alter Standhaftigkeit. Er drehte sich mit kurzer Verzögerung zum Auto, das mit quietschenden Bremsen nur knapp neben ihm anhielt.

Hansen kannte das Auto, er war bis zur Spaltung seines Lebens einmal im Monat von diesem Auto abgeholt worden. Immer samstags. Er schaute zum Auto, dessen Fahrertür sich ruckartig öffnete und zwei Arme mit ihren dicken Händen nach dem oberen Rand der Tür griffen, um einen fetten, in eine Anglerhose gepackten Körper herauszuzerren. Hansen hörte das mühselige Schnaufen der Person und das Röcheln zugesetzter Lungen. Er erwartete Pfeffi.

Pfeffi war noch langsamer geworden, seit Hansen ihn das letzte Mal gesehen hatte. Und er wirkte alt, wenn man alt mit Langsamkeit gleichsetzen wollte. Denn Pfeffi hinkte zu ihm rüber und seine Augen bettelten Hansen darum an, dass er ihm doch bitte etwas entgegen kommen könnte. Und so ging Hansen auf seinen Angelfreund zu und sie begrüßten sich herzlich mit einer Umarmung, die Hansen erneut fast komplett verschwinden ließ.

Pfeffi war fast fünfzig Jahre jünger als er und Hansen kannte ihn schon seit dessen Jugend, als Hansen in den Anglerverein eingetreten war. Irgendwie fanden sie über die Jahre zusammen und weil sie sich so gut verstanden, hatten beide nichts gegen ein regelmäßiges Treffen. Zwölf Termine im Jahr waren nicht viel, einmal morgens pro Monat, immer den ersten Samstag für vier Stunden angeln, dass war wirklich eine gute Zeit gewesen. Doch der Anblick von Pfeffi bereitete Hansen Sorgen. Pfeffi wirkte nicht einmal alt, er wirkte, nun als Hansen ihn direkt ansehen konnte, einfach krank. Und er forschte in seinem Kopf nach den richtigen Worten, doch es wären alles ungünstige Gesprächsanfänge geworden. Aber als Pfeffi das Gespräch in Stellung brachte, ärgerte sich Hansen, dass er nicht einfach mit einem Hallo begonnen hatte.

«Mensch Hansen, was machst du denn hier? Und deine Frau erst, was macht die denn für Sachen? Stirbt so einfach, ohne Bescheid zu sagen. Hansen, Mensch Hansen, was ist nur mit euch los?»

«Lass mal Pfeffi, frag nicht so viel, lass uns lieber angeln gehen. Jetzt gleich.» und Hansen schaute Pfeffi fest in die Augen und der wusste, dass er irgendetwas falsch gemacht hatte. Pfeffi war ein leichtes Gemüt, das aber schnell in Wallung geraten konnte, wenn man ihn veräppelte, und vor allem, wenn er das mal mitbekam. Dann zerschlug er nicht nur Gegenstände, sondern auch Gesichter. Doch bei Hansen war das anders, ihn respektierte er, weil Hansen ihm nicht ständig seine bescheidene Intelligenz vorhielt, sondern ihm auch die schier einfachsten Dinge erklären konnte. Hansen war Pfeffis Alltagslehrer und Pfeffi liebte ihn sohnesgleich. Für Hansen war das jedoch keinesfalls eine einfache Beziehung. Klar, er mochte Pfeffi, doch Hansen musste sich oft genug dafür rechtfertigen, dass er an solch einen Trottel auch noch seine Zeit verschenkte, die man wohl ruhig an andere, schönere Sachen verschwenden konnte.

Nun stand eben dieser Pfeffi vor ihm und Hansen sah es eher als gute Chance an, aus seiner Wegsucherei zu entfliehen. Er war es leid sich seine Wege selbst zu suchen, was konnte falsch daran sein, sich ab und zu den Wegen der anderen hinzugeben.

«Also Pfeffi, gehen wir angeln?»

«Äh, Hansen, Äh, wie jetzt?»

«Na, was machen wir jetzt mit unserer Zeit?»

«Ich wollte gerade zum Vereinsheim und ein bisschen aufräumen. Da sind gestern die Fetzen geflogen, weil das mit der Indoor-Angel-Halle nicht ganz aufgegangen ist. Absolut mieses Geschäft war das. Alle waren nur mal gucken, keiner wollte Eintritt bezahlen. Und du weißt ja, was passiert, wenn Illusionen platzen. Jedenfalls gab es eine mächtige Keilerei. Fünf gegen sieben. Volkers Truppe gegen Hagens Haufen und am Ende heulten alle und fingen an zu saufen. Ich kam erst später dazu, als die meisten schon von ihren Frauen nach Hause geholt worden waren. Nur Volker und Hagen saßen noch am Tresen der Vereinsbar und kippten den letzten Korn in ihre Nacken. Frag nicht wie die beiden aussahen. Ich hab die dann bei mir untergebracht, du weißt ja, seit Mutter tot ist, hab ich viel Platz im Haus. Wie Kinder waren die, haben sich bepisst und Volker hat mir ins Wohnzimmer gekotzt, weil er fest daran glaubte, dass es, das Badezimmer war, du weißt ja, ich hab es gefliest, weil doch Mutter in ihrem Krankenbett dort geschlafen hat und ich das Bett da besser rollen konnte. Na jedenfalls, hab ich die beiden erstmal geduscht und in zwei Schlafanzüge von Vater gesteckt, die ich aufm Dachboden gefunden hatte, und zuletzt musste ich die zwei Kollegen nacheinander ins Bett stecken. Sind gleich eingeschlafen und haben sich aneinander gekuschelt. Sie sind nicht mehr dieselben, seitdem sie geschieden sind. Wenn niemand Zuhause wartet, weiß man erstmal, was das Gegenteil bedeutet. Ja, und gerade hab ich sie nach Hause gebracht und mir gedacht, dass ich im Vereinshaus mal für Ordnung sorge.»

«Weißt du was Pfeffi, ich helfe dir. Komm, und danach gehen wir noch ne Runde angeln, wie wäre das?»

«Aber heute ist doch Dienstag?»

«Für mich ist das egal. Du weißt ja, es wartet niemand mehr.»

«Na dann los, Hansen. Machen wir uns einen bunten Tag.», triumphierte Pfeffi und beide stiegen in Pfeffis alten Kastenwagen, der sich schwer nach links neigte, um zum Vereinsheim zu fahren.

Schon als sie mit dem Auto auf dem kleinen Parkplatz vor dem Vereinsheim ankamen, quoll ihnen das Chaos entgegen. Irgendjemand hatte die Schleuse vom vereinseigenen Angelteich komplett geöffnet. Daraufhin war der Teich bis auf ein paar wenige Pfützen leergelaufen. Auch den Parkplatz hatte es fast komplett überspült. Einige tote Karpfen lagen herum und Krähen, Katzen und anderes Getier folgten dieser Einladung zum Buffet. Für einen Angler jedoch war das ein scheußlicher Anblick. Die meisten Fische waren Eigenzüchtungen des Anglervereins. Hansen und Pfeffi stockten die Herzen. Sie brauchten beide etwas Zeit, um ihren Kopf in Gang zu bringen.

Dann aber knallte Hansen die Autotür zu und lief zum Teichbecken. Er ging direkt zur Auslassschleuse und schloss sie. Pfeffi hatte nun auch endlich geschaltet und stampfte im flotten Schritt zur Einlassschleuse. Er zog an der Kette mit der man das

Schleusenbrett herausziehen konnte und schon sprudelte das Wasser des Bornbaches und tropfte gemächlich ins Teichbecken. Hansen winkte Pfeffi zu, der völlig außer Atem war. Und so lief Hansen zu Pfeffi, um ihm den Weg abzunehmen. Denn sie hatten mehr zu tun, als sie noch vor einer Viertelstunde geglaubt hatten.

«Mensch Pfeffi, welcher Hirni hat das bloß gemacht. Das dauert fast eine Woche bis der Teich wieder voll ist. Wir müssen die restlichen Fische retten. Los komm!», schnarrte Hansen und ihm schauderte der Gedanke, dass Pfeffi und er diese Suppe allein auslöffeln mussten. Ein Alter und ein Fetter, wie konnte das gut gehen?

Sie hatten keinen Plan. Wichtig war jetzt nur die armseligen Fischleben zu retten. Also gab Hansen die Befehle, da es für die Fische eine bessere Überlebenschance gab, wenn ein alter Mensch das Sagen bei dieser Rettungsaktion hatte, als wenn ihr Schicksal an dem unausgereiften Hirn namens Pfeffi hinge. Hansen rief Pfeffi zu, dass er den vereinseigenen Anhänger mit einem großen Umsetzkanister bestückt zum Teich fahren sollte, damit sie die Fische hinein tun konnten, um sie schlussendlich in irgend einen anderen Teich oder See umzusiedeln. Das war in Hansens Augen das einzige, was sie für die Fische tun konnten.

Er lief bereits zur Teichkrone und versuchte sich einen Überblick über die Opferzahl und -lage zu machen, als Pfeffi mit Vollgas das Gefährt auf den

Teich umlaufenden Weg brachte. Hansen griff sich an den Kopf und nochmals erschauderte ihm vor dieser Aufgabe. Doch es musste gemacht werden.

Hansen hatte eine große Pfütze ausgemacht in der sich wohl die allermeisten Fische gerettet hatten. Ihre Körper schienen sich übereinander zu stapeln und die Schwanzflossen spritzten das abgestandene Wasser in alle Richtungen. Die Luft wurde knapp, nicht nur die der Fische, sondern auch Pfeffis. Er hatte sein Auto und den Anhänger unterhalb des Teichdammes abgestellt, dahin wo ihn Hansen mit einem Wink hinbeordert hatte. Nun quälte er sich den Anstieg hinauf, wobei er zwar ordentlich schniefte, sich aber nicht beschwerte. Hansen streckte ihm seine Hände entgegen, um ihm Hilfe anzubieten. Doch genau wie er, so wusste auch Pfeffi, dass diese Hilfeleistung für beide keinen Sinn ergab. Und so zog sich Pfeffi lieber an den tief verwurzelten Gräsern hinauf und erst als er oben angekommen war, nahm er Hansens Hände, schüttelte sie freundlich und gab Hansen schließlich einen Klaps auf die Schultern.

Jetzt konnte sich auch Pfeffi ein genaueres Bild von der elenden Situation der Fische machen. Die Männer schauten sich an und es brauchte keiner weiterer Worte. Hansen stieg den Teichdamm hinunter und holte aus Pfeffis Auto einen großen Fischkäscher. Er nahm noch einen Eimer mit und kehrte auf die Teichkrone zurück. Pfeffi hatte sich unterdessen zu den Fischen begeben und sammelte die

ersten von ihnen ein. Er stapelte sie sich wie Holz-
scheite auf den rechten Arm und als das Gewicht zu
groß war, stapfte er zu Hansen und ließ die Fische
vorsichtig ins Netz des Käschers fallen. Hansen
drückte das Gewicht der Tiere in seine schwachen
Hände und ihr Lebenskampf auf sein Gemüt. Er legte den Käscher so vorsichtig und gekonnt auf der
Wiese ab, dass kein Fisch herausspringen konnte.
Anschließend zog Hansen unter großer Anstrengung das Netz bis zum Anhänger hinter sich her,
um die Fische nacheinander hineinzulegen.

Der Tag wurde immer schwerer. Bald fehlten
Pfeffi und Hansen die Kraft, um alle Fische retten zu
können. Das Zappeln der Schwanzflossen war zu
vereinzelten Peitschenknallern geschrumpft. Die
beiden Retter hatten bereits vier Touren zu den verschiedenen Teichen und Seen gemacht. Untersee,
Fischhaussee, Schlossteich und zuletzt der Frauen-
teich, in allen schwammen gerettete Fische, doch
noch immer starben viel zu viele. Aber Hansen und
Pfeffi hatten sich körperlich so sehr übernommen,
dass sie nun einfach am Hang des Teichdammes
lagen und nach oben blickten. Beide starrten wohl
auch vielmehr, denn sie versuchten so, aus diesem
Elend zu verschwinden. Sie hörten das Wasser ins
Teichbecken sprudeln und beide hofften inständig,
dass der eine oder andere Fisch wohl doch lange genug auf die Zähne biss, um zu überleben. Aber sie
konnten nicht mehr. Sie dachten an die Fische, die
sie gerettet hatten. Was waren da für Burschen dabei
gewesen, Welse, so gigantisch, dass sie mit ihren

falschen Gedanken kämpfen mussten, um ihre Anglerehre nicht in dieser Möglichkeit zu verlieren.

Dann unterbrach Pfeffis Körper die stehen gebliebene Unterhaltung mit einem Knurren.

«Hunger, Pfeffi?»

«T'schuldigung, Hansen, die viele Arbeit, und erst der viele Fisch, der an meinem Bauch vorbeigewandert ist. Ich glaub wir können jetzt nicht mehr viel tun. Komm wir fahren zu Ulla, da gibt's bestimmt noch was Warmes.»

«Aber…», doch Hansen brach ab, denn er hatte ja ein Versprechen gegeben.

«Gut, fahren wir zu Ulla und das Angeln verschieben wir auf den Samstag, dass ist dann sowieso der Erste.» und Hansen stand auf und schlagartig machte sich seine nasse, voll- gemoderte Bekleidung bemerkbar. Sie sackte hinunter und Hansen hatte Mühe sie nicht ganz zu verlieren. Auch Pfeffi erging es nicht anders, auch wenn man es bei ihm gewohnt war, dass man sein Maurerdekolletee entblößt sah und überhaupt war es bei ihm üblich, dass seine Kleidung stets windschief an ihm herunter hing.

«Ja, Samstagsangeln, ich freu mich Hansen, ist lange genug ausgefallen und bei den Fischen, die jetzt in den Seen schwimmen, ist die Motivation gleich dreimal so hoch.»

Sie sahen und lächelten sich an, vielleicht waren sie sich zum ersten Mal bewusst geworden, dass sie da was geschafft hatten. Und nun schien es, dass sie einen weiteren Plan im Stillen vereinbart hatten.

Beide stiegen in Pfeffis Auto ein und brachten zunächst den Anhänger wieder zum Parkplatz vor dem Anglerheim. Doch als Hansen ausstieg, um den Hänger abzukoppeln, sah er dass noch fünf oder sechs, vielleicht mehr, vielleicht weniger Fische noch darin herum schwammen. Also stieg er zurück ins Auto und gab Pfeffi Bericht von der neuen Situation. Pfeffi antwortete nicht, sondern startete den Motor und gab wieder ordentlich Gas, so dass das gesamte Gefährt einen leichten Satz nach vorn machte und schließlich von viel aufgewirbelten Dreck begleitet, vom Parkplatz des Anglerheims verschwand.

Pfeffi sagte nichts, er stierte nur nach vorn und nahm mit viel Karacho den nächsten Abzweig zum Untersee, der nur wenige hundert Meter vom Anglerheim lag. Er drosch die Pferde des Autos bis zum Gehtnichtmehr und Hansen ahnte wie groß Pfeffis Hunger war.

Als sie schließlich am See ankamen, stürzte Pfeffi aus dem Auto, griff sich den Käscher und stieg auf den Anhänger. Mit einem geschickten Schwenk fing er alle sechs Fische mit einem Streich und setzte sie behutsam in den See, wobei er plötzlich so aufgeräumt handelte, als hätte sein vorheriger Wahnsinn nicht stattgefunden. Der aber kaum, dass er sah, dass die Fische froh und munter in ihre Wasserwelt eintauchten, wiederkehrte. Er warf den Käscher auf den Hänger und stieg mürrisch ins Auto zurück. Erneut begann eine beängstigende Fahrt zunächst zum Anglerheim, um den Anhänger loszuwerden, um endlich, zwar unsanft, aber wenigstens lebendig an Ullas Bistro anzukommen.

Pfeffi hatte es eilig, er rannte in seinem eigenen hilflosen Stil zur Tür und prallte kurz davor an den Worten eines Schildes, das von innen an die Tür geklebt war, ab. Er fasste sich augenblicklich an den Kopf und schrie laut: «Scheiße, Scheiße, Scheiße!»

Hansen war im Auto geblieben. Er hatte geahnt, dass es so kommen würde, wollte sich aber nicht verraten und überlegte während Pfeffi draußen die Bistromöbel umwarf, was er mit seinem Angelfreund machen sollte. Es blieben nicht viele Möglichkeiten, denn der Abend dämmerte bereits und mit jeder Minute verschlechterte sich Pfeffis Laune. Hansen hatte nicht genug Zeit zum Abwägen. Gern wäre er nach Hause gefahren und hätte diesen Tag einfach hinter sich gelassen. Doch da war ja schließlich noch das Problem Pfeffi. Also entschied sich Hansen für einen Verbleib und einen anderen Weg. Allein, die Ideen hielten sich sehr zurück und Hansen versuchte in der Umgebung einen Impuls zu finden, der ihm eine Lösung präsentierte.

Die Gegend war gnädig. Hansen entdeckte unweit vom Auto ein Werbeschild auf dem ein Restaurant angepriesen wurde. Hansen hatte davon noch nichts gehört, aber das war egal, es war die Lösung. Cem's Restaurant hieß das Ziel.

«Komm endlich, Pfeffi, ich fahr dich Heim. Nützt doch alles nichts. Wir halten unterwegs bei Cem, ich spendier Pizza. Na komm schon, lass dich nicht betteln. Bei Ulla ist eben schon zu.»

Und zur Unterstreichung stieg Hansen aus und setzte sich auf die Fahrerseite. Er startete den Motor und ließ ihn dreimal aufheulen, bis sich der Trauerkoloss erhob und zum Auto schlich. Unterwegs wischte sich Pfeffi den Rotz und die Tränen aus dem Gesicht und stieg auf der Beifahrerseite des Autos ein. Hansen fuhr los, ohne sich den Patienten anzusehen und zu bedenken, dass ihm jegliche Fahrpraxis, geschweige denn der Führerschein, fehlten.

Nach zehn Minuten kamen sie zu Cem's Restaurant, wo angepriesen wurde, dass er alles Exotische kochen konnte, was das Herz begehrte. Aber auch die bürgerliche Küche beherrschte er, schließlich war sein Schwiegervater einst ein angesehener Sternekoch gewesen, dessen Liebe Cem vielleicht nicht durch seine Herkunft, wohl aber durch die gemeinsame Liebe zum Kochen und zur Tochter gewonnen hatte.

Hansen fragte Pfeffi, was er denn essen wollte.

«Pizza Kamasutra: Teig, Curry-Ananas-Chilli-Sauce, Hühnerfleisch, Reis, Bambussprossen, Knoblauch, Tomatenscheiben, gehackter Spinat und on Top Schmant mit Preiselbeeren, alles überbacken mit Käse. XXL.»

«Gut.», antwortete Hansen und ging ins Restaurant.

Schon beim Eintreten fielen die Blicke der Gäste auf ihn, doch er wandte lief stumm zur Theke und ließ seine Augen über die riesige Angebotstafel wandern. Er hatte Mühe alles zu entziffern, doch schließlich fand er die Pizza Kamasutra, von deren Existenz er erst jetzt überzeugt war und wählte auch eine Pizza für sich aus.

Hansen hatte noch niemals Pizza probiert. Nicht aus Abscheu, eher weil er es einfach vergessen hatte. Manchmal ergaben sich für die einfachsten Dinge der Welt einfach keine Gelegenheiten. Doch nun bot sie sich an und Hansen griff zu.

Ein Mitarbeiter stellte sich vor ihm auf und schaute Hansen mit gutmütigem Blick an. Hansen bemerkte es und gab seine Bestellung auf.

«Eine Pizza Kamasutra XXL und eine Pizza Petri Heil, normal, bitte.»

Der Mitarbeiter wiederholte: «Eine Pizza Kamasutra XXL, eine normale Pizza Petri Heil, noch was zu Trinken?»

«Nein, danke.»

«Mitnehmen oder hier essen»

«Mitnehmen, bitte.»

«Gut, 15 Minuten, setzen sie sich doch.»

Aber Hansen blieb lieber stehen. Die Kleidung wurde immer ungemütlicher und begann auch zu stinken. Hansen fühlte sich beobachtet, obwohl im Restaurant kaum Leute saßen und die, die ihn beim Hereinkommen gesehen hatten, die hatten sich schon wieder ihren Gesprächen zugewandt. Also versuchte Hansen hinaus auf den Parkplatz zu schauen, um nachzusehen, ob mit Pfeffi alles in Ordnung war. Es sah so aus, als ob Pfeffi seinen Kopf ans Fenster gelehnt hatte, um zu schlafen. Genau sehen konnte Hansen das nicht, weil der Parkplatz ziemlich zwielichtig ausgeleuchtet war, aber er redete es sich ein, um auch selbst endlich etwas Ruhe zu finden.

Im Restaurant duftete es nicht nur nach fettigem Essen, ein zarter Hauch von Zitrone und Kaffee mischte sich in das Kopfbouquet des Restaurants. Hansen spürte wie ihn die Lust auf Kaffee ergriff und er versicherte sich nochmals mit einem Blick nach draußen, dass mit Pfeffi alles in Ordnung war. Dessen Kopf lag immer noch an der Scheibe und Hansen übersprang den inneren Widerstand und bestellte sich den ersehnten Kaffee. Nur eine kleine Tasse, aber auch die genügte für eine kurze Flucht aus der Verantwortung, die Hansen sich mit Pfeffi aufgebürdet hatte.

Der Kaffee wurde Hansen auf einem kleinen silbernen Alutablett serviert. Hansen bedankte sich und machte sich gleich über den Kaffee her. Er riss die zwei kleinen Zuckerpäckchen auf und schüttete den Zucker in den Kaffee. Dann nahm er die kleine Sahnepackung, zog deren Schutzfolie ab und tröpfelte die Sahne dazu. Schnell rührte Hansen den Kaffee um, der sich nur leicht verfärbte und versuchte einen ersten Schluck, der ihm zu seiner Erleichterung nicht die Lippen verbrühte, was Hansen ganz angenehm war, zumal er dadurch einfach auch Zeit sparte. Gleichzeitig mit dem letzten Schluck aus der Kaffeetasse brachte man ihm schließlich die zwei Pizzas in Kartons verpackt und die Rechnung.

«Zwölf achtzig bitte.»

Hansen stutzte kurz, so als hätte er ganz vergessen, dass er hier bezahlen musste. Doch schließlich begann er in seiner Kleidung zu kramen, um zähe Augenblicke später seine Geldbörse zu finden.

Sie hatte schrecklich gelitten. Alles war völlig nass, die Ausweise, das Geld und alle sonstigen Zetteleien, die sich darin befanden. Zum Glück für Hansen gab es das bargeldlose Bezahlen. Er zog seine EC-Karte heraus, wischte sie kurz mit dem Ärmel seines herausgerutschten Pullovers ab und reichte sie der Bedienung, die die Karte im Pinzettengriff in Empfang nahm und sie in das Lesegerät schob. Zwischen der Bedienung und Hansen kommunizierte nur das Gerät mit zwei Piepsern, einem Kratzschen und Rattern und dem Ausspucken der Quittung. Hansen nahm den Kuli, den ihm die Bedienung rübergeschoben hatte und leistete seine Unterschrift. Dabei hinterließ er einen deutlichen Dreckflecken auf dem dünnen Papier und Hansen versuchte ihn etwas wegzuputzen, doch es misslang und Hansen entschuldigte sich mit einem Augenrollen. Die Bedienung antwortete mit einem Rückenzeig und verschwand in der Küche.

Hansen nahm die Pizzas und verließ das Lokal. Er dachte kurz darüber nach, warum das Restaurant eigentlich Cem's hieß, er kannte keinen Cem, obwohl er viele Leute kannte, aber Cem, der war ihm kein Begriff, besser gesagt keine Person, der er schon einmal begegnet war. Vielleicht wusste Pfeffi, wer Cem war.

Als Hansen ans Auto trat, klopfte er vorsichtig an die Fensterscheibe an der Pfeffis Kopf klebte. Doch auch nach mehrmaligem Klopfen wurde Pfeffi nicht wach. Hansen legte die Pizzas aufs Dach des Autos und riss die Tür auf. Pfeffi flog ihm entgegen, klatschte mit seinem Oberkörper aufs Pflaster, wobei er Glück hatte, dass sein Kopf durch den Speck etwas geschützt war und nicht aufplatzte. Die andere Hälfte von Pfeffi hing noch im Auto fest und Hansen brauchte einige Sekunden, um den nächsten Schritt zu tun.

«Telefon», dröhnte es in seinem Kopf. Ring! Ring! Ring! Hansen lief zurück ins Restaurant, direkt zu dem Telefon, das hinter der Theke auf einem kleinen Tisch stand. Er wählte 112 und wartete das Tuten ab. Es tutete einmal, dann knackte es kurz und eine Stimme sagte stoisch ihr lang bewährtes Hilfsverschen auf.

«Feuerwehrleitstelle, Kleindienst am Apparat.»

«Hier Hansen, ich stehe mit dem Auto auf dem Parkplatz von Cem's Restaurant. Mein Freund Pfeffi ist ohnmächtig aus dem Auto gekippt. Bitte kommen sie, ich glaub er braucht dringend Hilfe.»

«Gut, Herr Hansen, beantworten sie mir noch die nächsten Fragen, bleiben sie ganz ruhig.»

Hansen war ruhig. Er begriff nur nicht, wie man in solch einer Situation so bürokratisch sein musste.

«Wie heißt das Opfer, wie alt ist es, und welches Cem's meinen sie denn, es gibt doch mehrere.»

Hansen wusste nicht, dass das Cem's eine Restaurantkette war, nun ja, für diesen Gedanken war gerade wenig Zeit, eigentlich überhaupt keine.

«Also, er heißt Florian Kuntze, ist so um die Mitte vierzig, schwergewichtig, besser gesagt übergewichtig, also wirklich fett, wenn sie so wollen.»

«Adipös, sagen wir.», knallte es streng aus dem Hörer.

«Ja, mein ich ja, das Cem's in Bornsberg, auf dem Parkplatz, meine ich.»

«Gut, ich fasse kurz zusammen, damit ich sie richtig verstanden habe. Florian Kuntze, Mitte vierzig, adipös, ohnmächtig, wohl eher bewusstlos. Cem's in Bornsberg, Parkplatz. Herr Hansen, ich schicke jemanden.» und das Telefon tutete.

Hansen legte auf und verließ das Restaurant erneut. Vielleicht konnte er schon etwas für Pfeffi tun.

Pfeffi lag immer noch verbogen zwischen Auto und Pflastersteinen. Aber er hatte sich keinen Millimeter bewegt. Hansen drückte die Autotür nun so weit wie möglich auf und versuchte Pfeffi an den Armen aus dem Auto zu ziehen. Doch zwecklos, er war viel zu schmächtig, vielleicht brauchte Hansen auch eine andere Technik. Er begann Pfeffis Körper zu untersuchen, um eine Schwachstelle zu entdecken. Dazu stieg er auf der Fahrerseite ein und schaute sich Pfeffi an. Die Kleidung war verrutscht und Pfeffis Wanst schaute raus. Er wölbte sich dem Parkplatz entgegen und Hansen begriff augenblicklich, was zu tun war. Er löste Pfeffis Beine, die sich im Fußraum verklemmt hatten und er bemerkte, wie seltsam dünn diese waren. Hansen konnte sie fast umgreifen und sie ganz leicht heraus biegen. Den Rest besorgte Pfeffis Oberkörper, der übergewichtig den leichteren Teil seines Besitzers aus dem Auto zog und ihn auf den harten Untergrund platschen ließ. Hansen schob die Beine so weit vom Auto weg, dass er es vorsichtig wegfahren konnte, damit die Rettungsleute besser an den Patienten ran kommen konnten. Doch die ließen sich Zeit und Hansen folgte weiter seinen geistigen Eingebungen und kümmerte sich um Pfeffi. Er holte eine Decke aus dem Auto und legte sie über den Körper seines Freundes. Dann schaute er sich das fahle Gesicht an, hielt fachmännisch den Handrücken seiner kalten, rechten Hand vor Pfeffis Nase und bemerkte einen leichten, lauen Hauch. Wenigstens atmete er noch. Hansen beschloss den Patienten nun einfach so zu belassen und seine Pizza zu essen, denn er hatte unheimlichen Hunger. Für Pfeffi hatte er sein Möglichstes getan. Nun hieß es schlicht abzuwarten und aufzupassen, dass sich weder der Tod noch ein anderer Aasfresser unerlaubt über den angeschlagenen Körper hermachte. Und wie konnte Hansen die Wartezeit besser verbringen als mit Essen?

Hansen holte die Pizzakartons vom Autodach, die er beim Umparken des Wagens völlig vergessen hatte, die aber glücklicherweise ihren Platz nicht verlassen hatten.

Pfeffis Kamasutra legte er ins Auto, seine Petri Heil hielt er wie ein Serviertablett und schlenderte hinters Auto, um sich aus dem Laderaum von Pfeffis Auto eine Sitzgelegenheit zu holen. Er fand einen kleinen Klappstuhl, den er schließlich neben Pfeffi aufstellte und sich draufsetzte. Hansen legte den Pizzakarton auf seine Knie, faltete ihn auf und begann Stück für Stück seiner lauwarm gewordenen Pizza zu essen. Es war eine himmlische Ruhe auf dem Parkplatz und in dieser Situation.

Wieder begann irgendwo das Banjo zu spielen und Hansen dachte kurz an die junge Frau, die er beim Angeln getroffen hatte. Was wohl aus ihr geworden war? Ob sie sich immer irgendwo in den Büschen versteckt hielt und Hansen auf seinen Wegen begleitete? Oder war es die schöne Einbildung, die ihm diese nebelhafte Gesellschaft immer wieder zutrieb? Hansen lächelte zwischen zwei Bissen und er hatte kurz Zeit für die augenblickliche Schönheit seines jetzigen Lebens. Die Harmonie der Gegebenheiten schien hier auf dem Parkplatz zu sein. Hansen war alt genug, um zu wissen, dass sich die Harmonie des Lebens immer für die einfachsten Orte entschied und nicht für die künstlich geschaffenen, und das alles hier, war ein weiteres, beruhigendes Beispiel. Hansens Herz glückte vor sich hin und sein Magen tat es ihm gleich, während er sich füllte.

Hansen überlegte, ob er sich nun auch Pfeffis Kamasutra widmen sollte, denn der Geschmack seiner Petri Heil hatte ihn vollkommen von der Existenzberechtigung der Pizza an sich überzeugt und sein Magen schien noch nicht befriedigt zu sein. Also ging Hansen zum Auto, holte sich die Pizza heraus und begann sie zu essen. Dabei schaute Hansen immer wieder kontrollierend zu Pfeffi und weil der langsam wieder an Röte gewann, machte er sich auch wenig Sorgen darüber, dass der Notarzt weiter auf sich warten ließ. Er fasste Pfeffi an die Stirn und fühlte eine angenehme Wärme. Hansen dachte, dass Pfeffi vielleicht nur einmal richtig ausschlief. Es wäre jedenfalls kein Wunder, denn Pfeffi hatte, ebenso wie er, die letzten Jahre damit verbracht sich ausschließlich um andere zu kümmern, in seinem Fall eben seine Mutter. Nun schien er sich durch den Schlaf aus dieser Zeitenzone zu verabschieden und Hansen hoffte, dass Pfeffi dadurch etwas an Lebensqualität hinzugewann. Er selbst gewann gerade die neue Geschmacksrichtung Kamasutra hinzu und hörte weiter dem Banjospiel zu, das immer noch in einiger Entfernung wie ein Bächlein stetig tropfte.

Hansen nahm die Pizzakartons und schaffte sie zu einem der Mülleimer, die es aller paar Meter auf dem Parkplatz gab. Er musste sie etwas zusammenknautschen, damit sie hineinpassten und im Augenwinkel bemerkte er die rasante Bewegung eines schnellen Körpers.

Als Hansen sich umdrehte, sah er den Notarztwagen heranrauschen, allerdings ohne Blaulicht und Sirene, was wohl einiges auszusagen wusste und Hansen richtete sich auf ein mühseliges Gespräch mit dem gerade aussteigenden, medizinischen Fachpersonal ein.

Er ging hinüber zu Pfeffi, über den sich bereits die Notärztin stehend beugte und ihrem spürbar angespannten Sanitäter grob Anweisungen zurief. Sie scherten sich nicht um Hansen, auch nicht als der sich vorstellte. Es waren Fachkräfte am Werk und Hansen fühlte sich überflüssig. Schnell wurden seine, in den eigenen Augen, guten Taten zu Lappalien abgestempelt, nur weil er nicht die passende Ausbildung hatte. So war es eben und nichts rüttelte daran, selbst wenn man alles richtig gemacht hatte, ohne eine fachgemäße Ausbildung oder einem qualifizierungsbestätigenden Zertifikat war das alles nicht viel wert.

Hansen nahm den Klappstuhl und setzte sich einige Meter vom Ort des Geschehens entfernt wieder hin. Er beobachtete wie die Notärztin Pfeffi eine Spritze ins Bauchbindegewebe schoss und einige abfällige Bemerkungen über dessen körperlichen Zustand machte. Dann kniff sie ihrem Assistenten in den schmächtigen Po, der völlig verunsichert von dieser Belästigung über Pfeffi stolperte und den Sanikoffer entleerte. Wieder zerriss sich die Ärztin den Mund, diesmal über ihren Helfer, bevor sie in den Notarztwagen stieg und den Papierkram auf einem Klemmbrett erledigte. Der Helfer schien spürbar peinlich berührt und Hansen fühlte mit ihm. Er stand auf und half ihm dabei, den Sanikoffer wieder einzuräumen. Der Sani bedankte sich mit einem stummen Blick und stieg zu Boden blickend zurück in den Saniwagen.

Pfeffi lag immer noch am Boden, hatte aber die Augen geöffnet, die sich hilflos in der Gegend umschauten. Hansen kniete sich neben den Erwachten und sprach ihn einfach an.

«Mensch Pfeffi, alles in Ordnung?»

Doch Pfeffi antwortete nicht und schaute ihn nicht einmal an. Er lag da und seine Augen kurvten in den Augenhöhlen herum. Hansen begann sich Sorgen zu machen. Er ging zum Saniwagen und öffnete unaufgefordert die Beifahrertür. Die Ärztin schrak zusammen und wollte ihn gerade voll schnauzen. Doch sie hatte Hansen unterschätzt.

«Halten sie einfach die Klappe, ich will nur wissen, was mit Pfeffi los ist. Und reden sie verständlich, nicht in Sprachoglyphen, und glauben sie nicht, dass ein alter Mann vor so einem jungen Ding wie ihnen zurückschreckt. Ich bin alt, ich habe vor nichts mehr Angst. Also sprechen sie und sparen sie sich jeglichen Kommentar zu Pfeffi. Ich will nur wissen, was los ist. Also, fangen sie an. Sie können jetzt auch wieder atmen.»

Die Ärztin prustete die angestaute Luft aus und wohl auch einiges an Wut, doch sie vermied den Konflikt, indem sie ihre Diagnose so kurz wie möglich fasste und sich nebenbei mit anderen Gedanken von diesen drei männlichen Katastrophen ablenkte. Sie dachte an ihren Urlaub, der zwei Monate dauern und ihr eine liebesfreie, schmerzlose Schwangerschaft bescheren würde. Ihr Leben nähme auch ohne diese Drei eine schöne Wendung. Aber den Blick des Alten konnte sie nicht vergessen. Er war echt und nicht streng. In ihr stieg der Pegel der Verunsicherung langsam an, und um sich keine Blöße zu geben, ratterte sie die Diagnose herunter ohne Hansen dabei anzuschauen:

«Er hat einen Schwächeanfall, das Gewicht. Und auch so scheint er völlig fertig zu sein. Er braucht Ruhe und jemand muss sich kümmern. Gehen sie morgen mit ihm zum Arzt, der soll alles weitere entscheiden. Ich hab ihm was gespritzt, damit er sich ein bisschen bewegen kann.»

Und schon knallte die Autotür zu. Der Helfer nahm den Funkhörer in die Hand und augenblicklich ertönte das Martinshorn und das Blaulicht beleuchtete den Parkplatz. Dann fuhr der Wagen ab und Hansen stand wieder allein mit Pfeffi da.

Er ging erneut zu ihm und Pfeffi schaute ihn an.

«Ich will nach Hause.», keuchte Pfeffi wie ein Kriegsverletzter in einem Schützengraben und setzte sich plötzlich auf.

«Na klar, ich fahr dich. Kannst du aufstehen?»

Ohne Worte stand Pfeffi auf und ging zum Wagen. Er legte sich in den Laderaum zwischen all den Kram und Hansen warf die Decke über seinen Körper. Dann holte er den Klappstuhl und packte ihn in den Fußraum des Beifahrers. Er schloss alle Türen und startete den Motor. Hansen schaute durch das Frontfenster und bemerkte, dass der Tag schon längst eingeschlafen war. Seine Sinne kehrten zurück. Es wurde kalt und eklig. Auch Hansen wollte endlich weg hier. Er schaltete das Licht des Autos an und fuhr vom Parkplatz. Hinten im Laderaum fing Pfeffi an zu wimmern. Zur Ablenkung schaltete Hansen das Autoradio ein, Nachrichten erzählten von einem weiteren harten Tag für die Menschheit und nicht einmal das Wetter brachte Glück. Hansen nahm eine Kassette aus der Ablage unterhalb des Radios und schob sie in den Einschubschlitz. Es rauschte angenehm und es erklang eine Art Meditationsmusik, die gegen das schroffe Leben im Auto arbeitete. Die beiden Bilder bissen sich und Hansen hielt es nicht lange aus. Er holte die Kassette wieder heraus und stopfte eine andere hinein. Wieder rauschte es kurz, etwas klingelte, ein paar dumpfe Töne quollen dazu und endlich begann die Musik. Hansen kannte sie nicht, aber sie störte ihn nicht, also ließ er sie fließen und konnte sich endlich auf die Straße konzentrieren. Hansen überlegte wie er am besten zu Pfeffi gelangte. Er musste fast bis ans westliche Ende der kleinen Stadt fahren und dann, so glaubte er sich zu erinnern, kurz vor der Tanke rechts in den sandigen Mühlenweg einbiegen, wo es nur ein Haus gab, nämlich das von Pfeffis Familie, wobei er der Letzte war. Seine Familie würde aussterben, dass hatte jeder in der Stadt schon vor Jahrzehnten voraus gesehen. Und nun schien es bald so weit. Pfeffi machte nicht den Eindruck, dass er noch für Nachwuchs sorgen konnte. Er hatte es nie leicht gehabt. Sein Erbe erdrückte ihn schon bei seiner Geburt. Nicht Schulden, nein der Ruf der Familie war sein Erbe, obwohl er selbst ein anständiger Kerl war. Aber auch das war und blieb so. Da konnte Gott selbst auf Erden erscheinen und mit ihm durch die Stadt wandeln, es würde nicht helfen.

Die Tankstelle leuchtete Hansen in die Zielgerade. Er bremste das Auto ab, um die Einfahrt nicht zu verpassen. Glücklicherweise hatte Pfeffi einmal zwei Balken links und rechts der Einfahrt eingegraben und die herausstehenden Enden mit reflektierender Farbe bestrichen. So hatte Hansen wenig Mühe die Einfahrt zu nehmen und endlich Pfeffis Haus zu erreichen. Er atmete durch, schaltete den Motor ab und stieg aus. Hansen ging zum Laderaum und öffnete ihn. Pfeffi schlief wieder. Also schloss Hansen leise die Tür und ging zum Haus. Er untersuchte den Schlüsselbund, an dem auch der Autoschlüssel hing, fand schließlich den passenden Schlüssel für die Haustür und nachdem sie aufgeschnappt war, ging er hinein. Er schaltete das Licht an und stand sich in einem breiten Garderobenspiegel gegenüber. Hansen sah furchtbar aus, so als wäre er gerade aus dem Stollen eines alten Bergwerkes gestiegen. Er zog sich die Kleider vom Leib, außer der Unterwäsche und suchte fröstelnd das Badezimmer. In jedem Zimmer, das Hansen auf der Suche betrat, schaltete er die Heizungen an und endlich, im vierten Versuch, fand er das Badezimmer. Er ging zur Wanne, ließ sich heißes Wasser ein, gab etwas Badeöl dazu und schaute kurz dem Wasser beim Fließen zu. Dies animierte seine Blase dazu Druck auf Hansen auszuüben. Er benutzte die Toilette, drehte im Vorbeigehen auch im Badezimmer die Heizung an, entschlüpfte seiner Unterwäsche, stieg seufzend in die Wanne und ließ sich vom Wasser einvernehmen.

Langsam fielen die Schmutzpartikel von Hansens Körper, die sich aufgrund des langen Tragens der dreckigen Kleidung bis auf die Haut durchgedrückt hatten. Sie rieselten hinab zum Badewannengrund und bildeten dabei einen grauen Schleier um Hansens ausgelaugten Körper. Als das Wasser seinen Körper schweben ließ, pendelte Hansen zwischen Kopf- und Fußende, denn er war viel zu klein für diese Wanne, die eine Extraanfertigung zu sein schien. Pfeffi war ja auch um einiges fülliger als er und so genoss Hansen diesen gemütlichen Freiraum in einer fremden Wanne.

Hansen glitt in dieser Gemütlichkeit wieder ab, er schlüpfte in seinen Kokon und ertrank in dessen Zuneigung. Hansen schlug eine neue Seite in seinem Gedächtnis auf. Er fuhr mit dem Rad und der Anhänger trottete scheppernd hinterher. In dem Wagen lagen ein paar Decken, die Hansen benötigte, um seiner Frau zu helfen. Diesen Punkt der Geschichte hatte Hansen vergessen und es dauerte eine ganze Weile bis sich die Fahrradschleife zu einem langen Band öffnete. Eine Zeit lang ging es immer wieder an der selben Landschaft vorbei, so wie in den alten Filmen schien irgendjemand an einer Kurbel zu drehen, um eine Leinwand mit Hintergrundbildern in Gang zu halten, damit der Betrachter dachte, dass der Darsteller in einer unendlichen, herrlichen Gegend unterwegs war. Aber Hansen bemerkte den Schwindel und er suchte die nette Souffleuse, die ihm ein Stichwort gab, dass diese Leinwand zerschnitt, um ihn endlich in die Erinnerung fahren zu lassen. Nichts geschah, wieder keine helfende Stimme aus dem Off. So radelte Hansen immer weiter und der Gegenwind wurde immer stärker. Das Wetter war echt, im Gegensatz zur Gegend. Es schlug um zur anderen Seite, da wo die Kälte herrschte und plötzlich kam das Stichwort. Es war nur ein leises Stöhnen. Was sollte Hansen denn damit anfangen? Er wartete einfach auf weitere Anweisungen. Jemand begann den seidenen Faden seines Kokons neu aufzufädeln und die Kälte hielt Einzug. Gern hätte Hansen von seiner Frau geträumt. Und dieser kurze Sehnsuchtstick schenkte ihm endlich den ersehnten Gedankengang in dem es wieder warm wurde und an dessen Ende seine Frau stand, um ihn zu empfangen.

Sie hatte nur einen Bademantel an und der behielt ihre körperliche Schönheit für sich. Hansen bemerkte seine eigene Nacktheit und als er an sich herunter blickte, war da keine Schönheit, da war nur altes, behaartes Gewebe. Er schämte sich. Doch er ging weiter, denn seine Frau öffnete langsam ihren Bademantel und breitete ihre Arme aus. Hansen schlich wie ein schuldiges Kind durch den Gang, um in den Genuss ihrer Schönheit zu kommen.

Der letzte Schritt ging Hansen am schwersten von den Füßen, er zögerte kurz und fast hüpfend fiel er seiner Frau in die Arme. Sein Körper erstarrte jäh, denn da war keine Wärme, es gab nur einen kalten Körper, der sich nicht an Hansens Körper schmiegte, sondern hart und unliebsam blieb. Hansen wollte einen Schritt zurück machen, aber die Arme seiner Frau erlaubten es nicht. Sie hielten ihn fest. Seine Frau war nur noch eine Schaufensterpuppe in seiner Gedankengalerie, in der die Fantasie und die Gedanken zwar echt, aber eben nicht greifbar waren.

Hansen suchte einen Weg aus diesem Kokon, der ihn dieses Mal sehr enttäuschte. Allein es gelang ihm nicht, denn er steckte einfach fest. Es ergab alles keinen Zusammenhang und Hansens eigentlicher

Lebensspürsinn war verschwunden. Er trieb ab und vielleicht fand man ihn irgendwann, einer Flaschenpost gleich, in einem Gestrüpp gefangen an den Rändern eines Stroms. Wenn er Glück hatte, fände jemand in ihm eine Nachricht, aber auch nur dann, wenn er sprechen konnte.

Hansen verschwand.

Pfeffi wachte auf. Und als er sich setzte, bemerkte er seinen fürchterlichen Zustand. Sein Körper hatte Schwierigkeiten mit dem überfüllten Laderaum des Autos. Erfolglos versuchte Pfeffi die Türen zu öffnen. Aus Frust darüber, dass es sein Körper nicht erlaubte, sie auf die einfache Art und Weise zu öffnen, trat Pfeffi kräftig mit den Füßen gegen die Hintertür, wodurch sie aus den verrosteten Scharnieren schoss und quer über den Hof flog. Endlich konnte er herauskriechen und den engen Käfig verlassen. Pfeffi suchte in seinen Hosentaschen nach seinem Schlüsselbund, fand ihn nicht, fluchte vor sich hin und trottete der Haustür entgegen. Er tastete seine Kleidung ab, um den Schlüsselbund doch noch zu entdecken, aber er blieb verschollen. Schließlich bemerkte Pfeffi die nur leicht angelegte Haustür und schubste sie misstrauisch nach innen auf.

Die Tür blieb in Hansens hinterlassenem Kleiderhaufen stecken und Pfeffi fluchte, weil er so nicht ohne weiteres ins Haus kam, denn der Spalt war einfach zu eng. Er schüttelte die unschuldige Tür, um die blöden Fetzen zu lösen, wodurch es eher schlimmer und der Spalt immer enger wurde.

Schließlich hatte sich die Tür so verzogen, dass Pfeffi nichts anderes übrig blieb, als einen anderen Eingang zu nehmen und zwar denjenigen, den Pfeffi schon von Kindestagen an mied.

Auf der linken Seite des Hauses gab es eine zweite Eingangstür. Dazu musste man drei Treppen hinunter gehen und man stand vor einer Tür hinter der es noch einmal sieben Treppen abwärts ging. Wenn man diese Treppen hinter sich gebracht hatte, kam man in den Kohlenkeller. Pfeffis muffligen Alptraum. Doch es half nichts, denn nachdem Pfeffi schon seinen Wagen ordentlich zerlegt hatte, wollte er auf weitere Entgleisungen verzichten, obwohl es ihn mehr Kraft kostete es nicht zu tun, als wenn er seiner Wut ihren Platz gegeben hätte.

Pfeffi trat die ersten drei Stufen hinunter, blieb dann vor der Tür stehen und fummelte aus einer ausgespülten Fuge über dem Türrahmen einen Schlüssel. Pfeffi spuckte auf den Schlüssel und wischte ihn an der rechten Arschtasche seiner Hose ab. Dann schniefte er tief, seufzte flach und schloss die Tür auf, die federleicht aus dem Schloss schnappte und Pfeffi den dunklen Keller offenbarte.

Er suchte den Lichtschalter. Es war schon länger her, dass er hier unten gewesen war und es brauchte ein Weilchen, bis er sich daran erinnerte, dass sich der Lichtschalter hinter der Tür befand. Was hatte es damals für einen Streit zwischen seinen Eltern, dem Elektriker und dem Tischler gegeben, allein wegen des Lichtschalters. Pfeffi war zu diesem Zeitpunkt ein dünnes, pubertierendes Männlein gewesen, als seine Eltern diese Tür neu einbauen und im Zuge dessen, sich auch gleich eine neue Elektrik fürs Haus aufschwatzen lassen hatten. Nachdem der Umbau nicht lang gedauert hatte, stellte man nun fest, dass Tür und Schalter, oder zumindest eines von beiden falsch eingebaut worden war. Die Erwachsenen stritten, bis Pfeffis Vater eines Tages bei solch einer Auseinandersetzung an Herzversagen verstarb und der Streit eine Woche später mit der karitativen Übernahme der Beerdigungskosten durch die Handwerker ebenso beerdigt wurde. Pfeffi schüttelte sich die Erinnerung aus dem Kopf und knipste das Licht an.

Das Licht schwächelte und Pfeffi holte sein Feuerzeug aus der Jackentasche, um es mit dessen kleiner Flamme zu unterstützen. Pfeffi wollte sich nicht länger als nötig in diesem Schauerkeller aufhalten, denn hier gab es zweifelsohne Gespenster. Keiner glaubte ihm das, aber er wusste es. Früher waren in diesem Keller Menschen gestorben. Besser gesagt, sie wurden zu Tode gefoltert. Pfeffis Haus war vor Jahrhunderten aus Pragmatismus auf die Mauern eines alten Folterverlieses gebaut worden. Noch als Kind hatte Pfeffi völlig unbefangen öfters hier drin gespielt, bis er mal einen Schädelknochen fand, seitdem geisterte es hier, dass stand fest. Und schon wieder begann es zu heulen und Pfeffi nahm die Stufen zur Wohnung im schnelleren Trab.

Er schlüpfte, trotz seines behäbigen Körperbaus, flink wie ein Häschen durch die Tür in die Wohnung und warf sich rückwärts gegen sie, um sie augenblicklich zu schließen und den Geistern das Brett vor den Kopf zu knallen. Pfeffis Lunge rasselte und ihm schmerzte die Brust. Messer stachen ihm durch die Haut und er trieb seinen Körper vom Geist gepeitscht in die Küche zu einer alten Teedose. Er warf sie zu Boden und Tabletten fielen wie Konfetti durch den Raum.

Pfeffi las drei Stück mit seinen steifen Fingern auf, stopfte sie sich in das röchelnde Maul und schluckte sie angestrengt herunter. Dann brach Ruhe über das Haus herein in dem nun zwei Männer in ihren Kokons verweilten, um neue Kräfte zu sammeln, damit das Leben weiter gehen konnte. Wobei beide erst einmal von ihren Geistern überzeugt werden mussten, dass dies noch nicht alles gewesen war. Denn im Gegensatz zu den Körpern hatten die Geister das Gefühl irgendetwas im Leben vergessen zu haben.

Der Dienstag verstrich weiter ohne sich um die Toten und Halbtoten auf der Welt zu scheren. Er ging seines Wegs und bereitete sich auf den Feierabend vor. Er schlüpfte in seinen purpurnen Schlafanzug, setzte sich an den Rand der Welt und ließ seine Beine herunter baumeln. Doch dann klingelte das Telefon, sein Telefon und es war geschriebenes Gesetz von den höheren Mächten des Universums, dass ein Tag solange arbeiten musste, bis auch der letzte Anruf angenommen war. Der Dienstag stöhnte auf. Der Mittwoch lachte, weil er sich noch mal umdrehen konnte. Und am Telefonhörer schrie Hansen dem Dienstag ins Ohr:

«Lass mich raus!»

Der Dienstag zog, während er den Hörer weglegte, an einem seidenen Faden des Kokons und entwickelte Hansen, der keine Metamorphose vollzogen hatte, sondern eher noch älter aussah. Dienstag und Hansen schauten sich an und plötzlich alterte der Dienstag so schlagartig, dass Hansen nicht mehr wusste, was die Wahrheit des Tages war.

Er schloss seine Augen, zählte ruhig bis zehn und atmete immer wieder tief ein und aus. Bis endlich auch die Banjoklänge ins Haus einkehrten und Hansens Wesen beruhigten. Er öffnete die Augen und versuchte erst einmal gedanklich ins Haus einzuziehen. Und augenblicklich wurde es kalt um ihn herum. Das Badewasser hatte seine Wärme an den Raum verloren und als Hansen die Wanne verließ, freute sich sein Körper über das angenehme Klima des Bades.

Hansen sah seine Unterwäsche am Boden liegen. Sie machte einen scheußlichen Eindruck. Er nahm sie und überlegte was er damit tun sollte. Im Klo runter zu spülen, schien ihm nicht passend, also stopfte er Unterhemd und Schlüpfer in den kleinen Mülleimer unterm Waschbecken. Außerdem war es ein größeres Problem, dass er überhaupt keine Kleidung mehr hatte. Die Klamotten, die im Hausflur lagen, waren ungewaschen nicht mehr zu gebrauchen. Also schaute Hansen in die Wäschekommode, die unter dem Badezimmerfenster stand und einen beladenen Eindruck machte.

Handtücher, jede Menge Handtücher kamen zum Vorschein. Hansen nahm sich die zwei größten und wickelte sich darin ein. Dann zog er den Badewannenstöpsel und verließ das Badezimmer. Er brauchte Kleidung und während er suchte, hoffte Hansen darauf nicht nur die übergroßen Sachen von Pfeffi zu finden, sondern auch solche, die in etwa seiner Kleidergröße entsprachen und er sich somit auch hinaus auf die Straße trauen konnte.

Glücklicherweise stieß er bei seiner Suche zu allererst im Flur auf einen betagten, vollholzigen Kleiderschrank, der einen deplazierten Eindruck machte. Er stand direkt in einem Türrahmen und schien ein Zimmer zu verschließen. Hansen öffnete den Schrank indem er an dem kleinen Messingschlüssel drehte, der in seinem Nabel steckte. Etwas widerspenstig ließ sich der Schrank öffnen, kein Wunder, dachte Hansen, denn er bewahrte Andenken in vielen Varianten und nur einem Duft auf. Es roch nach Veilchen. Offenbar waren es die sorgsam aufbewahrten Sachen von Pfeffis Vater. Auf der rechten Seite hingen altmodische Anzüge, so wie sie Hansen noch kannte, als er in seiner Jugend den jungen Damen den Hof gemacht hatte. Über der Kleiderstange befand sich ein Fach für Hüte, links waren einige Fächer mit Kisten, die fein säuberlich und handschriftlich etikettiert waren. Socken, Krawatten, UW, Uhren, Handschuhe, Parfumflakons, Krawattennadeln, Manschetten-knöpfe und unter den Anzügen lagen Kisten mit Lederschuhen, alles in allem eine herrliche und komplette Herrenausstattung, deren Anziehungskraft Hansen unterlegen war. Er bereicherte sich an diesem Schatz, wenn auch nur durch eine einzige, dafür aber totale Neuaufmachung seines Äußeren Ichs. Hansen hatte die Nase gestrichen voll von dem Dreck des letzten Tages. Es war die Zeit für Reinheit und Ordnung.

Hansen stellte sich seinen Ausgangsaufzug wie folgt zusammen:

einen Trilby für den Kopf

ein weißes Unterhemd

ein weißes Hemd

eine dunkelgrüne Krawatte

eine schwarze Weste mit vier Taschen

ein Jackett mit weitem Kragen, Revers und aufgesetzten Taschen

eine schwarze Unterhose

eine Knickerbockerhose, ebenso schwarz

ein Paar dunkelgrüne, gestrickte Kniestrümpfe

ein Paar knöchelhohe, schwarze Lederschnürschuhe

Hansen suchte nicht nach einem warmen Zimmer, um sich einzukleiden. Gleich im Flur schlüpfte er in sein gepflegtes Äußeres und ein bisschen bereute er, dass er sich nach dem Baden nicht auch eine Rasur gegönnt hatte, was ihm zwar den letzten Schliff verwährte, aber irgendwie verliehen ihm die weißgrauen Bartstoppeln ein kerniges Aussehen. Die Verkleidung machte ihn glücklich und als er durch den Flur schritt, hob sich seine Laune noch mehr, denn alles saß einfach perfekt.

Hansen klappte die rechte Tür des Schrankes weit nach außen auf, denn in der Innenseite befand sich ein Spiegel in dem man sich beschauen konnte. Und als Hansen schließlich ausgehfertig war und das Banjo begann munter aufzuspielen, konnte der anstehende Tag, der Mittwoch, angepackt werden.

Tag 5, Mittwoch, Auf einer Brücke steht man immer zwischen den Welten

Hansen hatte längst bemerkt, dass der Tag noch eine Frühgeburt war. Deshalb schlich er wie ein Geist durch Pfeffis Haus, wobei ihm dämmerte, dass er in all seinem Frohsinn und der eingeschobenen Kokonreise, Pfeffi einfach vergessen hatte. Sein schlechtes Gewissen ermahnte ihn und drohte mit dem Verantwortungsgefühl.

Ohne großartig auf sein Gewissen einzugehen, räumte Hansen zunächst die schmutzigen Klamotten, die sich unter der Haustür verkeilt hatten, beiseite, um danach hinaus zum Auto zu gehen und zu überprüfen, ob Pfeffi immer noch schlief. Wenn es so wäre, dann hätte Hansen einen leichten Tagesstart gehabt. Aber schon von weitem sah er die herumliegende Wagentür und kehrte ins Haus zurück. Bei seiner Suche nach Pfeffi nahm sich Hansen jedes Zimmer einzeln vor und ihm fiel erst jetzt auf wie sauber und ordentlich es in diesem Haus war. Fast in jedem Raum fand er auch einen frischen Blumenstrauß, alles hinterließ Hansen den Eindruck, dass es hier doch eine weibliche Seele geben musste. Wie hatten sich die Kollegen vom Anglerverein immer über Pfeffi das Maul zerrissen. Und Hansen war oft auch nicht besser gewesen, er hatte geschwiegen, obwohl er der Samstagsanglerkumpane von Pfeffi war. So leicht hätte man diesen Irrsinn aus der Welt hobeln können, doch selbst Hansen war in Sachen Aufklärung und Vernunft häufig genug ein bequemes Tier gewesen. Diese Einsicht musste er sich nun um die Ohren wischen lassen.

Er beruhigte sich indem er an den letzten Tag zurückdachte, von dem man nicht sagen konnte, dass Hansen sich hier aus der Sache rausgehalten hatte. Pfeffi war ihm ins Herz gerutscht und er freute sich, als er ihn endlich fand. Er schlief in der Küche auf dem Fliesenboden. Hansen kniete sich neben ihm nieder und schaute sich Pfeffi genauer an. Er sah einfach fertig aus, aber er atmete ruhig und gleichmäßig. Deshalb tat Hansen nur das Notwendigste, denn er wollte gehen, er hatte genug Zeit mit Pfeffi verbracht und ihm reichte diese kurze Rückkehr der Verantwortung. Als letzten Akt legte er seinem Anglerfreund eine Decke, die er aus dem Schlafzimmer geholt hatte, über den riesigen Körper, kehrte die Pillen zusammen und schüttete sie zurück in die Teedose.

Schließlich verharrte er doch länger, als er eigentlich wollte. Hansen hatte plötzlich den Drang Pfeffi eine Nachricht zu hinterlassen. Er schaute sich in der Küche um und fand am Kühlschrank ein paar lose Zettel, die mit einem Magneten in Form einer knallgrünen Birne festgehalten wurden. Hansen nahm sich einen der Zettel und suchte einen Stift. Auch den fand er am Kühlschrank in einer kleinen magnetischen Dose. Er musste sich nur zwischen einem Bleistift, einem roten Filzstift und einem Kugel-schreiber mit blauer Tinte entscheiden. Hansen wählte das klassische Blau und schrieb Pfeffi eine Nachricht.

„Hallo Pfeffi! Ich bin schon mal los. Ich hoffe wir se-hen uns am Samstag zum Angeln, so wie vereinbart. Und geh mal zum Arzt wegen der Ohnmacht. Ich wün-sche Dir eine schöne Zeit bis dahin und danke. PS. Habe mir Sachen geliehen. Hansen.»

Hansen legte den Zettel neben Pfeffis Gesicht, dann streifte er seinem Freund zaghaft über die Schulter und ging. Im Hausflur bündelte er seine lie-gen gebliebenen Sachen zusammen und nahm sie mit nach draußen. Er zog die Haustür hinter sich zu, verweilte einen kurzen Augenblick, um sich inner-lich zu ordnen. Dann schritt er in seiner Uniform dem neuen Tag entgegen. Er ließ Pfeffi mit einem guten Gefühl hinter sich und beschloss durch die Nacht nach Hause zu wandern.

Es war eine äußerst milde Nacht und Hansen fühlte sich in den Sachen passend gekleidet. Er kam sich vor wie ein zackiger Lord Kacke, der über seine Ländereien stolzierte. Hansen war der frühe Hahn, dem es nicht in den Sinn kam laut zu krähen, ob-wohl es seinem überschäumenden Gemütszustand fast heraus geplatzt wäre. Alles schien in diesen Stunden ihm zu gehören, weil alles schlief und kei-nen Anspruch zu hegen vermochte.

Hansen durchquerte unbemerkt Grundstücke, schaute durch offene Fenster und sah den Menschen beim Schlafen zu. Kein Hund bellte nach ihm, weil sie ihn alle kannten, denn Hansen war früher eine Zeit lang Zeitungen austragen gewesen und hatte alle Hunde der kleinen Stadt mit Leckereien bestochen, eine Maßnahme, die ihm nun auf seiner Expedition zugute kam. Manchmal ergaben Dinge auch mal einen Sinn. Der Mittwoch schien Hansen ein guter Tag zu werden und er musste seinen inneren Überschwang bremsen, damit er nicht anfing ihn zu preisen ehe der Morgen begann.

Die Größe der Stadt beschäftigte Hansen ungefähr zweieinhalb Stunden. Die ersten Boten des Morgens putzten bereits ihre verschlafenen Gefieder, als Hansen recht unentschlossen vor seinem Haus stand und damit zögerte hinein zu gehen. Was sollte er hier? Drinnen würde der Alltag warten und nicht das Leben. Er würde wieder in der Küche sitzen, die Kaffeemaschine vor sich hinblubbern, das Radio dudeln und das Leben absingen. Darauf hatte Hansen nach den letzten, erlebten Stunden wahrlich keine Lust.

Doch Hunger hatte er schon. Er haderte und es dauerte einige Minuten bis Hansen sich entschieden hatte. Er rollte das Klamottenbündel auseinander, kramte seine Geldbörse und die anderen wichtigen Dinge heraus. Dann warf er die Klamotten in die Mülltonne und ging ins Haus, doch nur um in der Küche ein Essenspaket anzufertigen und eine Thermosflasche mit heißem Tee zu füllen.

Nach knapp zwanzig Minuten schloss Hansen die Haustür hinter sich zu und steckte den Schlüssel in eine der vier Westentaschen. Auf dem Rücken trug er seinen alten Jagdrucksack, der als einziges Geburtstagsgeschenk seiner Kindheit überlebt hatte. Mit den Jahren war sein Rücken an den Rucksack gewachsen, doch bei der Herstellung des Rucksacks hatte man wohl mit mehr Sorgfalt gearbeitet, als bei Hansens Produktion. Denn der Rucksack wies wesentlich weniger Alterszüge auf als Hansen. Nun, die Befruchtung einer Eizelle besteht meistens nur aus einem Akt bei dem es auf alles ankam. Beim Rucksack hatte man sich mehr Zeit gelassen, da musste man nicht die Liebe und die Begierde miteinander abstimmen, da zählte vor allem die Liebe zum Handwerk, was beim Liebesakt eben nicht gut ankam, wenn es nur nach Handwerk aussah. Aber was sollte diese Haderei? Hansen schüttelte sich diese überflüssigen Überlegungen aus dem Gemüt und beschloss zur Brücke im Schlosspark zu gehen. Er war schon lange nicht mehr bei ihr gewesen. Vielleicht hatte sich dort etwas geändert, aber wirklich damit rechnen, dass tat Hansen nicht, denn genau deshalb waren er und seine Frau hier in diesem Städtchen geblieben, eben weil sich nicht andauernd etwas änderte. Sie hatten schon ab und zu Überlegungen darüber angestellt, ob sie den Schritt in Richtung Großstadt wagen sollten. Aber bei Besuchen und Kurzaufenthalten in den beleuchteten Schluchten und Tälern hatten sie stets schlechte Eindrücke gesammelt. Wobei sich auch die Moralitäten

ständig änderten. Gestern grüßte man die Bäckers-
frau noch mit einem "Hallo", und abends sollte es
dann mindestens ein "Grüß Gott" sein. Sanfte Veränderung, dass hatten sich seine Frau und er immer
gewünscht und was konnte das mehr als die Natur
mit ihren Jahreszeiten und täglichen Launen. Immer
schaute der Mensch an den Dingen vorbei hinein in
den süßen Nebel, der aus den Fabriken qualmte.

Hansen überquerte bei beginnender Dämmerung
die Schlossstraße. Der Park hatte ein sandsteinernes
Eingangsportal auf dem die verwaschenen Wappen
des einst in dieser Gegend herrschenden Landadels
gerade noch zu erkennen waren. Hansen blieb stehen und fasste den Stein an. Und obwohl er ihn äußerst vorsichtig berührte, bröckelte einiges vom
Stein ab. Hansen beschloss erstmal einen Schluck
aus der Thermoskanne zu nehmen. Er packte die
Thermoskanne aus, schraubte den Tassendeckel ab,
dann drückte er auf den mechanischen Verschluss,
welcher unverzüglich aufschnappte. Sogleich zisch-
te Dampf heraus und verbreitete eine leichte Rum-
note. Warum sollte es sich Hansen nicht gut gehen
lassen? Er füllte die Tasse halbvoll und lehnte sich
seitlich an das Tor. Hansen blickte in den Park und
versuchte sich an die Vergangenheit zu erinnern. Sie
war groß geworden, fast erwachsen, dachte Hansen.
Wie oft mochte er durch diesen Park gegangen sein?
Tausende Male vielleicht. Und wie viele Male hatte
dieser Park ihm seine Traurigkeit aus den Augen ge-
wischt? Hunderte Male? Und wie oft, ja wie oft eigentlich, hatte sich Hansen bei ihm bedankt? Kein

einziges Mal. Man hätte ihn auch für verrückt gehalten und ihn den Mann, der mit Bäumen spricht genannt. So war es nun mal. Aber jetzt, jetzt war er mit dem Park allein. Jetzt war es Zeit und jetzt war der Augenblick.

«Danke.», flüsterte Hansen schamvoll.

«Wofür?», fragte ihn plötzlich ein zweistimmiger Chor. Hansen erschrak, überrascht von dieser plötzlichen Antwort ließ er die Blechtasse fallen, die dumpf auf dem Boden aufschlug, den Teerest ausspie und zur Seite wegrollte. Hansen drehte sich den Stimmen entgegen und sah auf zwei Personen, die er eindeutig nicht kannte. Hansen konnte sie nicht einordnen und sich selbst auch nicht. Zwischen dem Trio stand die Stille eisern und magnetisch. Keiner von den Anwesenden bewegte sich. Irgendwie zogen sich die drei Menschen an, auch wenn sie augenblicklich nicht wussten, was sie miteinander anfangen sollten, schienen sie zu wissen, dass man sich nicht umsonst begegnet war.

Es brauchte, wie immer in solchen Augenblicken, eines äußeren Anstoßes, um die Leute ins Gespräch zu bringen. Den Anstoß gab ausgerechnet Ulla, die mit ihrem überfüllten Kleinwagen die Schlossstraße herunterbretterte und aus dessen Innenraum der Klang der Freiheit tönte. Ulla bemerkte die Drei vom Straßenrand nicht. Sie hatte die Stadt bereits innerlich verlassen.

«Das war doch Ulla. Wo will die denn hin? Macht die heute nicht ihr Bistro auf? Und dabei wollten wir heute bei ihr Mittagessen gehen.», ploppte es plötzlich aus dem Mund der weiblichen Person heraus.

«Keine Ahnung, vielleicht macht sie noch Besorgungen. Komm wir müssen.», gluckste darauf der männliche Teil des Duos und ging voraus.

Hansen hob unterdessen geschäftig die Blechtasse auf und wischte sie mit seinem Stofftaschentuch aus, das er aus der Hosentasche zog. Während er darauf wartete bis das Duo im Park verschwand, packte er die Thermoskanne in den Rucksack zurück und nahm sich eine Stulle aus der Brotdose, die er bis zum Rand gefüllt hatte. Er klemmte sich das Stück Brot zwischen die Zähne und warf die Dose zurück in den Rucksack, den sich Hansen wieder auf den Rücken schnallte und langsam in den Park zu gehen begann. Er konnte die Stimmen des Pärchens hören, sie schienen lauthals zu diskutieren. Hansen wandte sich vom Gesprächslärm ab und ging in entgegen gesetzter Richtung durch den Park. Er aß seine Butterstulle, während er automatisch links in einen Weg einbog, der ihn in ungefähr einem halben Kilometer zur Brücke bringen sollte.

Hansen versuchte sich erneut zu erinnern. Wann war er das letzte Mal bei dieser Brücke gewesen? Er fand keine Antwort und bereute es, dass er nie begonnen hatte ein Tagebuch zu schreiben, oder wenigstens eine wöchentliche Zusammenfassung seines Lebens. Aber die Bequemlichkeit, dieser miese

Freund des guten Willens, hatte ihn stets dazu abgeraten. Nun musste sich Hansen also damit zufrieden geben, dass er keine Antwort erhalten würde und versuchte sich auf den Spaziergang zu konzentrieren. Er schaute sich um und suchte nach Veränderungen, doch die waren in der Natur schwer zu finden. Denn wem fiel es schon auf, wenn sich die Blätter an den Bäumen und Büschen sich zwar jedes Jahr ähnelten, aber eben nie gleich waren. Schließlich fand er eine Neuheit.

An einigen Bäumen waren messingfarbene Metallplaketten geschraubt. Die Bäume hatten Baumpaten bekommen, dass hatte sich geändert. Bei Hansens letztem Spaziergang waren diese Plaketten noch nicht da gewesen, vielleicht hatte er sie damals einfach übersehen, aus welchem Grund auch immer, wahrscheinlich waren sie damals nicht so wichtig wie die Probleme, die an ihm hafteten.

Hansen fiel es immer schwerer zu seiner guten Laune zurückzufinden. Je tiefer er in den Park vordrang, desto tiefer wurde seine Stimmung. Die Amplitude fiel ins Bodenlose und Hansen hielt im Geist und auch im Körper inne. Alles stand und ein seidener Faden wickelte Hansen ein. Langsam verschwand er wieder und das Banjo schaute hinter einem Baum hervor, aber da war Hansen schon weg. Das Banjo stimmte ein kleines, einfaches Lied an. Es hatte nicht mehr als drei Akkorde und schmollte in Moll über Hansens Verhalten.

Hansen hörte dem Gezupfe nicht zu, er widmete sich gerade seiner Frau. Er war gerade ins Wohnzimmer gekommen und legte seiner Frau, die im Sessel saß, von hinten seine Hände an die Wangen und streichelte sie. Seine Frau legte die ihrigen auf seine und nahm sie schließlich in Obhut. Sie führte ihn zu sich und ließ sich von ihm aus dem Sessel ziehen. Sie schmiegten sich aneinander und tanzten zu einem Lied, das aus dem Radio säuselte. Sie kannten es beide nicht, aber die Melodie war schön und die Minute war schön und die Minute war so schnell herum und ihre Körper rissen auseinander, während Kinderstimmen durch das Haus liefen und alle Lust wieder in die Ecken ihrer Herzen drängte. Wie Rauch verwehten die Gefühle und wie ein großer Steinbrocken fiel das Alltagsleben zwischen ihre Minute. Hansen bebte im Kokon. Er rannte der Zeit hinterher, aber sie schlüpfte immer wieder durch das Netz, dass er über sie warf. Welcher Tor warf auch ein Netz über die Liebe, wohl nur einer, der nichts im Leben kapiert und das Leben stets mit Samtbrillen betrachtet hatte. Hansen warf seinen Geist durch den ganzen Körper, um aus ihm heraus zu finden, aber es war nichts zu machen, der Körper versperrte sich und Hansen blieb vorerst gefangen.

Die Ewigkeiten klebten an dem seidenen Faden der Hansens Kokon geschnürt hatte und machten es Hansen noch schwerer zu fliehen. Ging es überhaupt noch weiter? Hansen saß im Kokon fest. Dann fiel ihm sein Messer ein, das er auch dieses Mal eingepackt hatte. Er holte es aus dem Rucksack, klappte die große Klinge aus und versuchte den Kokon aufzuschneiden. Doch das Messer verschwamm zu einer undichten Masse. Alles nur Fantasie, alles nur Gespinste. Hansen saß in einem Warteraum fest und wusste nicht zu welcher Praxis der gehörte. Nichts drang hinein, es kamen nicht einmal andere Patienten, nichts, nichts, nichts.

Hansens rechte Wange brannte unter seiner Faust auf die er seinen Kopf gelagert hatte. Das Brennen wurde zu einem Schmerz und der veranlasste Hansen dazu seine Faust von der Wange zu lösen. Der Schmerz aber blieb. Hansen wurde fast wahnsinnig. Er kochte und brodelte über und urplötzlich zerplatzte der Kokon durch den Druck, den Hansen erzeugt hatte. Hansen platschte auf eine Rabatte im Park, hinein in ein frisch bepflanztes Blumenbeet. Und als er so da lag und sich umsah, dachte er für einige Momente, dass ihm die Umwandlung gelungen war. Hansen fühlte sich mit bunten Farben beflügelt, aber als ihm ein Vogel auf die Stirn kackte, kehrte er schlagartig ins eigentliche Leben zurück. Er rappelte sich auf, ordnete sein Inneres, putzte die letzten Blüten von seinem Aufzug und entfernte den Vogeldreck mit seinem Taschentuch. Dann ging er schweigend los und Hansen bemerkte wie sehr ihm die Sonne auf der Gesichtshaut brannte.

Endlich sah er die Brücke. Hansen beschleunigte seine Schritte. Er wollte nicht wieder in die Gedanken fallen, er wollte einfach ankommen. Und schließlich stand er mitten auf der Brücke. Sie war ein altes Baudenkmal, das gut gepflegt wurde, denn sie stammte aus dem Kopf eines bekannten Konstrukteurs und war dadurch zu einem Denkmal geworden. Hansen liebte sie, nicht wegen irgendwelchen Erinnerungen, sondern wegen ihrer Schönheit. Die Brücke war eine Hybridin aus Stein, Stahl und ein paar Holzbohlen. Die Aufgänge, links und rechts des Bachlaufs, waren aus festem Stein, die Konstruktion dazwischen war ein klappbarer, in Stahl gefasster Holzsteg, der durch Drahtseilzüge und große Kurbelwinden von beiden Ufern aus bewegt werden konnte. Eigentlich stellte die Brücke ein überdimensioniertes Spielzeug in diesem kleinen Park dar. Aber die Stifterin hatte genug Geld und die Gemeinde freute sich über diese Rarität, vor allem als kleinen Gebührenscheißer. Denn die Kurbeln waren auf beiden Seiten des Baches durch Automaten blockiert und nur eine Münze konnte die Blockade für einmal hoch und runter aufheben.

Hansen lehnte sich auf das Holzgeländer der geliebten Brücke und schaute auf den Bach. Das Wasser kämmte den Algen ihr langes, grünes und fädriges Haar. Ein paar Stichlinge wechselten ängstlich ihre Verstecke, obwohl weit und breit kein Feind zu sehen war. Die Sonne stieg genau in einer Achse zum Bachlauf auf. Sie überblendete bald das Schauspiel im Wasser und Hansen lief zur anderen Seite des Ufers. Er war von links gekommen und schaute sich nun auf der rechten Seite um. Hier sah es nicht großartig anders aus, aber irgendwie hatte Hansen immer das Gefühl, wenn er eine Brücke überquerte, dass dann eine andere Welt begann.

Hansen nutzte die Anwesenheit einer Parkbank, um sich eine Pause zu gönnen. Von hinten strahlte ihm die Sonne durch das lichte Gestrüpp auf den Rücken und vertrieb peu a peu seinen Gram. Er atmete mit geschlossenen Augen tief ein und aus. Und als er seine Augen öffnete, hatte er seine Freude aus der Nacht wieder und Hansen holte sein Frühstück aus dem Rucksack.

Er stellte die Thermoskanne auf die Bank und legte die Brotdose daneben. Zunächst trank Hansen einen Schluck des schwarzen Tees mit Rum und aß zwei halbe, zugeklappte Butterstullen dazu. Genüsslich kaute und atmete er und entdeckte nebenbei ein komisches Gerüst. Sein Blick fixierte sich an diesem Objekt und nahm es genauer unter die Lupe, ohne jedoch seinen guten Platz zu verlassen. Es war eindeutig aus Metall, aber war es Kunst oder Gegenstand? Hansen wusste das seine Neugier bereits auf ihn wartete. Ungeduldig beäugte sie jeden Bissen und jeden Schluck den Hansen nahm und schien selbst vor Neugier fast zu platzen.

Dann endlich machte Hansen Anstalten zu packen. Doch auch hier ließ er sich Zeit. Hektik war etwas für die Unwissenden und Kurzlebigen. Hansen war alt genug, um diesen Augenblick der Wahrheitsfindung zu genießen.

Als er seine Sachen beisammen hatte, schlenderte er zu diesem eigenartigen Gestell. Die neue Perspektive verriet das Geheimnis. Es war ein Metallrahmen in Form einer großen Wolke, der von dünnen Metallstäben durchzogen war an dem einige Schlösser hingen. Oben auf dem Rahmen waren große Buchstaben geschweißt. «Lieber auf Wolke Sieben, als an einer Brücke hängen». Hansen schaute sich die Schlösser an. Sie alle hatten zwei Namen, Liebesbeweise. Manche waren schon ein wenig angerostet, andere schienen gut gepflegt zu werden. Aber es waren nicht sehr viele Schlösser, kein Wunder, die Stadt war zu klein für viele Lieben.

Nachdem Hansen das Geheimnis aufgedeckt hatte, nahm er seine Sachen und wechselte wieder auf die linke Uferseite, wo er aber plötzlich die Stimmen des Duos, dass er am Parkeingang getroffen hatte, hörte. Also drehte er sich um und ging zurück zum rechten Ufer, wo er eine Münze in den Kurbelautomat warf und die Brücke nach oben kurbelte, denn so konnte man ihn von der anderen Seite aus nicht auf der Bank sitzen sehen, wohin Hansen sich duckend zurückzog.

Das Duo kam näher, die Stimmen wurden lauter und lustiger. Frau und Mann schienen sich zu necken. Hansen konnte das Gespräch mitverfolgen, zum einen weil sie direkt an der Brücke stehen blieben, zum anderen waren ihre Stimmen einfach laut.

«Ich lieb dich mehr, als es Stiefmütterchen auf dieser Rabatte gibt.»

«Ich lieb dich mehr, als es süßen Nektar in diesen Blumen gibt.»

Hansen schaltete ab. Er hielt nichts von diesem Gesäusel. Ihm war ein direktes und klares, dabei aber sanftes und ehrliches «Ich liebe dich.» immer schon wertvoller, als ellenlanges Dahingeplapper. Nun ja, die Liebe hatte einen großen Sprachschatz, aber Hansen hätte gern darauf verzichtet. Zu allem Überfluss setzte sich die Brücke in Bewegung.

Der Steg gab Hansens Versteck frei und erst als er sich räusperte, entdeckte man ihn wirklich.

«Oh, guten Tag.», bemerkte zuerst die Frau.

«Guten Tag, wir kennen uns doch.», stellte der Mann fest.

«Wie bitte?», antwortete Hansen und versuchte sich mit dieser gespielten Schwerhörigkeit vor einem Fortdauern des Gesprächs zu schützen. Und es funktionierte. Das Duo sah ihn kurz an, wartete auf eine erweiterte Antwort, die ausblieb, um sich letztendlich einem verwachsenen, knapp drei Meter hohen Baumstumpf zu widmen, was wiederum Hansens Interesse weckte. Er beschloss zu bleiben und dem Treiben der beiden beizuwohnen, die gerade den Baumstumpf musterten und danach versuchten einige der dicken Efeuranken abzureißen. Aber vergeblich. Die Ranken waren so fest mit dem Untergrund verwachsen, dass sich das Duo wieder auf den Weg zurückzog, um sich über die nächsten Schritte klar zu werden.

«Ich hab doch gesagt, dass wir das Werkzeug mitnehmen sollten.», watschte die Frau den Mann verbal ab.

«Hätte ja nicht gedacht, dass es wirklich so schlimm wird, ich mach mal zum Auto und hol die Kiste.», gab der Mann drucksend seinen Kommentar ab und machte Anstalten zum Gehen. Aber die Frau war anderer Meinung.

«Ich geh lieber selbst. Sonst verplempern wir noch mehr Zeit. Tu du schon mal das Laub wegmachen. Damit das wenigstens erledigt ist.»

Etwas angefressen lief die Frau über die Brücke, wahrscheinlich zurück zum Auto und nebenbei schniefte sie mehrmals böse Worte durch ihre angeschwollenen Lippen.

Der Mann wartete bis er sie nicht mehr sehen konnte und setzte sich unvermittelt neben Hansen. Dem es unangenehm war nun plötzlich Teil dieser Gesellschaft zu sein. Um einem Gespräch aus dem Weg zu gehen, holte er noch eine Stulle aus der Brotdose und stopfte sich ein großes Stück in seinen Mund.

«Gute Idee, ich hab auch Hunger.», eröffnete der Banknachbar das Gespräch und zog aus der Zollstocktasche seiner Arbeitslatzhose eine in Alufolie eingepackte Salamistange, aus der Brusttasche fischte er eine Papiertüte und schließlich löste er eine kleine Thermosflasche vom Gürtel. Als erstes nahm er ein breitgedrücktes Brötchen aus der Tüte, dass er zunächst wieder in Form bringen musste, riss es schließlich in der Mitte auf und legte es auf seinen Schoß. Dann wickelte er die bereits gestückelte Salamiwurst aus und legte die Scheiben ins Brötchen hinein. Die Alufolie breitete er aus, zerknüllte anschließend die Tüte zu einer Kugel und legte diese dann in die Folie. Der Mann formte nun die Alufolie mit der Tütenkugel zu einem kleinen Ball und warf ihn in den neben der Bank stehenden Mülleimer, wobei er beachten musste, dass Hansen dazwischen saß, aber der Ball landete im Ziel ohne Hansen zu treffen. Hansen hatte unterdessen einen trockenen Hals bekommen, weil ihm die Stulle all seinen Speichel gekostet hatte. Also holte er seine Thermoskanne heraus und schraubte den Tassendeckel ab. Beide Männer öffneten gleichzeitig ihre Kannen und die herausströmenden Düfte vermengten sich und führten die Männer zu einem Gespräch.

«Ist das Schwarztee mit Rum?», fragte der Mann.

«Ja, und ist das Kaffee mit Vanillesirup und einem Schuss Kirschwasser?», erkundigte sich Hansen.

«Jawohl, was meinen sie, wollen wir teilen? Ich bin übrigens der Herr Grundmann, Gerd. Heger und Pfleger aller Grün- und Steinflächen der Stadt.»

«Hansen, Rentner, wollen sie zuerst von mir oder fangen wir mit ihrem Getränk an?» wollte Hansen wissen und machte einen fragenden, schelmischen Blick.

«Nun, ich denke eine kleine Gesellschaft mit einem Tee zu begießen, wäre wohl der bessere Anfang.» erklärte Gerd und hielt seine Blechkappe, die er von seiner Thermosflasche abgeschraubt hatte, zu Hansen hin, der ihm den Becher füllte und dann etwas Tee in seine Tasse goss. Sie erhoben die Becher, prosteten sich schweigend zu und lehnten sich nach dem ersten Schluck entspannt zurück.

Was war das für ein herrlicher Tag, bis auf den kleinen Aussetzer, dachte Hansen und es machte ihm nichts aus, dass er mit einem Gerd auf der Parkbank saß und schwieg. Nach ein paar Minuten wurde es Zeit für den Kaffee und Gerd teilte großzügig aus. Wieder lehnten sich die beiden zurück und ließen die Ansprüche eines Tages an sich vorüberziehen.

Hansen war durch die Schüsse in den Getränken innerlich aufgeweicht und begann das Gespräch neu zu entfachen.

«Sag mal Gerd, was macht ihr eigentlich mit dem alten Baumstumpf?»

«Welchen Baumstumpf?»

«Na der da.» und Hansen zeigte auf den eingewachsenen Stumpf.

«Das ist doch kein Baumstumpf, schau doch mal genauer hin. Viel zu groß und zu gleichmäßig für einen Baumstumpf. Das ist eine alte Litfaßsäule und wir sollen sie befreien. Der Historikerclub hat herausgefunden, dass der gleiche Typ, der die Brücke konstruiert hat auch die Litfaßsäule entworfen haben soll. Und jetzt dürfen Vicky und ich sie von dem ganzen Gewucher befreien und mal nachschauen, ob sie sehr gelitten hat. Ich hab nur was von einem baugeschichtlichen Wahrzeichen gehört, als die Historiker mit der Bürgermeisterin diskutiert haben. Na ja und jetzt bin ich hier und mache erstmal das Laub weg, bis die Vicky mit dem Werkzeug kommt und wir richtig Hand anlegen können.»

«Da solltest du jetzt aber mal anfangen, hast noch nichts geschafft. Ich helfe dir ein bisschen, hab dich schließlich auch von deiner Arbeit abgehalten.»

«Nicht so schlimm, Arbeit sollte nie in Arbeit ausarten, das hat schon mein Bruder immer gesagt, komischerweise ist er beim Arbeiten gestorben.» und Gerd entfleuchte ein bitterer Lacher, der ihn veranlasste sich dem Laub zu widmen. Beim Aufstehen fiel ihm sein angebissenes Salamibrötchen aus dem Schoss. Er hob es auf und legte es auf die Bank. Schweigend ging er zur verhüllten Litfaßsäule, die Hansen immer noch nicht entdecken konnte, und begann das Laub mit einem Stock wegzufegen.

Hansen schlürfte den letzten Schluck Kaffee aus seiner Tasse und warf seine Sachen einfach so in den Rucksack zurück. Dann legte er den Rucksack auf die Bank und stand auf. Sein Körper hatte die Mitte verloren und Hansen musste ihn erst einmal in die richtige Stellung leiern, ehe er zu Gerd gehen konnte, um ihm beim Entlauben zu helfen. Irgendwie fühlte er sich schuldig, weil er Gerd von der Arbeit abgehalten hatte, obwohl der scheinbar ein relativ entspanntes Verhältnis zum Thema Arbeit hatte. Die ersten Schritte waren noch wackelig, dann fügten sie ich aber aneinander und Hansen konnte Gerd endlich zur Hand gehen. Er suchte sich einen Stock an dessen Ende ein paar kleinere Zweige gabelten und der somit ein gutes Kehrgerät abgab. Beide gingen still ihrer Beschäftigung nach, die sie ab und zu unterbrachen, um ihre Gesichter wie Sonnensegel in Richtung Sonne zu strecken und die Vitamin D Produktion ihrer Körper zu unterstützen.

Hansen und Gerd bemerkten Vicky nicht, die schwer beladen mit einer Klappleiter, einer hölzernen Werkzeugkiste, einer Motorsäge und einem Fünf-Liter-Benzinkanister über die Brücke stieg. Zudem hatte sie einen Schutzhelm mit Schutzvisier auf ihrem Kopf, der ihr langsam nach hinten in den Nacken rutschte und beim letzten Schritt von der Brücke endgültig den Halt verlor und auf den Boden knallte. Somit machte Vicky auf sich aufmerksam und die Sonnenanbeter knallten aus ihrer Ladestation. Der Zorn Vickys entlud sich wie ein scharfer Blitz.

«Wenn du nicht gleich her kommst und mir die ganze Scheiße abnimmst, kannst du deine Hochzeit vergessen, Herr Grundmann!»

Gerd sprang Vicky entgegen und sammelte die Gegenstände wie beim Entputzen des Weihnachtsbaumes von Vickys Körper. Er brachte sie zur Litfaßsäule, legte sie ab und ging nun schnell zur Brücke, wo immer noch der Schutzhelm lag. Er nahm ihn auf, wischte kurz mit dem Ärmel drüber und setzte ihn sich auf den Kopf. Dann eilte er zur Litfaßsäule und begann nun emsig mit der Arbeit. Hansen trat etwas zurück, denn Gerd hantierte wie ein Schwert schwingender Ritter mit der Motorsäge, um seiner Arbeit etwas mehr Würde zu verleihen. Vicky hatte sich unterdessen auf die Parkbank gesetzt und widmete sich dem Rest vom Salamibrötchen. Hansen beobachtete sie kurz und stellte fest, dass sie eine ansehnliche Frau war, denn trotz der Arbeitskleidung schimmerten ihre körperlichen Reize hindurch. Sie mochte vielleicht Mitte dreißig sein und ihr schien die Arbeit im Freien gut zu tun. Sie hatte ein faltenfreies Gesicht, im Gegensatz zu Gerd, und Hansen fiel jetzt auch auf, wie unterschiedlich die beiden waren. Aber Hansen hatte eins im Leben gelernt, es gab Paare, die fuhren mit den gleichen Trainingsanzügen Radtouren und andere Paare hatten sogar unterschiedliche Bettwäschen in ihrem Ehebett liegen. Die Liebe war immer nur das Bindungsmittel zwischen den Unterschieden, denn die mussten verbunden werden und nicht die Gemeinsamkeiten. Doch die meisten Paare waren trotz allem immer noch aus weniger erklärbaren Gründen zusammen, oftmals nur wegen der Konfessionen und irgendwelchen familiären Zwängen, die dabei noch das Schlimmere von beiden waren. Auch Hansen und seine Frau hatten diese Erfahrung machen müssen, was sie letztendlich in diese Stadt geführt hatte, die weit genug vom Schuss ihrer Eltern lag.

Gerd zog einige Male am Seilzugstarter der Motorsäge ehe der Motor genug Benzin gezogen hatte und schließlich losknatterte. Hansens Gedanken kamen zum Erliegen, denn der Krach machte ihnen Angst. Hansen ging zu Vicky und setzte sich neben sie. Sie duftete herrlich nach einer Melange zwischen Rose, Kirsche und einer Nuance Benzin, fast wie eine Rennfahrerin. Ihr Mund war mit einem zarten Rot belegt. Hansen dachte erst das es Lippenstift war, aber er irrte sich, es waren die gesunden Lippen einer schönen Frau. Hansen bemerkte, dass er schon zu lange auf Vicky geglotzt hatte.

«Ich bin Victoria, Gerd sagt immer Vicky zu mir, aber er darf das, er ist meine Liebe, da gibt es Sonderrechte. Manchmal muss man ihn zwar zusammenstauchen, aber sie sehen ja, dass das hilft. Er träumt viel, aber das sollte man jedem gewähren, wenn jemand nicht mehr träumen darf, dann kann er auch nicht glücklich sein.» und schon hatte sie sich Hansen vorgestellt.

«Ich bin Hansen.»

«Ich weiß. Sie waren früher immer einmal im Monat bei uns im Blumenladen und haben einen Strauß Blumen gekauft. War der immer für ihre Frau?»

«Meistens schon, aber nicht immer, manchmal hab ich ihn auch einfach in meine Werkstatt gestellt. Man muss sich selbst auch ab und zu eine Freude machen. Und man kann seine Frau auch mit Gesten überrollen. Aber ich kann mich gar nicht mehr an sie erinnern.» und Hansen durchsuchte angestrengt sein Hirn, um eine Erinnerung an Victoria zu finden.

«Es ist ja auch schon ein Weilchen her. Ich hatte damals noch rote Haare und alle riefen mich nur Hexe.» und schlagartig hatte Hansen ein Gesicht in seinem Kopf.

«Sie sind die kleine Hexe von den Walthers? Sie hätte ich im Leben nicht erkannt. Tut mir Leid, ich wollte Hexe nicht rausplatzen.»

«Lassen sie mal Hansen, sie nennt ja auch jeder nur Hansen, obwohl sie nicht nur so heißen. Irgendwie tut es auch mal wieder gut meinen früheren Spitznamen zu hören, dass ist jetzt schon fast zwanzig Jahre her, dass mich jemand so genannt hat.»

Hansen nickte Victoria zu und für eine Weile mussten sie ihr Gespräch beenden, weil Gerd Hilfe brauchte. Er hatte begonnen die dicken Ranken des Efeus zu durchsägen und die Überbleibsel lösten sich nun langsam von ihrem Untergrund und klappten nach außen weg. Victoria sprang auf und riss die Ranken der Litfaßsäule vom Leib. Langsam wurde der Blick auf sie frei und Hansens Neugier bekam Nahrung. Am liebsten hätte er den beiden geholfen, doch als er seine Hilfe anbot, wiegelte ihn Victoria ab, wegen dem Arbeitsschutz und der Versicherung. Das Hilfe auch bürokratisch abgesichert werden muss, verstand Hansen nicht. Selbstlose Hilfe verkam immer mehr zu einem riskanten Spekulationsakt. So weit war der Mensch mit seinem Fortschritt gekommen und eigentlich ging es dabei einzig um die Variationen der Geldschneiderei. Belzebub hatte ein Gewissen, der bestrafte lediglich die schlechten Menschen und auch nur Tote; die Geschäftsleute machten keine Unterschiede bei den Menschen, jeden konnte man schröpfen, Tote und Untote. Miese Zeiten für gute Prinzipien.

Gerd und Victoria hatten innerhalb einer Stunde die Litfaßsäule vom Efeu befreit. Hansen trank währenddessen seinen Tee und erfreute sich an dem Relikt einer anderen Zeit. Ein paar letzte Fetzen von alten Plakaten klebten am rostigen Mantel der Säule. Die Schrift konnte man kaum entziffern, schon gar nicht von der Parkbank aus. Außerdem waren Hansens Beine schwer geworden. Der Rum lähmte seinen Körper, vielleicht hätte er auch auf den Kirschvanillekaffee verzichten sollen, andererseits lag es vielleicht auch daran, dass sein Magen zu wenig Inhalt hatte, der für einen Ausgleich sorgen konnte.

Nach einer weiteren halben Stunde stand die Litfaßsäule befreit von den Resten der Natur und recht gut in Schuss wie ein Teil einer Filmkulisse im Park. Victoria und Gerd packten ihre Sachen zusammen und stellten sie neben die Parkbank. Gerd holte sein Telefon aus einer Jackentasche und machte ein Foto, wohl als Nachweis für ihre Arbeit. Dann setzten sich beide zu Hansen und bestaunten ihr Tagewerk. Das Trio saß nur da und die Sonne warf ihre Schatten in die Gegend. Es entwickelte sich kein Gespräch, wozu auch? Es gab nichts anzumerken, zu verbessern oder zu plaudern, alles stimmte, vor allem die innere Stimmung der drei Menschen auf der Parkbank.

Hansen wurde von Victoria und Gerd flankiert und es erstaunte ihn, dass sie auch still hielten, oft war es ja so, dass Paare, die durch fremde Personen in einer Bahn oder Bus oder im Theater getrennt wurden, irgendwann anfingen durch die Trennperson zu sprechen. Diese Zote stellte sich bei diesem Pärchen einfach nicht ein. Hansen scharrte innerlich mit den Gedanken, es wurde ihm nach einer Viertelstunde etwas unangenehm, diese Stille zwischen einem Paar zu stören, aber er musste dringend aufs Klo. Der viele Tee und Kaffee und auch die Schüsse warfen sich gegen die dünnhäutige Blase, und dass der Bach nebenan plätscherte, gab sein übriges hinzu, um Hansen in schwere Not zu bringen. Hansen verdammte diese Stille. Wie konnte er jetzt mit seinem Problem zwischen diese Ruhe plauzen? Er hasste den Moment in dem er sich als alter Mann enttarnen musste, doch was half es, der nächste Schritt war sich als inkontinenter, seniler Mann bloß zu stellen. Es nützte nichts, die Pisse musste raus und Hansen schämte sich wegen dem Wort Pisse in seinem Kopf, aber auch daran erkannte er, dass es eben sehr dringend war, sogar sein Kopf spürte den

Druck und konnte keine ordentlichen und sauberen Gedanken mehr fassen.

Hansen stand robotermäßig auf und ging in sachten Schritten zur Litfaßsäule. Nur nicht das Becken in Schwingung versetzen, dachte er, nicht das etwas überschwappte.

Als Hansen hinter der Säule stand und seine Hose öffnete, ging erstmal gar nichts, denn sein Unterbauch hatte sich mittlerweile so verkrampft, dass der ganze Apparat nicht funktionierte. Hansen kam ins Schwitzen. Plötzlich rief Victoria:

«Hansen? Alles in Ordnung mit ihnen dort hinten?»

Schlagartig platschte der Urin heraus und Hansen dankte Victoria stumm in Gedanken für ihre herrliche, anregende Stimme. Frauen sind wirklich besser als jede Medizin, dachte er bei sich, während der Strahl langsam nachließ.

«Hansen. Ist alles gut mit ihnen?», fragte Victoria erneut nach, da ihr Hansen nicht geantwortet hatte.

«Ja, alles klar.», schnaufte Hansen aus seinem Versteck hervor und zog seine Kleidung zurecht. Dann trat er hervor und überlegte kurz, ob er sich erklären sollte oder…

«Der Gerd ist mal schnell zum Auto, den Heiko und Material holen. Wir sind nämlich noch nicht ganz fertig. Müssen noch einen neuen Farbanstrich machen. Aber sagen sie mal Hansen, mal was ganz anderes. Können sie tanzen?»

Hansen kramte erst ein bisschen in seinem Kopf, ehe er antwortete, denn er musste sich die Tanzschritte der verschiedenen Tänze in Erinnerung bringen.

«Ja, ist aber eben schon etwas her.»

«Können sie vielleicht Disco-Fox, den Eins-Zwei-Tipp meine ich.»

«Na, der ist kein Problem. Wieso eigentlich?»

«Gerd und ich, wir heiraten in ein paar Tagen und ich kann überhaupt nicht tanzen. Nicht mal alleine, dass sieht schlimmer aus, als ein taumelnder Brummkreisel aufm Eis. Können sie mir vielleicht einige Schritte zeigen. Wir brauchen keinen Walzer. Unser Lied ist eben eher poppig?» und Victoria sah Hansen an, als wäre er der Heiland selbst oder zumindest irgendein alter Mann, dem nachgesagt wurde, dass er Träume erfüllen könnte und nun zusehen musste, dass er niemanden enttäuschte. Hansen öffnete seine geistige Musikbibliothek und als er sich ein Lied herausgesucht hatte, begann er die Melodie vor sich hin zu summen. Nach den ersten Takten hob er seine Arme und winkte sich Victoria heran. Sie fügte sich hinein und versuchte den Schritten zu folgen, zunächst recht unbeholfen, denn es war ihr suspekt einem anderen Mann ihren Körper anzuvertrauen, geschweige denn sich ihm, wenn auch nur im Tanz, hinzugeben.

Gerd kam mit Heiko und einem Handwagen zurück, in welchen er die Kiepe mit den Papierrollen, den Besen und den breiten Eimer transportierte. Zusätzlich hatte Gerd noch einen großen Farbtopf und zwei Farbrollen mit Teleskopstangen dabei. Heiko machte ein miesepetriges Gesicht und trottete hinter Gerd in einigen Metern Abstand her.

Als Gerd die Brücke mit dem Handwagen und Heiko überquert hatte, tanzten Hansen und Victoria immer noch, dieses Mal einen Tango zu dem Hansen eine langsame, getragene Melodie summte. Gerd stellte den Wagen ab und schaute zu. Er wusste nicht recht, ob er eifersüchtig sein wollte oder erstaunt. Und ehe er sich darüber den Kopf zerbrach, begann er dann doch lieber mal mit der Arbeit. Er nahm den Farbtopf heraus und zog den Deckel ab, den er vorsichtig in den Karren legte, so als würde er keinen Klecks auf die Umwelt tropfen lassen wollen. Dann zog er eine Folie aus dem Wagen und drapierte sie in einem Weiten Bogen um die Litfaßsäule. Nach ein paar Minuten war er damit fertig, blickte kurz zu den Tänzern, um schließlich weiter allein mit der Arbeit fortzufahren. Gerd nahm nun eine der Farbrollen, steckte sie auf eine Teleskopstange und schraubte sie fest. Danach passte er die Länge der Stange an die Höhe der Litfaßsäule an, um endlich mit dem Anstrich zu beginnen.

Es war ein gnädiger Untergrund, der die neue Farbe dankbar annahm und in sich aufsaugte. Gerd war froh, denn das bedeutete, dass er und vielleicht auch wieder Victoria in zwei Stunden die Plakate an die Litfaßsäule kleben konnten, so wie es der Betreiber der örtlichen Mehrzweckhalle, Herr Grabschmar geplant hatte. Gerd begann ein Lied zu pfeifen, das sich an Hansens Summen anlehnte und durch den Park hallte. Den Vögeln schien es zu gefallen, denn sie stellten ihr Piepsen, Gezwitscher und Gekrächze ein. Nur ein Täubchenpaar hielt von alledem nichts und gurrte sich Liebesbotschaften oder den schnöden Einkaufszettel zu.

Gerd packte die Farbrolle in ein Tuch, das er vorher im Bach angefeuchtet hatte, und wickelte auch noch die Folie ringsherum, so dass die Farbe eben feucht blieb und sich die Bürste später wieder gut sauber machen ließ. Die Tänzer hatten sich vor zehn Minuten auf die Bank gesetzt und ihre Wangen spiegelten ihre Seligkeit wieder. Heiko hatte sich zu ihnen gesetzt. Er beobachtete, ebenso wie Victoria und Hansen, Gerd beim Arbeiten und der nahm es den Dreien nicht übel. Schließlich hatte er jetzt Feierabend, denn es gab zwischen Victoria und ihm einige Abmachungen was das Arbeiten anging. Wenn jemand zum Beispiel eine Aufgabe von Anfang bis Ende allein bewältigt hatte, musste der andere die nächste übernehmen. Und da es nur noch eine Aufgabe, nämlich das Kleben der Plakate gab, hatte Gerd Feierabend. Er gesellte sich zu den drei Beobachtern und betrachtete die zweite Stufe des Tagewerks. Die Litfaßsäule strahlte in ihrem neuen grauen Anstrich und Gerd schaute unbedarft auf sein Telefon, um nach der Zeit zu schauen.

«Erst zwei. Um drei, um vier. Victoria, in zwei Stunden müssen die Plakate dran, halb fünf kommt der Grabschmar zur Kontrolle. Ich geh mit Heiko ne Runde durch den Park streifen.»

«Kann ich mit?», fragte Hansen unvermittelt und schnellte so zackig von der Parkbank, dass Heiko erschrocken zusammenzuckte und panisch davonrannte.

«Ach Heiko, was ist denn nun schon wieder los? Bist du ein Hund oder eine Memme?», rief Gerd ihm nach und eilte, als er bemerkte das Heiko ihn schon nicht mehr hören konnte, genervt hinterher. Hansen fiel es schwer ihnen zu folgen, was ihm aber, Dank Gerds Geschrei, ganz gut gelang.

Victoria widmete sich unterdessen der eintretenden Ruhe. Sie stellte auf ihrem Telefon den Weckalarm auf kurz vor Vier und machte sich auf der Parkbank lang, um ein wenig zu schlafen und womöglich vom Hochzeitstanz zu träumen.

Heiko hatte sich in einem hohlen Baumstamm versteckt und schaute den Männern beim Suchen zu. Heiko fand die Menschen belustigend. Irgendwie hatten sie alle einen mächtigen Knochen in ihrer Hirnschüssel, der eher ein schlechter Stromleiter sein musste, denn sonst würden sie nicht andauernd Tiere verfolgen. Tiere folgten Menschen bloß wegen dem Essen, andersherum folgten Menschen Tieren nur, wenn sie was zum Kuscheln brauchten. Doch Heiko hatte die Schnauze voll. Gerd war seit vier

Jahren mit seiner Victoria zusammen und seit dem ersten Tag schliefen die beiden in regelmäßigem Zyklus miteinander. Daran würde sich auch in Zukunft nicht viel ändern. Aber das die zwei dann auch immer ihn heran zogen, und ihn wie ihr Kind behandelten, wenn ihnen mal nicht nach Geschlechtsverkehr war, dass kotzte Heiko so richtig an. Innerlich spürte er schon seit mindestens einem halben Jahr, dass es ihn weg zog und in ihm brannte die Sehnsucht nach eigener Zweisamkeit. Auch wenn er schon in die Jahre gekommen war, wollte er nicht mehr auf einen regelmäßigen Geschlechtsverkehr verzichten. Die wenigen Besuche unterm Jahr in einem Hundebordell waren ungenügend und ungesund. Ihm wurde ganz schlecht bei den Gedanken daran, wer da schon alles.

Heiko ging in Deckung, denn Hansen war ganz nah an seinem Versteck vorbei gelaufen. In diesem kurzen Augenblick erfasste Heikos Nase Hansens Geruch. Er roch nur noch wenig nach Leben, dafür aber ausgesprochen angenehm. Es war ein leichter Duft und Heiko freute sich darüber, dass er ein Hund und kein Mensch war, denn ein Mensch hätte gedacht, dass Hansen nur nach Luft roch, er aber, der Hund, er konnte die Nuancen riechen und er freute sich für Hansen.

Gerd hörte auf zu rufen. Es machte keinen Sinn mehr, sollte der Hund seinen eigenen Weg gehen. Gerd gehörte nicht zu den Menschen, die andere dabei aufhielten, wenn sie etwas ändern wollten und warum sollte er ausgerechnet bei diesem Hund eine Ausnahme machen? Er steckte die Leine in eine Jackentasche und rief Hansen.

«Komm Hansen, lassen wir den Heiko, der kommt schon zurecht. Schließlich ist er ein Fuchs, also vom Charakter her, vom Aussehen ist er ja eher, na sagen wir mal...», und Gerd suchte nach einem angenehmeren Begriff für hässlich.

«Nimm ungewöhnlich, Gerd. Ich glaub, dass passt am besten.» und Hansen legte seine rechte Hand auf Gerds Schulter, um ihm etwas Trost zu schenken, denn Gerd vermochte es nur schlecht seine Traurigkeit zu unterdrücken. Letztendlich fielen ein paar Tränen und Hansen musste Gerd unterhaken und ihn zurück zur Litfaßsäule bringen.

Als sie näher kamen, sah Hansen etwas Grelles durch die Büsche blinken. Und um Gerd abzulenken, fragte er ihn: «Gerd, was ist denn das?»

Gerd schaute kurz auf, aber er schien nicht überrascht zu sein.

«Ach, bloß die Plakate vom Grabschmar, der wollte, dass wir die gleich aufhängen, sobald wir die alte Litfaßsäule befreit haben. Victoria ist wohl schon fertig.» und bei Victorias Namen schien sein Körper neu zu starten und der Frust um Heiko verblasste im Nu. Gerd wischte sich die Traurigkeit vom Gesicht und schüttelte Hansens Arm aus seinem. Wobei Hansen innerlich lachen musste, denn wieder einmal bewies die Liebe ihren Zauber und ihre Eitelkeit.

Victoria packte die letzten Dinge in den Handwagen und bemerkte die zwei Männer nicht, die näher kamen. Um sie nicht zu erschrecken, fing Gerd an zu pfeifen und Hansen zu summen. Für zwei uneingestimmte Mundinstrumente klang es gar nicht so schlecht, was da durch die Luft tönte und Victoria blieb von beiden unerschrocken.

«Wird Zeit, dass ihr kommt, ist schon kurz vor halb fünf. Wo ist Heiko?», fragte Victoria eher beiläufig, was Hansen den Eindruck vermittelte, dass Victoria ihrem Gerd in Sachen Ahnung weit vorne weg lief.

«Der ist weg, für immer.», antwortete Gerd emotional angeschlagen.

«Das hat sich doch schon lange angekündigt Gerdi. Mich wundert das nicht. Hast du nicht mitbekommen wie der uns beim Sex immer mitleidig angeschaut hat? Es ist schon gut so. Wenn er sich ausgetobt hat, sucht der sich schon ein ruhiges Zuhause. Wirst sehen.» und Victoria ging zu Gerd und gab ihm einen Kuss auf den Mund, der ihn von der lethargischen Rutsche wieder ins Leben holte.

Hansen hatte sich unterdessen den Plakaten zu gewandt. Eigentlich waren sie recht uninteressant, aber durch ihre Aufmachung extrem aufdringlich. Die Hintergrundfarbe war ein knalliges Pink und die schwarze Aufschrift lud jeden, der lesen konnte, am kommenden Samstag zur ersten Erotik- und Handwerkerfachmesse von Bornhorst inklusive Fotoshooting zweier für Hansen unbekannter Stars der zwei Branchen in die Mehrzweckhalle ein. Hansen bekam Augenschmerzen von dem Farbkontrast und drehte sich um.

Dort kündigte sich bereits Besuch an. Die näselnd tiefe Stimme passte zu der Person, die auf drei weitere einsprach. Victoria und Gerd stellten sich zu Hansen und Gerd flüsterte dem unwissenden Hansen ein paar Infos flüsternd ins Ohr.

«Das sind der Grabschmar, die Bürgermeisterin, die Internet- Pornoqueen und die IHK-Chefin. Brauchst nichts sagen. Wir machen das schon.»

«Hm.», machte Hansen und während die Besucher immer näher kamen, versuchte er herauszufinden wer von den Frauen welches Amt inne hatte. Der Eindruck vermochte ihm nicht zu helfen, denn alle drei waren weder pralle Weiber, noch ihrem Amt entsprechend gekleidet. Irgendwie waren die Frauen gleich aufgemacht und der Grabschmar passte farblich in seinem grauen Stangenanzug ganz gut in dieses schwarz-weiße Farbspektrum, das die Frauen um ihn bildeten.

«Tag, Frau und Herr Grundmann, sie haben doch schon geheiratet oder?», eröffnete Herr Grabschmar den Gesprächsreigen.

«Erst nächste Woche, Herr Grabschmar, noch bin ich eine Walther.» und im Ton Victorias erkannte

Hansen ihre Haltung zu diesem Mann. Ihre Worte froren Grabschmars Gesicht ein und die drei Frauen schenkten Victoria ein ängstliches Lächeln.

«Nun.», griff Grabschmar deutlich eingeschüchtert nach einem neuen Gesprächsanfang. «Sie haben eine tolle Arbeit gemacht, in so kurzer Zeit, wirklich toll.»

Victoria ging unvermittelt zum Handwagen, nahm ihn und machte sich auf den Weg, wahrscheinlich zum Auto, dachte Hansen und als sie an ihm vorbei ging, berührte sie sanft seine Hand und sagte:

«Schön, dass wir uns wieder mal gesehen haben Hansen. Ich würde mich freuen, wenn sie zu unserer Hochzeit kommen würden. Der Gerd wirft ihnen morgen noch eine Einladung in den Briefkasten. Ich hoffe sie haben Lust. Wird kein großes Ding. Die Hochzeit ist ja nur der Anfang. Also dann, tschüss. Kommst du Gerd?», rief sie zum Schluss und Gerd schien froh, dass er eine Frau hatte, die ihn vor peinlichen Momenten bewahren konnte. Er ging ihr hinterher, holte sie an der Brücke ein und wollte sich den Handwagen schnappen, aber Victoria ließ sich den Wagen nicht wegnehmen, also zogen sie ihn beide und das schien Hansen recht, denn so würden sie eine gute Ehe führen.

Während Hansen und das Hochzeitspaar ihren Abschied vollzogen, hatten sich die vier anderen Personen zur Litfaßsäule begeben und schlichen um sie herum, als wäre es eine Statue. Hansen fühlte sich fehl am Platz. Dieses schnöde Gequake aus den lipglossigen Mündern musste er seinen Ohren nicht antun. Hansen bemerkte, dass die Zeit, die er im Park verbrachte zu Ende ging. Er nahm seinen Rucksack, der sich deutlich leichter anfühlte als am Morgen und verschwand ohne Rückblick.

Er entschloss sich dafür einen anderen Weg nach Hause zu nehmen. Hansen streifte eine halbe Stunde lang quer durch den Park, ehe er ihn in Richtung Sportplatz verließ.

Die kleine Arena war in die Jahre gekommen und Hansen erinnerte sich bei ihrem Anblick an frühere Zeiten. Sommerfeste, Aufmärsche, Übungseinsatze der freiwilligen Feuerwehren, Oldtimertreffen, Heißluftballonglühen, Wettgrillen, Tanz in den Mai, und alles ratterte wie eine alte Filmrolle hinter seinen Augen entlang und spulte die Erinnerungen ab, ohne sich an irgendeine Ordnung zu halten. Selbst der Spielplatz, den die Menschen der Gemeinde mal zwischen den Zeiten in Eigeninitiative gebaut hatten, starb rostend vor sich hin. Und dennoch schlug Hansens Herz nicht in Wehmut, sondern in Freude, denn es gab noch die Schaukel, deren Ketten er einst mit seinem Freund Jolka geschmiedet hatte. Was war bloß aus Jolka geworden? Hansen fand nur wenige Erinnerungen an ihn, meistens aus Schultagen, alles nach dem Schmieden, schien vergessen. Aber sei es drum, Hansen freute sich über diese Erinnerung und er lief zur Schaukel und setzte sich vorsichtig auf das feuchte, grün schimmernde Sitzbrett. Mit seinen Händen umfasste er links und rechts die Kettenstränge und stupste sich leicht mit den Füßen ab. Nichts quietschte, nur das Brett knarzte ein wenig. Hansen wehte vor und zurück. Er traute der Schaukel, aber nicht seinem Körper. Hansen hielt es auch nicht für notwendig jetzt ungestüm zu schaukeln, es gefielen ihm die Einsamkeit und der Blick auf die Natur, die ganz langsam ins Stadion zog und weitere Quadratmeter konsumierte. Wenn die Natur etwas auffraß, dann sah das Ergebnis ihrer Ausscheidung viel geschmackvoller aus, als die menschlichen Eingriffe. Zumal man vieles nach der Verdauung wieder essen konnte.

Hansen mochte es sein Leben großzügig zu verbummeln. Denn dann hatte er wenigstens Zeit für die wichtigen Dinge im Leben. Aber wer waren die? In den Ruinen der ehemaligen Umkleidekabinen schlichen ein paar Menschen herum. Hansen verließ die Schaukel und versuchte mehr zu erkennen. Er hörte Stimmbrocken die keinen Sinn ergaben. Hansen überlegte, ob er sich die Leute mal anschauen sollte, andererseits war seine Neugier einfach satt von diesem Tag und Hansen ging seines Weges, ohne sich weiter um die Geschehnisse zu kümmern. Sollten die Leute da drin ihren Blödsinn machen. Hansen fand, dass er einen ausgesprochen angenehmen Tag geatmet hatte, also kehrte er den Unbekannten den Rücken zu und machte sich auf den Weg nach Hause. Sein Geist meuterte ein wenig, denn der wollte noch mehr vom Tag, von diesem

Mittwochsnektar saufen, allein Hansens Körper überstimmte ihn und weil der letzten Endes immer das Sagen hatte, ließ er sich nach Hause schleifen. Der Wind bauschte auf und warf Hansen ein lusthaftes Stöhnen hinterher. Hansen schmunzelte und freute sich über das Leben.

Hansen ging durchs Gartentor und warf es mit einem leichten Stoß zurück ins Schloss. Er schaute in den Briefkasten, aber wie immer mittwochs, war er leer. Hansen hatte sich schon oft gefragt, ob es normal war, dass bei ihm mittwochs niemals Post kam, nicht einmal Prospekte. Kurz dachte Hansen darüber nach den Briefkasten gleich abzuschrauben, doch er erinnerte sich an Victoria und Gerd. Einmal würde Hansen ja noch Post bekommen, nämlich die Einladung. Also gewährte er dem Briefkasten einen Aufschub seiner Demontage und tätschelte ihm die Einwurfklappe.

Im Haus roch es unangenehm, als Hansen es betrat. Aber da ihm kein gefährlicher Geruch entgegen wehte, sondern eben nur ein unangenehmer, zog es Hansen vor sich erst einmal in Ruhe umzuziehen und den Rucksack samt Inhalt aufzuräumen. Zunächst ging Hansen in die Küche und packte die Thermoskanne und die Brotdose aus und stellte fest, dass es nicht schlecht wäre, wenn er sich nachher noch dem Aufwasch widmen würde.

Er schlurfte ins Schlafzimmer und die Müdigkeit sackte ihm nun auch in den Kopf. Hansen setzte sich aufs Bett, stützte seine Ellenbogen auf die Oberschenkel und ließ seinen Kopf in die Hände fallen. Die frische Luft hatte seine Hände aufgeraut und sein Kopf pikste in der Stirngegend. Er rieb sich den Schmerz mit den Fingern weg, doch der wanderte zu den Ohren und verwandelte sich in ein dröhnendes Piepen. Die Kniestrümpfe drückten Hansen die Unterschenkel ab. Seine Kopfhaut begann zu jucken. Hansen versuchte die Peiniger los zu werden. Er zog die Strümpfe aus, er zog alles aus. Dann suchte er seinen Bademantel, aber das Piepen und das Jucken hielten ihn zurück. Sie ließen ihn nicht aus dem Zimmer. Hansen ging zum Kleiderschrank, öffnete ihn und nahm sich einfach einen Morgenmantel seiner Frau. Er warf ihn über seinen drahtigen Körper, der den Mantel in all seiner Dürrheit kaum auszufüllen vermochte. Hansen schnürte ihn seitlich zu und stolperte zur Zimmertür. Ihm war kalt, er knallte die Tür zu, die ihm zum Trotz einen Schwall der verbrauchten Wohnungsluft in den Nacken blies und Hansen roch auf. Er erinnerte sich daran, dass er sich drum kümmern wollte. Augenblicklich wurde es dunkel in seinem Kopf, unter ihm bebten die letzten Schritte, dann fiel er weich und alles Warme schmiegte sich an ihn. Hansens andere Welt öffnete sich wieder und der Mittwoch fand ein jähes Ende.

Tag 6, Donnerstag, Kuckuckshaus

Vor Hansens Grundstück hielt ein dunkelgrünes Auto mit verdunkelten Scheiben. Die Fahrerin stieg aus und mit ihr das Gequengel mehrerer Kinder, das mit dem Zufallen der Wagentür verstummte und die Frau schien froh zu sein, dass sie für ein paar Sekunden durchschnaufen konnte.

In einer Hand trug sie einen großen Briefumschlag, den sie bei Hansen abgeben wollte. Innerlich war ihr nicht wohl dabei einen alten Mann am frühen Morgen aus seinem Trott zu schrecken. So hielt sie inne und stopfte den Umschlag in den Briefkasten. Dann drehte sich die Frau Richtung wackelndes Auto, atmete kurz durch und lief im schnellen, leicht gehüpften Stil zu ihren eigenen Problemen. Als sie einstieg, hupte sie energisch, um ihren Forderungen an die Kinder Nachdruck zu verleihen. Schließlich fuhr das Auto los und hinterließ etwas aufgewirbelten Staub, der sich durch den Regen schnell wieder legte.

In Hansens Haus tickte nur die Zeit. Nichts wirbelte durch die Räume, der Staub konnte einfach nach unten fallen und alles mit einer neuen Schicht Vergangenheit benetzen.

Vorm Grundstück wurde es wieder unruhig. Ein Moped sorgte für Lärm, denn es hatte schwer zu tragen. Es musste Pfeffis Körper ausbalancieren und gleichzeitig vorwärts fahren. Pfeffi verlangte der Technik viel ab und weil er wusste, dass das Moped nicht gerade zuverlässig war, ließ er es im Leerlauf weiterdröhnen, als er es vor Hansens Zaun abstellte. Er hatte ein Päckchen dabei, dass er mit einigen Gummibändern auf dem einfachen Gepäckträger geschnallt hatte und nun dabei war es wieder aus der Fesselung zu befreien. Die Gummibänder hängte er in einer Reihe an den Lenker, der bald den Eindruck, ein Faschingsgefährt zu sein, machte. Pfeffi versuchte das Päckchen wieder einigermaßen in Form zu bringen, während er zur Haustür ging. Sein Gang war behäbig, seine Knie berührten sich und formten dadurch seine Beine zu einem X. Wenn ein Maler je ein Bild von Pfeffi gezeichnet hätte, dann wäre ein Straußenei in einem kleinen Likörglas sicherlich eine gute Vorlage, aber Pfeffi kümmerte sich wenig um seinen Körper. Er hoffte darauf, dass sich irgendwann mal jemand in seine Gedanken verlieben würde. Illusionen machte sich Pfeffi über die Wahrscheinlichkeit, dass ihm die Liebe so begegnen würde nicht, denn die Menschen waren zahlreich und hatten die Wahl. Selbst die Einsamkeit schien ein besseres Los zu sein, als das eigene Leben mit Florian Kuntze zu verbringen.

Pfeffi war an diesem Morgen ohne Kurzzeiterinnerungen in seiner Küche aufgewacht. Er hatte sich ausgeschlafen gefühlt und irgendwie auch erholt. Das Hansen, der letzte war, der ihn gesehen haben musste, fiel ihm etwas später auf, als er dessen Zettel gelesen und die spärliche Unordnung im Haus entdeckt hatte. Und weil es ihm so gut ging, entschloss sich Pfeffi dazu für Hansen einen Kuchen zu backen, denn der war die einzige Person, die sich mal um ihn gekümmert hatte.

Drei Stunden später verweilte Pfeffi kurz vor Hansens Haustür und sah ebenso davon ab, den alten Freund womöglich zu wecken. Er hielt das Päckchen vor den Einwurfschlitz des Briefkastens, um sich den Größenunterschied sichtbar zu machen. Pfeffi stöhnte und suchte im Umkreis nach einer Lösung, obwohl er wusste, dass er hier garantiert nichts fand, was ihm helfen konnte. Also ging er zum Moped und holte drei Gummibänder. Damit band er das Päckchen an den Briefkasten, betrachtete prüfend seine Konstruktion und schwirrte zufrieden ab. Das Moped beschwerte sich lauthals, aber Pfeffi hatte kein Einsehen, denn Donnerstag war sein Mopedtag.

Wieder war ein Stück Vergangenheit herunter gerieselt. Doch die Gegenwart fand weiter ohne Hansen statt. Pfeffis Konstruktion eines Päckchenhalters schaffte es nicht die Zeit bis Hansen seinem Briefkasten einen Besuch abstatten würde zu überbrücken. Die Gummis schnippten davon, das Päckchen fiel zu Boden und der neugierige Regen riss langsam die Verpackung auf. Auch an Hansens Fenster zum Schlafzimmer droschen die Regenfäden ihre penetrante Melodie, aber bei Hansens Verpackung konnten sie keinen Schaden anrichten, um ihn herum war alles dicht und nicht einmal das unterste Bewusstsein schien noch ein Verlangen nach der Außenwelt zu haben. Jedwede Kabelverbindung hatte sich zum Wohle Hansens von selbst gekappt und ihm Ruhe gegönnt.

Der Morgen brachte noch mehr Gäste zu Hansens Haus, die er nicht bemerkte. Ein Anglervereinsmitglied brachte ein Infoblatt, ein Mädchen verteilte Werbematerial, eine Nachbarschaftskatze schnupperte an Pfeffis Päckchen und riss neugierig das Papier ab, worauf eine Plastikbrotdose heraus fiel und der kleine Kuchen darin noch mehr Dellen bekam. Die Katze mauzte beleidigt auf, weil sie die Dose nicht öffnen konnte und verschwand aufs Nachbargrundstück. Dann spülte das Wetter die Leute weg und die Straße schien sich unter der Erleichterung zu strecken. Alles Unmenschliche schien auf den Regen gewartet zu haben, die Natur und die Gegenstände trauten sich aus den Ecken heraus und die Pfützen spuckten ihren Dreck auf die wenigen Leute in ihren Vehikeln, die es wagten ihre Freizeit zu stören.

Hansens Kokon öffnete sich langsam. Seine Träume waren wie Filme, mal kurz, mal lang, aber irgendwann waren sie einfach zu Ende, nicht immer schlüssig, doch stets gab das Ende das Signal zum Aufwachen. In Hansens Leben gab es nur noch wenige Signale, die ihm zum Leben riefen. Telefon, Haustürklingel, Wecker, Besuche, amtliche Briefe, Rechnungen, alle hatten sich auf die nächste Generation gestürzt und er saß in seinem Haus mit Garten. Hansen hatte es wohl geschafft.

Er hob seinen Oberkörper und schwenkte seine Beine über die Bettkante. Sein Po war der Drehpunkt, seine Arme die Ruder. Es ging leicht, leichter als manches Mal zuvor. Wenn der Morgen begann, ohne dass sich Hansen krank fühlte, sondern nur alt, dann galt es diesem Tag besondere Aufmerksamkeit zu schenken. Hansen stand auf und streckte sich. Dabei machte er Grimassen, die das Kind weckten und zusammen warfen sie den ersten Blick des Tages aus dem Fenster

Hansen zog die Jalousie ganz hoch und öffnete das Fenster bis zum Anschlag. Der Regen rauschte und drückte angenehme Kühle in das Zimmer. Hansen atmete tief ein und aus, ein und aus, ein und aus. Ein paar Regentropfen fanden den Weg hinein, platschten auf das Fensterbrett und auf Hansens Körper und sein Mund schmeckte den Moment des Glücks.

Wenn man Zeit hat, muss man sie nicht unbedingt benutzen. Genau wie eine Waffe konnte man sie auch mal unbenutzt lassen, dass fand jedenfalls Hansen. Er beschloss sich einen normalen Tag zu gönnen und ging erstmal aufs Klo. Die ersten Tropfen hatte der Morgenmantel seiner Frau abbekommen, weil die Kühle am Fenster und das Platschen des Regens den Fluss angeregt hatten. Hansen war, nachdem er das Fenster geschlossen und die Vorhänge akkurat zugezogen hatte, schnell ins Bad gelaufen, aber ein glückliches Kind vergisst eben schnell die körperlichen Reize. Hansen machte sich nichts draus, dass ging schon eine Weile so, dass er bei starken Emotionen Probleme bei der Anspannung hatte.

Als er auf dem Klo saß und eigentlich fertig war, schaute er zwangsläufig auf sein schlaffes Gemächt. Es hing einfach herunter. Wie ein neugieriges Kind berührte er es vorsichtig mit einem Finger. Der kleine Reiz brachte kein Ergebnis. Hansens letztes Mal war schon einige Jahre her, obwohl die Lust immer noch in seinem Gehirn wie ein Unhold umherschlich, hatte es sich Hansen irgendwie immer verkneifen können ihr freien Lauf zu lassen. Manchmal brachte dieses Unterdrücken unheimliche Schmerzen mit sich und führte zu Samenstau, der erst aufhörte, wenn sich die Flüssigkeit einen anderen Weg nach draußen gesucht hatte. Bis dahin war es aber eine Qual.

Alles sprach immer über das wichtige erste Mal, aber keiner verlor ein Wort über das letzte Mal. Hansen drückte mit den Fingern seiner rechten Hand von außen auf die Prostata und dachte an seine Frau, vor allem an ihren Körper. Doch die Erinnerungen reichten nicht aus, um die Lust zu wecken. Auch sie verschwand und verblasste. Hansen stand auf, spülte die Toilette und wusch sich die Hände. Als er sich so im Spiegel betrachtete, überlegte er, ob er diese körperliche Nutzlosigkeit so einfach hinnehmen wollte. War es jetzt nicht Zeit, um vielleicht ein Bordell zu besuchen. Solange er konnte, wollte er selbst bestimmen, wann er das letzte Mal Sex haben konnte. Hansen notierte sich diese Idee auf einen Zettel, als er in die Küche kam. Er schrieb «Das letzte Mal erleben.» und legte den Zettel auf den Küchentisch.

Die nächste Stunde verlief relativ ereignislos. Hansen wollte frühstücken, bemerkte aber, dass er vergessen hatte einkaufen zu gehen. Er blickte in den Kühlschrank und entdeckte den Kuchen, der noch reichlich vorhanden und auch genießbar war. So verbrachte Hansen den Vormittag bei Kaffee und Kuchen in der Küche, hörte Musik aus seinem Radio und schaute den Männern zu, die am Grundstück vorbeiliefen und alle das selbe Ziel zu haben schienen. Das war Hansen schon früher aufgefallen. Es gab Zeiten am Tage und unter der Woche, in der man speziell Männer durch die Straßen gehen oder fahren sah. Drei Hauptziele wurden dabei angepeilt, der Bäcker, die Tankstelle oder der Verein. Über die Hintergründe konnte man lange spekulieren, fand Hansen und widmete sich innerlich anderen Themen. Er kochte sich eine Tasse Tee, nachdem er seinen Kaffee getrunken hatte und hörte die Nachrichten, die verkündeten, was immer verkündet wurde, aber als Hansen auch dieses Mal zum Fenster hinausschaute, konnte er keine Katastrophe entdecken. Für Nachrichtenverhältnisse geschah in seiner Stadt nichts und das rutschte gefühlsmäßig sogar bis in den Minusbereich der Gefühlsanzeige hinein.

Hansen hatte als junger Mensch daran geglaubt, dass man hilfsbereit sein musste. Aber schnell lernte er, dass es wichtig ist überhaupt hilfsbereit zu sein, egal in welcher Welt man lebte. Hilf dort, wo deine Hände hinreichen können.

Das Postauto hielt vor Hansens Grundstück und Frau Hoppe stieg aus. Hansen kannte sie schon lange, denn Frau Hoppe brachte die Post bereits seit die Hansens ins Haus gezogen waren. Hansen konnte sich gar nicht daran erinnern, das Frau Hoppe mal nicht die Post gebracht hatte. Wie hatte sie das nur durchgehalten? Hansen wäre am liebsten nach draußen gegangen und hätte die Post persönlich in Empfang genommen. Allein Hansens Aufzug erlaubte es ihm nicht. Immer noch stand Hansen im Morgenmantel in der Küche und ehe er ins Schlafzimmer gelaufen und angezogen wäre, hätte Frau Hoppe bereits ihre Aufgabe erfüllt gehabt und säße wieder im Auto. Nichts desto trotz entschloss sich Hansen dazu sich anzuziehen. Er ging ins Schlafzimmer und hörte wie das Postauto losfuhr. Hansen warf den Morgenmantel aufs Bett und holte sich frische Sachen aus dem Schrank. Alles roch nach Rosen, denn in jedem Fach lag ein kleines Stück Seife mit Rosenduft, das verhinderte, dass die Kleidung geruchlich verlotterte. Erinnerungsstücke zum Anfassen und Riechen, hinterlassen von Hansens Frau. Das intensive Hineinriechen, brachte ihm eine andere Erinnerung zurück. Hansen dachte an den vergangenen Vorabend und an den seltsamen Geruch, der sich durch die Wohnung geschlichen hatte. Zunächst räumte Hansen aber das Schlafzimmer auf. Er zog in einem Anflug von Ordnungsliebe auch die Bettwäsche ab, nahm schließlich die herumliegende Wäsche auf und brachte sie ins Badezimmer. Er sortierte die Schmutzwäsche, warf sie letztendlich jedoch in die Wäschetonne, denn in der Waschmaschine lag noch aufzuhängende, gewaschene Wäsche. Die hatte Hansen ganz vergessen.

Er ging in die Garage, holte den Wäscheständer, brachte ihn ins Badezimmer und hängte die Wäsche ohne Klammern auf. Der Geruch kehrte währenddessen in seine Nase zurück und wurde schließlich so penetrant, dass Hansen handeln musste. Er öffnete das Fenster vom Bad, nachdem die Wäsche ihren Platz gefunden hatte und atmete tief ein. Doch der Geruch verließ den Raum nicht. Hansen schnupperte der Duftspur hinterher. Irgendwie schien die Waschmaschine etwas mit dem Gestank in Verbindung zu stehen.

Na klar, das Flusensieb, schmetterte es in Hansens Denkkasten. Er kniete sich vor die Maschine, öffnete mit einem gekonnten Kniff eine kleine Tür an der unteren, rechten Ecke der Waschmaschine und drehte das Flusensieb heraus.

Wasser, Flusen und Haare strömten ihm entgegen. Hansen war ein bisschen enttäuscht von dem Ergebnis. Zwar hatte er nun die Quelle des Gestanks gefunden, aber wie gern hätte er unter all dem Filz einen verborgenen Schatz ausgemacht. Vielleicht einen kleinen Ohrstecker seiner Frau oder wenigstens einen ihrer Strümpfe. Allein Dreck lag vor ihm und nach einer kurzen Trauerpause holte Hansen ein paar Blätter Küchenkrepp und wischte die Enttäuschung vom Boden.

Wieder gesellte sich die Zeit zu Hansen und trat ihm auf den Füßen herum. Er schnappte sich die Schlüssel, zog sich die Gartenschlappen an und ging zum Briefkasten. Hansen holte zwei Briefe, das Infoblatt des Anglervereins und einige Werbeblätter heraus. Pfeffis Dose bemerkte er erst, als ihm etwas vom nassen Packpapier am rechten Schuh kleben blieb. Hansen bückte sich und die Dose fiel ihm in den Blickkegel. Ruhig zog er das Papier von seinem Schlappen, knüllte es zu einer Kugel aus der sogleich das Regenwasser rann. Hansen steckte den feuchten Papierklumpen in den Briefkasten, nahm die Kuchendose und ging zurück ins Haus, während der Tag beständig vom Regen durch die Zeit begleitet wurde.

Hansen legte die feuchten Briefe auf die Heizung in der Küche. Die Werbeblätter fielen in einen Karton für Papiermüll und Hansen dachte daran, dass morgen Freitag war und er wieder zu den Leergutcontainern musste. Er nahm den Zettel und schrieb unter seine erste Notiz: «Papier und Glas!!!». Hansen schaute sich die zwei Stichpunkte noch mal an und freute sich über seine langsam länger werdende «Das-hab-ich-vor»-Liste. Er setzte sich an den Küchentisch, irgendwas klopfte in seinem Kopf. Er wusste nicht recht ob es nur ein Schmerz war oder etwas Ernstes. Hansen beschloss zu warten. Wahrscheinlich bekäme er bald eine Antwort, denn das Ziehen schien sich langsam in einer der vielen Gedankenkontinente zu fokussieren. Mal sehen was das schon wieder wird, dachte Hansen und drehte das Radio lauter, um mit diesem Zwischentun das Eintreffen des Gedankenergebnisses zu überbrücken. Das Gerät dröhnte, während Hansen einen plötzlichen Anstoß erhielt. Es tat nicht weh, im Gegenteil, es erhellte Hansens Stimmung, dass er doch noch nicht so senil war wie man es in den Zeitungen für die alte Menschheit vorhersagte. Spiegel war das Stichwort. Hansen notierte als dritten Punkt:

«Spiegel weg machen!»

Das Radio schenkte Hansen eine alte Melodie, die Hansens Gedanken aufblähte. Die gerade noch gefühlte Leere wurde mit Enthusiasmus gefüllt. Hansen holte eine Kiste aus dem Wohnzimmer, die immer noch wie Bauklötzer gestapelt herum standen. Hansen hatte seine Arbeit nicht erledigt und verspürte dafür gerade auch kein Interesse. Die Spiegel mussten weg. Er nahm die Kiste und stellte sich in den Hausflur, um zu überlegen, welches der Zimmer über einen Spiegel verfügte. Die Aufzählung wurde zu einem Gedankengemenge und Hansen fiel es schwer die Liste in seinem Kopf zu behalten. Ohne sich groß über seine Probleme aufzuregen, kehrte Hansen in die Küche zurück, nahm sich einen neuen Zettel und begann eine Spiegelliste anzufertigen. Er zog zwei Spalten. Links die Zimmer, rechts die Spiegelanzahl und Bezeichnung.

Zimmer	Anzahl/Bezeichnung
Küche	1 Bild mit Spiegelfläche
Flur/Garderobe	1 Garderobenspiegel
	1 Handspiegel in Handtasche
Wohnzimmer	1 Spiegel in der Hausbar
Gästezimmer	3 kleine Wandspiegel
Garage/Werkstatt	5 Spiegelgläser
Badezimmer	1 Spiegelschrank
	1 Rasierspiegel
	1 Schminkspiegel
	1 kleiner Spiegel aus Schminkkoffer
Schlafzimmer	1 Ganzkörperspiegel
	1 Spiegel vom Schminktisch

Hansen lehnte sich zurück. Er war sich unschlüssig darüber, was es brachte, alle Spiegel abzumontieren bzw. einzusammeln. Ja, was sollte diese Eitelkeit? Hansen wollte sie nicht zulassen, denn wer sich nicht mehr im Spiegel sehen konnte, der war schon tot. Welcher Spiegel hatte es je vermocht, den wirklichen Zustand zu reflektieren? Er war im besten Fall auch nur eine Interpretationsfläche.

Hansen lehnte seinen Vorschlag von Notiz 3 einstimmig ab und strich ihn mehrmals durch. Den Karton warf er ins Wohnzimmer, wobei er andere Kisten traf und den Klötzerturm umhaute. Das machte Spaß. Hansen fühlte wie sein Körper vor Überschwang brodelte. Alles Leben bäumte sich in ihm auf und er zog sich rasch warme Kleidung an und bereitete sich auf eine kleine Fahrradtour vor. Hansen durfte keine Zeit verlieren, denn wer weiß wie lange diese Euphorie anhalten würde. Es musste fast Mittag gewesen sein, so sagte es jedenfalls Hansens Bauchgefühl.

Hansen entschied sich gegen ein Mittagessen und packte Pfeffis Kuchendose in einen Beutel. Als Getränk wählte er Wasser, das er aus der Leitung in eine Mehrwegflasche füllte und das durch eine Restneige etwas nach Himbeere schmeckte. Die Flasche kam ebenfalls in den Beutel und Hansen ging in die Garage, um sein Fahrrad zu holen.

Der Regen machte freiwillig einen Bogen um Hansen, der wie ein Bengel Schlängellinien mit dem Fahrrad auf der Straße fuhr. Der Tag fiel Hansen in die Arme und drückte ihn ganz fest an sich. Sie liebten sich von der ersten Minute an, was Hansen dazu brachte einen romantischen, einsamen Ort aufzusuchen. Er dachte schlagartig an die Brücke im Park und trat ordentlich in die Pedale, nur um diesen Zustand nicht hinter sich zu lassen.

Die Fahrradkette scheuerte am Kettenschutz, die Klingel plingte bei jeder leichten Erschütterung, einzig Hansens Herz pochte leise, unaufgeregte Töne. Hansen traten Tränen in die Augen, nicht wegen dem kalten Fahrtwind, die Freiheit und die Seligkeit seines Gemütes hielten Einzug und feierten Hansens Lebenslust.

Die Wege im Park waren trotz des vielen Regens ausgesprochen gut befahrbar. Nur in den Kurven musste Hansen ab und zu die Bremse zücken, damit sein Übermut den Tag nicht bedrohte.

Nach zehn Minuten kam Hansen bei der Brücke an. Von der Litfaßsäule leuchteten ihm die Plakate entgegen, die bereits einige Risse aufwiesen und auf die jemand mit einer Sprühflasche quer drüber hinweg geschrieben hatte: «Fickt Euch!» Hansen dankte dem Verursacher, dass er seinen Spruch in Deutsch geschrieben hatte, seine Schullernsprachen waren immer Latein und Griechisch gewesen. Augenblicklich versuchte Hansen den Protest in diese zwei Sprachen zu übersetzen. Vergeblich, manches Wissen wollte einfach nicht mehr gefunden werden.

Hansen ließ sich davon nicht entmutigen, seit fast fünfzehn Jahren musste er sich damit anfreunden, dass ihm Wissen verlorenging. Manchmal hatte er darüber nachgedacht, was besser wäre, erst den Verstand oder den Körper zu verlieren. Es war mühselig sich den Kopf darüber zu zerbrechen. Wenn der Körper früher andauernd irgendwelche Signale zum Gehirn gesendet hatte, dann schien sich die Kommunikation durch Reize langsam zu verabschieden. Das Paar glitt auseinander. Das war auch das einzige Signal, das durch Hansens Kopf tönte, der Abschied stand bevor.

Hansen lehnte sich mit den Unterarmen auf das Geländer der Brücke und folgte dem Fluss des Bachwassers. Irgendwo platschte ein Frosch ins Wasser und ein Vogel krächzte. Das Banjo tauchte als unsichtbarer Ton auf und ließ Hansen aufhorchen. Er versuchte das Mädchen oder die junge Frau zu entdecken. Er glaubte auch ein Knacken von Zweigen zu hören, so als ob jemand durch die Büsche schlich. Doch nichts bestätigte seine Vermutungen.

Die Melodie drängte sich nicht auf, sie gesellte sich einfach dazu. Hansen beruhigte seine Ambitionen den Dingen auf den Grund gehen zu wollen. Er widmete sich wieder dem Wasser und das Banjo tropfte einzelne Seufzer aus seiner Unsichtbarkeit.

Wie schön sein Leben doch gewesen war, dachte Hansen noch einmal. Ja, wie unglaublich unbescholten er doch durchs Leben gekommen war. Wenige Brüche hatte sich Hansen geholt. Gebrochene Herzen hinterließ er keine, zumindest nicht wissentlich, allein, wer wusste schon genau wie viele Herzen er gebrochen hatte? Langsam machte das Gewissen seine Rechnung für Hansen auf. Damit musste man rechnen, glaubte Hansen sowieso, aber dass es nun so plötzlich kam, überraschte ihn ein wenig.

Vor dem Tribunal stand ein kleiner Hansen. Er durfte sich setzen und jemand verlas seine Verfehlungen, danach folgten die Erfreuungen wie sie vom Tribunal genannt wurden. Alles in allem stellte es Hansen ein befriedigendes Zeugnis aus. Die Erfreuungen überstiegen die Verfehlungen um ungefähr zwölf Prozent und damit sah das Tribunal den Weg für einen sorglosen Tod gegeben. Hansens Frage nach dem Danach blieb unbeantwortet. So viele Möglichkeiten hatte die Menschheit erfahren oder erfunden, aber wie war die Wahrheit des Todes wirklich? Hansen holte die Kuchendose aus dem Beutel und öffnete sie. Ein paar Krümel fielen heraus, landeten im Wasser, wurden weggespült und würden schließlich jemanden ernähren. Vielleicht war es das, was der Tod bedeutete. Hansen fand den Gedanken schön, dass er jemanden mit seinem Tod und vorher mit seinem Leben satt gemacht hatte. Er biss in ein Stück Kuchen und weitere Krümel ernährten hungrige Tiere im Wasser.

Es wurde schlagartig heller. Das Licht änderte sein Spektrum und schickte erste Wärmestrahlen. Hansen nahm dies als Anlass für einen kleinen Spaziergang. Er schloss sein Fahrrad an einem dünnen Baum an und machte sich auf Erkundungstour. So viele Sachen hatte er noch nicht gesehen, obwohl er schon sehr alt war. Auch in seiner Wohngegend gab es viele unentdeckte Orte. Ein paar von denen konnte er gut und gerne noch mit ins Grab nehmen.

Als Hansen ein paar Schritte getan hatte, bemerkte er wie sehr ihn der Beutel störte, ein bisschen ärgerte er sich darüber, dass er dem Beutel dem Rucksack gegenüber den Vorzug gegeben hatte. Er ging zurück und band den Beutel mit ein paar Drehungen und Wendungen um den Lenker. Dann hielt Hansen nichts mehr auf. Er ging den wärmenden Strahlen nach und genoss ihre Anwesenheit. Wieder schloss ihn der Tag in seine Arme ein und Hansen schnüffelte nach neuen Entdeckungen.

Der Weg den Hansen genommen hatte, führte ihn zu einem brach liegenden Acker. Er schaute sich nach einem möglichen Ziel um. Die Weite des Feldes ließ den Horizont verschwimmen und machte es unmöglich für Hansen dort einen Ort auszumachen bei dem es sich lohnte ihm einen Besuch abzustatten. Letztendlich entschied sich Hansen für eine Vesperlinde, die aus einer Feldholzinsel herausragte, wie man so schön fachmännisch sagte. Früher saßen dort die Erntehelfer im heißen Sommer, um sich im Schatten abzukühlen. Heute hatte sich die Linde ein breites Refugium geschaffen und irgendwie brachten diese Erinnerungen Hansen ein Lächeln aufs Gesicht. Er stapfte über den Acker und der lehmige Boden klebte ihm bald an den Sohlen. Die knapp hundert Meter verlangten Hansen ziemlich viel Geduld mit seinem Körper ab. Schwer atmend betrat er die Insel und ließ sich auf einem vom Blitz abgespalteten Ast der Linde nieder. Hansen lag ein Stock zu Füßen, den er aufhob, um sich sitzend mit seinen Händen darauf zu stützen. Seine Lunge kratzte bei den Atemzügen und Speichel sammelte sich in seinem Mund, den er einige Male entleeren musste, indem er die zähe Masse ausspie.

Zum Glück bestrahlte die Sonne seine Schmerzstellen und nach einigen Minuten war Hansen bereit für die Erforschung der Insel. Er behielt den Stock in der linken Hand, ein Werkzeug konnte man immer gut gebrauchen und weil Hansen sein Messer vergessen hatte, fand er, dass ein starker Knüppel ein guter Ersatz war.

Die Insel wies sich als widerspenstiges Biotop aus, denn dichte, gewucherte Brombeerhecken erschwerten Hansens Expedition, zumal auch matschige Wildschweinsuhlen übersprungen werden mussten. Bei all dem half Hansen der Stock und schließlich fand Hansen einen Trampelpfad. Er war also kein Robinson. Jemand war schon einmal oder mehrmals hier gewesen. Hansen tippte auf Kinder, denn der Weg war nur schwach ausgetreten. Eins, zwei kleine, zersetzte Fußabdrücke unterstützten Hansens Theorie. Er folgte der Spur und kam so unversehens zum Stamm der Linde. Das Licht hatte es schwer hindurchzudringen, die Sonne fiel bereits wieder vom Himmel, aber Hansen trieb die Neugier dazu an noch ein wenig zu verweilen. Er setzte sich auf eine rausragende Wurzel und schaute sich den Baum von unten an.

Sein ungelenker Nacken erschwerte Hansen den Blick nach oben, aber die Bretterbude, die jemand zwischen die großen Äste der Linde gezimmert hatte, blieb ihm nicht verborgen. Hansen erhob sich, um einen besseren Blickwinkel zu erhalten. Er trat ein paar Schritte zurück und betrachtete die Kinderarchitektur. Irgendwie musste Hansen bei ihrem Anblick an eine Kuckucksuhr denken. Aus einem Loch im Boden des Baumhauses hingen zwei dicke Taue und eine Strickleiter, und in der Wand, die zu ihm gerichtet war, befand sich ein Fenster mit Klappe. Es fehlten nur die Zeiger und ein Zifferblatt, denn die Taue und die Strickleiter sahen aus wie Pendel und Aufziehstrippen.

Hansen überlegte nicht lang. Er steckte den Stock in die Erde und versuchte sich an der Strickleiter. Vom Übermut des Tages gepackt, schaffte er den wackeligen Aufstieg. Vorsichtig steckte er seinen Kopf durch das Bodenloch und sah sich um. Das Häuschen war überraschend komplett ausgestattet und äußerst geräumig. Hansen freute sich innerlich, dass er nie recht groß von Wuchs war, sondern normal, außerdem schrumpfte er seit mindestens zwanzig Jahren um jährlich etwa 0,01cm, weil seine Bandscheiben platter wurden und sich sein Rücken krümmte.

Doch jetzt, als er in dieses Schmuckkästchen stieg, verflogen alle Gedanken und er öffnete die Luke des kleinen Fensters und sah dem Tag beim Sterben zu. Am liebsten hätte Hansen seinen Kopf weit nach draußen gestreckt und lauthals «Kuckuck!» gerufen. Er hielt jedoch inne und atmete die Ambitionen in drei kräftigen Zügen weg. Wiederum fragte sich Hansen, warum er sich diesen Spaß nicht gönnte? Es konnte ihm egal sein, was die Leute dachten und die Tiere waren es gewohnt, dass die Menschen bescheuerte Dinge machten.

Also streckte Hansen seinen Kopf durch das Fenster und schrie dreimal hintereinander «Kuckuck!», wobei er mit jedem Ruf lauter wurde und letztendlich nicht nur dreimal, sondern mehrmals seinen Ruf in die Gegend schickte.

Niemand antwortete. Hansen zog die frische Luft durch die Nase und schaute sich nun die Ausstattung des kleinen Raumes an. Die Kinder hatten sich aus Holzbrettern und Aststümpfen Möbel gezimmert. Hier und da ragten kleine Nägel heraus, aber insgesamt erfreute es Hansen, dass die Fantasie ihren Boden noch nicht ganz verloren hatte.

In einer Ecke stand eine Metallkiste. Sie interessierte Hansen am meisten. Innerlich war er sich sehr unschlüssig darüber, ob er sich einen Blick hinein erlauben konnte. Hansen haderte zwischen Neugier und Anstand. Selbst wenn es das Geheimnis von Kindern war oder vielleicht gerade deswegen, wollte Hansen eher darauf verzichten eine Seifenblase seiner Vorstellungen zerplatzen zu lassen.

Hansen hangelte hinunter und verließ die Insel mit einem guten Gewissen und einer betörenden

Melancholie. Er watete wie ein Storch über den Acker, streute wie ein Fuchs durch die Büsche des Parks und ging wie ein alter Mann zurück zum Fahrrad an dessen Lenker der Beutel hing und auf dessen Sattel ein weißer Kakadu krächzte.

Das Leben, diese alte Metallkiste, dachte Hansen beim Anblick des Bildes, das ihn empfing. Es brachte wie immer nichts sich zu fragen, was das mit dem Kakadu sollte. Hansen hatte sich so was abgewöhnt, immer nach dem Zweck solcher Tatsachen zu suchen. Der Kakadu saß, wo er saß und Hansen freute es eher, dass der Beutel noch am Lenker hing, auch wenn er jetzt nicht mehr um ihn herumgewickelt war, sondern hing.

Hansen ging mit Respekt vor dem Kakadu zu seinem Fahrrad und stellte fest, dass sein Beutel einige Schlitze und eingerissene Löcher hatte. Unschuldbewusst reckte sich der Vogel und putzte einfältig sein Gefieder. Es blieb Hansen nichts anderes übrig, als dem Tier endlich ein paar Kuchenbrocken zu geben, auch wenn er ihn nicht mochte, wollte Hansen ihn nicht verhungern lassen. Vielleicht ging es dem Vogel wirklich nur ums Essen und er würde verschwinden, sobald er sich satt gegessen hatte. Andrerseits könnte die Fütterung ebenso der Auftakt für einen längeren Konflikt sein und auf Missverständnisse hatte Hansen im Augenblick überhaupt keine Lust. Er wollte nach Hause. Einfach nach Hause.

Der Tag errötete vor Scham, als der nackte Mond den Himmel bestieg und Hansen zupfte den Beutel vom Lenker. Schnell riss er die Kuchendose heraus, öffnete sie und warf sie auf die Brücke. Das knallende Geräusch wirkte auf den Kakadu wie ein Weckruf. Er breitete seine Flügel aus und stürzte sich auf das gefundene Fressen. Der Vogel kümmerte sich nicht um seinen Gönner, einzig dem Fressen galt seine ungeteilte Aufmerksamkeit.

Hansen schloss sein Fahrrad ab und machte sich auf den Heimweg. Was sollte er dem Vogel wünschen? Das der sich an dem Kuchen den Tod holte oder eher etwas positives? Hansen tat sich immer schwer damit, anderen schlimmes zu wünschen, irgendwie war es ihm unheimlich bei solchen Gedanken. Schließlich konnte man nie wissen, ob es nicht doch so eine Art Überwachungstribunal oder Kommission zur Erfassung aller Lebensläufe gab. Hansen trat in die Pedale, der letzte Schimmer des Tages kämpfte gegen das Licht der Straßenlaternen und plötzlich war er ganz verschwunden.

Hansens Schatten hing mal hinterher, mal überholte er ihn eifrig. Bis er unter ihn fiel und dann zur Garage vorauseilte. Als Hansen das Licht anknipste, verschwand er und kehrte nicht zurück. Hansen selbst stellte sein Fahrrad in die Garage, verschloss sie von innen, lösche das Licht und ging ins Haus. Hier entledigte er sich seiner Jacke, der Mütze, des Schals und der Stiefel. Er warf die Schlüssel auf die Ablage der Garderobe und ging in die Küche.

Durch das Anschalten des Küchenlichtes spiegelte sich seine Gestalt im Fenster. Sie schien ihm glücklich zu sein und Hansen war froh sich gegen eine Abschaffung der Spiegel ausgesprochen zu haben. Es war fast sechs Uhr abends. Hansen ging zum Radio und drehte den Schalter bis es leicht knackte und das Gerät aufbrummte. Die Beleuchtung machte Hansen auch dieses Mal wieder glücklich. Langsam schlich die Stimme eines Moderators aus dem Lautsprecher und Hansen ärgerte sich, dass er nichts Richtiges zum Abendbrot hatte. Er musste improvisieren. Schnell stellte er bei der Durchsicht der Küchenschränke fest, dass es dieses Mal aussichtslos war. Es gab einfach nichts, was Hansen für ein gutes, dem Tag entsprechendes Abendbrot gebrauchen, geschweige denn, essen konnte und von Kuchen und Brot hatte er schon reichlich verzehrt.

Hansen stützte sich am Küchentischrand auf und verweilte einige Sekunden, um die nächsten Schritte zu planen. Im Radio zerstritten sich fünf Freigeister über ein charismatisches Libretto eines aufsteigenden Dichters, dass Hansen aber nicht einmal bis ins Hirn steigen wollte, weil sein Magen aufgrund Hansens Entscheidungsmangels ebenfalls unter Mangel litt und lauthals nach Essen grummelte. Als das nicht half, stach die Leber zu und Hansen griff sich in die Seite, um den Schmerz wegzumassieren.

Ihm blieben drei Möglichkeiten. Erstens: Einkaufen fahren. Zweitens: etwas bestellen. Drittens: Schlafmittel und den Hunger überschlafen. Doch was sollte das? Hansen fand sich schließlich mündig genug, um sich nicht von einem Medikament bevormunden zu lassen. Zum Einkaufen hatte Hansen schlichtweg keine Ambitionen. Er fand, dass er genug Zeit an diesem Tag draußen verbracht hatte und nun musste Hansen nur noch überlegen, auf welche Art von Essen er sich mit seinem Magen einigen konnte.

Pizza fiel schon mal aus. Aber gab es bei Cem's nicht noch eine Menge anderer kulinarischer Verführungen? Hansen ging zum Telefon, nahm den Hörer in die Hand und tippte die Nummer der Telefonauskunft ins Gerät. Es tutete zweimal und eine freundliche Stimme erkundigte sich nach Hansens Problem.

«Telefonauskunftservice. Fräulein Bunkert am Apparat, was kann ich für sie tun?»

«Hansen hier, ich hätte gern die Telefonnummer von Cem's Restaurant in Bornhorst.»

«Einen kleinen Augenblick bitte.»

«Ja, kein Problem.»

Wenige Augenblicke später notierte sich Hansen die Nummer vom Cem's und bedankte sich für die unkomplizierte Handhabung seines Problems. Er wartete bis die Leitung wieder frei war und rief gleich darauf im Restaurant an. Die Leitung verhielt sich still, bis sie nach einigen Sekunden Smetanas Moldau anstimmte. Hansen verband mit diesem Musikstück keine Erinnerung, es war einfach ein schönes Stück Musik, dass jäh von einer ruppigen Stimme zerfetzt wurde.

«Cem's!»

«Hallo.»

«Und?»

«Ja, ich möchte gern was bestellen.»

«Schon was ausgesucht?»

«Spaghetti.»

«Mit Soße oder was?»

«Wenn die dabei ist?»

«Sicher. Ist immer dabei. Es sei denn sie wollen keine.»

«Doch.»

«Adresse brauch ich noch.»

«Hansen...»

«Hansen? Warten sie mal, der Hansen, dessen Frau letzte Woche gestorben ist?»

«Genau. Aber was spielt das bei den Spaghetti für eine Rolle?»

«Bei den Spaghetti nicht, aber bei mir. Hansen, ich bin's, Jolka.»

Hansen legte den Hörer auf seine Schulter und überlegte wie er mit dieser Nachricht umgehen sollte. Jolka rief unterdessen nach Hansen. Seine Stimme verriet, dass er sich wahrlich Sorgen um seinen alten Kumpanen machte. Als Hansen sich auch nach mehreren Aufforderungen nicht meldete, schmiss Jolka das Telefon und seine Schürze auf den Tresen des Restaurants. Bevor er jedoch zur Tür hinaus rannte, ließ er sich zwei Portionen Spaghetti verpacken und holte eine Flasche Rotwein aus einem Getränkeregal. Kurz stutzte er und nahm dann schließlich noch zwei Flaschen Bier und eine Flasche Wasser mit. Jolka war ziemlich unvorbereitet losgestürzt. Er hatte seine Jacke vergessen und dem alten Mann froren die Knochen, weil die Kälte durch seine dünne Haut zog. Jolka war fast genauso alt wie Hansen, musste aber noch für seinen Unterhalt sorgen. Wer hatte schon geahnt, dass er an seinem ersten Tag als Hilfskraft in Cem's Restaurant gleich mit Hansen in Berührung kommen würde. Eigentlich wollte Jolka erst am Wochenende zu Hansen fahren, um ihn einen überraschenden Besuch abzustatten. Die Adresse hatte er schon vor einigen Wochen herausgefunden, doch nach so langer Zeit brauchte es wiederum Zeit, um für den scheinbar richtigen Augenblick den nötigen Mut zusammen zu kehren. Im Gegensatz zu Hansen war Jolka nie lange sesshaft gewesen. Das lag nicht unbedingt an ihm, sondern eher an den Frauen, die er im Laufe seines Lebens geliebt hatte. Sie starben, drastisch ausgedrückt wie die Fliegen in seinen Armen. Er war kein Mörder. Und obwohl Jolka wirklich nichts für das Ableben seiner Frauen konnte, blieb er eine lange Zeit unter der geheimen Beobachtung des Gesetzesauges.

Sechs Mal heiratete Jolka in seinem Leben und sechs Mal starb ihm die Frau frühzeitig weg. Alles auf nicht gerade ungewöhnliche Weise, aber unter dem Umstand, dass jedes Mal er der Ehemann war, schien es doch eine makabre Serie in seinem Lebenslauf zu sein. Tuberkulose, Autounfall, Schlaganfall, zwei Tode durch plötzliches Ableben und einmal Hirntumor, das war die Liste, die Jolka mit sich trug und wer konnte ihm verdenken, dass er seit siebzehn Jahren allein lebte und nie länger als ein paar Monate an einem Ort verweilte.

Als Jolka endlich bemerkte, dass die Liste erst verschwand, wenn er gestorben war, hatte er beschlossen seinen Kinderfreund Hansen zu besuchen, und sollte das erledigt sein, hing bereits ein Strick an der Decke des Badezimmers seiner derzeitigen Unterkunft in einer Pension. Erst gestern hatte er einen robusten Haken in einem ordentlich gebohrten Loch mit einem Meisterdübel geschraubt und das Seil bereits auf seine Festigkeit getestet, indem er sich mit seinen Händen an die Schlinge gehangen hatte.

Aber jetzt schmerzte Jolka nur die Kälte des Lebens. Es fiel ihm nicht leicht Hansens Haus zu finden. Seine Erinnerungen aus der Kindheit stimmten nicht mehr mit der Wirklichkeit vom gegenwärtigen Bornhorst überein, dass musste er einsehen.

Völlig fertig stand er eine knappe Stunde nach Hansens Anruf endlich vor dessen Gartentor. Und während er Hansen bereits am Küchenfenster stehen sehen konnte, sah der nur wieder sein Spiegelbild. Zitternd betrat Jolka Hansens Grundstück und klopfte zaghaft an die Haustür, die unverzagt aufschnellte und die beiden Freunde in die Arme schubste.

Diese Umarmung heilte Hansen von sämtlichen Kopfzerbrechen und Gebrechen. Auch Jolka genoss sie und die verborgen geglaubten Kammern öffneten sich plötzlich und ergossen den Reichtum einer gemeinsamen Kindheit über die beiden Alten, so dass ihnen die Bleiche aus den Adern verschwand und das Leben sich erneut in ihren Körpern aufbäumte.

Hansen nahm eine seiner Jacken von der Garderobe und half dem frierenden Jolka beim Anziehen. Sie scherzten über ihre Unbeweglichkeit, schauten sich noch mal fest in die Augen, um sich dieses Ereignis wie einen Anker in die Hirnrinde zu schlagen und dann führte Hansen Jolka in die Küche.

Jolka packte die zwei Portionen Spaghetti mit Soße aus, die ihre ganze Wärme verloren hatten. Hansen nahm die Packungen und holte einen Topf aus dem Küchenschrank. Er füllte das Essen hinein, stellte ihn auf den Herd, legte einen Deckel drauf und schaltete den Herd ein.

Jolka hatte bereits die Flaschen auf den Tisch gestellt. In einer geordneten Reihe standen sie und warteten auf ihren Abruf. Hansen betrachtete die Flaschen und holte zwei Gläser aus dem Schrank. Eines gab er Jolka, das andere stellte er an seinen

Platz. Hansen deckte, während das Essen im Topf erste Geräusche von sich gab, den Tisch mit Besteck und Tellern ein. In die Mitte des Tisches legte er ein Holzbrettchen als Unterlage für den heißen Topf, den er vom Herd holte und darauf abstellte und danach den Herd abschaltete.

Die zwei Männer teilten sich gegenseitig das Essen aus, stießen feierlich mit einem Schluck Wein an und achteten beim Essen wenig auf Förmlichkeiten und Anstand. Sie waren unter sich, wie in ihrer Kinderwelt gab es hier keine Erwachsenen. Immer wieder schauten sich die Männer an, um sich von der Existenz des anderen zu überzeugen. Und wirklich, sie waren beide echt.

Die Kehlen und Bäuche füllten sich und die Herzen pochten überschwänglich. Hansen und Jolka lehnten sich zurück und keuchten unter dem Ballast des einverleibten Gelages. Im Radio streichelte jemand sanft mit zwei Jazzbesen ein Becken und in Hansens und Jolkas Augen glänzte das Leben. Es genügte ihnen beisammen zu sein. Ein Gespräch drängte sich beiden nicht in den Kopf. Sicher, es gab viele Fragen und Lebensepisoden, dennoch gönnte ihnen die Zeit den Genuss des glücklichen Wiedersehens durch Stille.

Die zwei Männer blickten aus dem Fenster, besser gesagt sie versuchten es, da ihnen aber nur ihre eigene Szene entgegen sprang, widmeten sie sich dem Geschirr und räumten es, ohne dass sie sich dazu verabredet hatten, zur Spüle. Hansen ließ Wasser ins Spülbecken und begann den Abwasch zu machen. Jolka hatte sich unterdessen ein Wischtuch genommen und wartete auf das nasse Geschirr.

Nach fünf Minuten saßen Hansen und Jolka wieder am Tisch, wobei Hansen noch mal kurz aufstand, um das Licht in der Küche auszuschalten. Dann holte er fünf dicke Kerzen aus einem Schieber des Küchenschrankes, drapierte sie auf einen großen Teller und stellte ihn auf den Küchentisch. Neben dem Radio lag eine Schachtel Streichhölzer. Hansen öffnete sie, nahm ein Streichholz und zündete es an. Jolka schien den entstandenen Zündqualm zu inhalieren. Auch Hansen mochte den Geruch, schniefte aber nicht so sehr wie Jolka. Er beeilte sich die Kerzen mit einem Streichholz anzuzünden, nicht aus Geiz, es war eher ein Spiel, eine Herausforderung, bei der man sich auch die Finger verbrennen konnte. Jolka schaute dem Spiel gespannt zu und applaudierte spontan, als Hansen auch die letzte Kerze mit diesem Hölzchen zum Leuchten gebracht hatte. Der Hauch, der bei Jolkas Klatscherei entstand, wirbelte die Flammen der Kerzen kreuz und quer und fast sah es so aus, als ob das Spiel doch noch eine Wendung nehmen könnte. Glücklicherweise richteten sich die Flammen wieder auf und spendeten genügend Licht, damit sich Hansen und Jolka sehen und endlich auch das schweigende Leben vor dem Fenster beobachten konnten.

Zwischen den Männern standen weiterhin keine Fragen. Sie schienen beide froh darüber zu sein, dass sie das Leben noch einmal zusammen geführt hatte. Vielleicht wussten sie, dass sie dem anderen das eigene Leben nicht groß erläutern mussten. Denn mit viel Wahrscheinlichkeit unterschieden sich ihre zwei Leben kaum voneinander. Liebe, Hass, Verlust, Gewinn und all die anderen Berge und Täler des Schicksals hatten sich in beider Leben geworfen, und dabei war es egal mit welcher Intensität, allein das sie die Irrfahrten überlebt hatten, zählte. Es wäre ein zähes Vergnügen geworden, wenn sie sich über das Überstandene unterhalten hätten. So sammelten Hansen und Jolka die vergehenden Minuten und nahmen langsam Anlauf für die Intonierung der ersten Silben.

In den goldgelben Lichtkegeln der Straßenlaternen versammelten sich mutige Insekten, die viel kommunikativer auf die Männer hinter den Fensterscheiben wirkten, als die Menschheit. Die Unterhaltungen der Insekten hatte etwas Tänzerisches, aber vielleicht waren die Insekten genauso strohdoof wie die Humanoiden, die in allem das Kluge suchten, nur nicht bei sich selbst. Wahrscheinlich ging es bei den Insekten auch nur um den Geschlechtsverkehr. Wie schön wäre es doch, wenn es immer nur eine Art von Lebewesen geben würde. Jeder einen Monat exzessiv Leben, dann abkratzen, und schon war die nächste Art dran. Dem allem standen die wissenschaftlichen Erkenntnisse gegenüber, die keulenschwer über diesem Gedanken hing und loszudreschen drohte. Hansen bedauerte diese ständige Aufklärung und Wissenshascherei. Niemand konnte sich mehr hinter Dummheit verstecken.

Plötzlich hustete Jolka in den stillschweigenden Raum hinein. Hansen schaute zu seinem Freund und sah, dass der ihm trotz des anhaltenden Hustens versuchte zuzulächeln. Hansen stand auf, holte Jolka ein Glas Wasser und stellte es vor ihm ab. Der griff erleichtert zu und schluckte die Ursache herunter. Kurz nachdem Jolka das Glas auf den Tisch stellte, stieß ihm das kalte Wasser auf und er versuchte erst gar nicht den Rülpser zu unterdrücken.

«Entschuldige, Hansen. Aber kaltes Wasser ist so eine Sache.»

«Ist schon in Ordnung. Was raus muss, muss raus. In unserem Alter ist es eben so, dass man weder seinen Geist noch seinen Körper gleichzeitig beisammen hat.» und Hansen konnte sich einen kleinen, verlegenen Seufzer nicht verkneifen. Auch Jolka stimmte einen Seufzer an, den er aber nicht komplett ausspielen konnte, weil Hansen das Gespräch neu befeuerte.

«Woher weißt du eigentlich, dass meine Frau tot ist?»

«Das spricht sich halt rum. Und du bist ja nicht gerade ein Unbekannter in dieser Stadt.»

«Das ist war. Obwohl ich mich eigentlich wenig unter die Leute begeben habe.»

«Aber du warst mal der Friedhofsgärtner. Hast du schon mal nachgerechnet wie vielen Leuten du das Grab schön gemacht hast. Ganze Generationen hast du begraben.»

Hansen hielt kurz inne und versuchte sich an seine Arbeit zu erinnern. Schließlich stellte er fest, dass Jolka Recht hatte. Seitdem er als Friedhofsgärtner angefangen hatte zu arbeiten, mussten es hunderte, oder tausende Menschen gewesen sein für die er die Löcher gegraben hatte. Und noch niemals hatte Hansen mit jemand darüber gesprochen. Nicht aus dem Grund, dass ihn die Seelen der Toten jede Nacht heimsuchten, weil er ihre Gräber nicht standesgemäß pflegte, sondern schlicht und einfach, es hatte ihn niemand danach gefragt. Und Hansen musste sich selbst gestehen, dass er es nicht für angemessen fand, über den Tod fremder Leute zu reden, so wie sich mancher über den Sex der Leute sein Maul zerriss. Doch nun brach es aus ihm heraus und Hansen konnte es nicht aufhalten. Der Staudamm, der die Erinnerungen in einem Becken zurück hielt, bekam Risse und erste Tropfen erzählten ihre Geschichten.

«Jolka?»

«Was ist Hansen?»

«Meinen ersten Toten, den ich begraben habe, dass war ein Kind. Ich sehe es noch vor mir, ich hab's gesehen, ehe ich es mit Dreck überschüttet habe. Die haben es nicht einmal in einen Sarg gelegt, sondern nur in ein schlotteriges Tuch gewickelt. Nach der ersten Schippe ist das Tuch verrutscht und die leeren Augen glotzten durch den Spalt.

Ich weiß noch, wo das Grab ist. Ich habe es nie weggemacht. Dieser erste Tote ist der Pförtner zu meiner Seele und früher war ich das Kind oft besuchen. Dann ist Martha krank geworden und meine Seele brauchte den Wächter nicht mehr. Mein Kopf hatte ihn entlassen. Aber ich spüre, dass er zurück kommen wird, muss, sonst zerfalle ich. Jolka, ich war selbst noch ein Kind, als ich es begraben habe. Weißt du noch diese Grippe, die so viele dahingerafft hat?»

«Ich weiß wovon du redest. Ich war dabei. Du hast mich nicht bemerkt, aber ich stand nicht weit weg von dir. Du hast meinen Bruder begraben.»

«Ja, deinen Bruder. Der Junge, der mich immer verprügelt hat. Und du warst mein bester Freund.»

«Dann sind wir verschwunden.»

«Du warst weg und ich wollte dir doch sagen, dass ich ein paar Blumen von den Mausoleen der Betuchten gestohlen und sie auf sein Grab gepflanzt habe. Jedes Jahr aufs Neue. Vielleicht können wir mal hingehen?»

«Würde mich freuen, denn ich weiß nicht, wo das Grab ist.»

Die Männer wandten ihre Blicke wieder hinaus zu den Straßenlaternen, wo nicht mehr die Insekten tanzten, sondern Regentropfen. Viele Menschen hassen den Regen. Hansen empfand ihn immer als äußerst heilsam. Alles vermochte er wegzuspülen, sogar das Grau eines Tages. Hansen schaute zu Jolka. An ihm erkannte er wie alt er selbst geworden war. Was hatte das Leben nur dazu gebracht die beiden so lange voneinander zu trennen? Hansen würde keine Antwort mehr vom Leben bekommen und um sich nicht weiter den Kopf zu zerbrechen, stand er auf und fing an Kaffee aufzusetzen. Jolka trommelte im Takt zu einem mexikanischen, folkloristischen Lied mit seinen Fingern auf dem Tisch. In Hansens Kopf spielte wiederum eine andere Musik. Das Banjo war zurückgekehrt. Hansen schaute ungläubig zum Radio, bemerkte aber, dass nur er diese eine Musik hören konnte, weil Jolkas Finger zu einem anderen Takt tanzten. Hansen musste wieder an die junge Frau oder das Nochmädchen denken. Was war aus ihr geworden? Und warum schlich sich ihre Musik immer noch in seinen Kopf hinein? Es war ein merkwürdiger Donnerstag stellte Hansen fest, während er das Eintropfen des Kaffees in die Kanne beobachtete. Aus dem Radio schrie plötzlich eine Moderatorin den Zuhörern die Wettervorhersage zu und wurde schließlich ziemlich ungalant von ihren Kollegen mit einem eintönigen Umda-Umda-Lied aus dem Programm geschubst. Jolka spielte am Senderegler des Radios herum und Hansen überlegte, ob er sich dagegen wehren sollte. Letztendlich entschied sich Hansen für den Verzicht auf sein Hoheitsrecht und ließ Jolkas Spielerei durchgehen. Er öffnete den Hängeschrank vor sich, holte zwei Kaffeepötte heraus und füllte Kaffee hinein.

«Milch? Zucker? Schwarz?», fragte er Jolka, der leicht zusammenzuckte, wie ein Kind, das sich in seinem Spiel verloren hatte.

«Äh, was?»

«Wie du deinen Kaffee möchtest?», erkundigte sich Hansen geduldig.

«Schwarz, mit einem Löffel Zucker, bitte.»

«Gut, kommt sofort.»

Und Hansen löffelte in eine Tasse etwas Zucker, während er in seine nur einen Schluck Sahne goss. Dann balancierte er die etwas zu vollen Tassen erfolgreich zum Tisch, doch beim Abstellen warfen sich kleine Wellen über die Ränder und fielen an ihnen hinab. Jolka sprang auf, ging zur Spüle und holte einen Lappen. Dann eilte er ungestüm zurück, stieß dabei ungeschickt an den Tisch und weitere Wellen schwappten aus den Pötten. Hansen verdrehte unbemerkt seine Augen, was natürlich nichts half. Er nahm zwei Untersetzer vom Fensterbrett und wartete darauf bis Jolka die Tassen abgewischt hatte. Dann legte Hansen sie auf den Tisch und Jolka stellte die Tassen auf ihnen ab, um sich sogleich auch den Kaffeeflecken auf dem Tisch zu widmen. Hansen setzte sich und ihm fiel die Post des Tages, die noch immer auf der Heizung lag, in die Augen. Er fischte die zwei Briefe herunter und legte sie vor sich ab. Beide verrieten ihre Herkunft bereits durch ihr Äußeres. Der cremefarbene Brief mit einem Bild von Victoria und Gerd war die Einladung zur Hochzeit, der andere eindeutig amtlich.

Hansen schaute sich das Paar, das freundlich durch einen herzförmigen Buchsbaumkranz lächelte, genauer an. Und je mehr er seinen Blick drauf drückte, umso verschwommener wurden die Gesichter. An ihre Stelle quollen zäh zwei andere Mienen und Hansen konnte Martha und sich entziffern.

Jolka klingelte Hansen aus seiner Lethargie, denn er hatte sich während Hansens Abwesenheit einen Löffel besorgt und rührte nun den Extrazucker, den er sich genehmigt hatte unter seinen Kaffee.

Hansen sah auf und in ihm schwamm Frustration einher gehend mit dem Gefühl, dass er gern wieder allein in seiner Küche sitzen wollte, durch die Nieren. Sie begannen ihn darauf aufmerksam zu machen, indem sie anfingen ihm leichte Stiche zu versetzen. Kurz versuchte Hansen seinen Gram mit einem großen Schluck Kaffee herunter zu spülen. Da der Kaffee aber bereits an seinen Lippen seine Hitze verbreitete, musste Hansen darauf verzichten und versuchte sich mit dem Öffnen der Einladung abzulenken. Jolka spielte mit dem Löffel in seiner Tasse und schuf Wirbelstürme im Kaffeebecher.

Als Hansen die Einladung öffnete, achtete er peinlich darauf, dass er Victoria und Gerd nicht auseinander riss. Er wollte jede Schicksalsbeeinflussung auslassen, um nicht sein Leben lang Schuldgefühle mit sich herum schleppen zu müssen. Auf der Einladungskarte strahlten ihm Victoria und Gerd, angelehnt an einen alten knochigen Baum, entgegen und über allem stand Einladung zur Hochzeit von Victoria und Gerd in silberner Schrift. Hansen klappte die Karte auf und entnahm ihr alle wichtigen Informationen zur Hochzeit. Wichtig war nur, wann und wo, und Hansen überlegte, was? Was sollte er anziehen und was sollte er den beiden schenken?

«Wirklich gut dieser Kuchen, Hansen, wirklich gut.», fielen Jolkas Worte in Hansens Welt und einige Krümel aus seinem Mund. Hansen schaute zu Jolka, der den Restkuchen im Kühlschrank entdeckt haben musste und sich, vielleicht aus eigenem Frust über die ständige Abwesenheit seines Freundes, über diesen hermachte. Hansen nahm das letzte Stück des altbackenen Kuchens, den seine Kinder mitgebracht hatten und dachte schlagartig an Pfeffi.

Pfeffi konnte wirklichen Spitzenkuchen backen. Manchmal hatte er beiden etwas Kuchen zum Angeltag mitgebracht, den sie in den vielen Wartezeiten genüsslich verspeisten. Waren das nicht die Fähigkeiten, die man an einem Menschen am meisten schätzen musste? Hansen wusste auch nicht. Irgendwie schien es ihm immer noch nicht gelungen zu sein, eine gewisse Altersweisheit bei sich zu entdecken. Nichts an dem Wissen was er in sich verspürte, würde einem Test auf Wahrheit lange genug Stand halten. Ständig änderte sich das Wissen, aber einen Kuchen zu backen und dabei immer und immer wieder die gleiche Qualität abzuliefern, dass war ganz nah an der Wahrheit.

Hansen stellte die Einladungskarte aufs Fensterbrett, um sie nicht aus dem Blick, ergo aus dem Gedächtnis zu verlieren. Nochmals schaute er die glücklichen Gesichter an und widmete sich schließlich dem Amtsbrief. Es war der Beerdigungsbescheid seiner Frau. Man teilte Hansen ausführlich alle Ursachen und sich daraus ergebenden Wirkungen mit. Des Weiteren informierte man ihn über Ort und Zeit der Zeremonie.

Schon morgen, dachte Hansen und gleich im Anschluss, die Woche war aber schnell vergangen. Hansen faltete das Blatt zusammen und legte es neben die Einladung. Er schaute heimlich auf Jolkas Armbanduhr. Es war fast acht. Jolka zupfte nervös an seinen Sachen herum und Hansen spürte, dass er sich wenig mit ihm abgegeben hatte. Es war ihm unangenehm. Doch Jolka hatte ein Einsehen, müde stand er auf und verabschiedete sich. Er lief voraus, ohne dass ihm Hansen folgte. Ein paar Sekunden später fiel die Haustür ins Schloss und Hansen beobachtete wie Jolka ohne einen Blick zurück aus dem Lichtkegel der Laterne vor seinem Grundstück verschwand und in seine eigene Lethargie zurücktrottete.

Etwas beschwipst von der Situation lehnte sich Hansen zurück, faltete seine Hände ineinander und legte sie auf seinem Kopf ab. Er versuchte sich den Rest des Tages zu ordnen.

Einige Fragen standen noch im Raum, zur Beerdigung, zur Hochzeit, zum Grab des Kindes, zu Jolka, und plötzlich auch zu seinem Testament. Hansen war plötzlich so verärgert über sich, dass er sich von seinen Kindern hatte überrumpeln lassen, dass er am liebsten etwas durch den Raum geschmissen hätte. Aber was brachte das? Hansen versuchte sich zu beruhigen und atmete tief ein und aus, tief ein und aus, und eine Idee schwirrte herbei, die einen Hauch von Ordnung in Hansens Kopf mitbrachte.

Hansen nahm das Infoblatt des Anglervereins, warf einen kurzen Blick darauf, schüttelte seinen Kopf und degradierte es zu einem Notizzettel. Auf dem Küchentisch lag immer noch der Stift und Hansen schrieb sich wichtige Erledigungen für den nächsten Tag auf.

1. *6 Uhr aufstehen*

2. *Erbe verringern/vererben*

3. *Kindgrab besuchen*

4. *Beerdigung*

Dann brachte Hansen das Geschirr zur Spüle, schaltete das Radio aus, nahm den Notizzettel, steckte ihn in die Hosentasche und bemerkte, dass seine Hosen nass waren. Er versetzte die Küche ins Dunkel und schlurfte ins Badezimmer. Das Licht der

Straßenlaternen spendete genügend Helligkeit, damit Hansen sein Fauxpas beseitigen konnte.

Die Schmutzwäsche legte er in die Waschmaschine, bereitete sie vor und programmierte die Startzeit auf 3 Uhr nachts. Schließlich ließ er etwas warmes Wasser ins Waschbecken, spritzte Flüssigseife hinzu, die das Wasser zum Schäumen brachte, nahm einen Waschlappen aus dem Badschrank, warf ihn ins Wasser und schaute ihm dabei zu wie er vom Wasser hinab gesogen wurde.

Eingewickelt in einem Handtuch ging Hansen frisch gewaschen ins Schlafzimmer. Er zog sich einen Schlafanzug an und drehte die Heizung auf, so dass der Zeiger des Thermostats zwischen 2 und 3 stand. Die Heizung begann leise zu rauschen, während Hansen in seinem Schrank nach einem passenden Anzug für die Beerdigung suchte. Er brauchte nicht allzu lang dafür, denn innerlich hatte er schon vor einer Woche gewusst, auf welchen er zurückgreifen wollte. Natürlich fiel seine Wahl auf seinen Hochzeitsanzug. Hansen nahm ihn aus dem Schrank und hielt ihn sich vor seinen Körper. Wird schon noch passen, dachte Hansen und verließ sich auf sein gut entwickeltes Augenmaß. Er hängte den Anzug an eine Schranktür und holte aus seiner Sockenschublade eine kleine Bürste. Kurz putzte sich Hansen damit über seine Hand, bevor er sich seinem Anzug widmete.

Der Staub rieselte zu Boden, wo er aber kaum zu sehen war und Hansen musterte seine Arbeit. Wer weiß, was das Wetter morgen macht, grübelte Hansen und beließ es vorerst dabei den Anzug weiter abzubürsten. Immer mehr drängte sich die Müdigkeit in seinen Körper und Hansen ließ sich gern von diesem vollen Tag ins Bett bringen. Was gab es besseres, als einen Schlaf nach einem kompletten Tag. Morgen käme es mit hoher Wahrscheinlichkeit anders, so wie immer. Hansen stellte seinen Wecker auf 6 Uhr, kuschelte sich in sein Bett, schaute noch kurz den wandernden Lichtstrahlen an der Zimmerdecke zu, die vorbei fahrende Autos entsandten, bevor er friedlich einschlief und viel zu müde war, um das spielende Banjo in seinem Garten hören zu können.

Tag 7, Freitag, Niemand stirbt auf einem Friedhof, außer er wohnt dort

Hansen ging bereits morgens halb sieben zum Geldautomaten der Sparkasse. Wenigstens das Girokonto wollte er noch leer räumen, ehe sich seine Kinder darüber hermachten. Wie gesagt, Hansen liebte seine Kinder, da er aber wusste, dass er ab morgen entmündigt war, wollte er hier und da ein bisschen Erbmasse unter die Leute bringen, die er auch irgendwie liebte.

Der Automat bestätigte Hansen seine Vermutung, dass sich so um die sechstausend Euro auf seinem Girokonto befanden. Was Geld anging, hatte Hansen immer alles im geistlichen Überblick gehabt. Und da er wenig ausgab, musste er auch wenig rechnen. Nach und nach leerte er das Konto bis nur noch ein Wert von drei symbolischen Euro auf der Habenseite stand. Ein Eis für jedes Kind, dachte Hansen schelmisch, während er die Scheine in die Jacke seines Regenmantels packte. Nun brauchte Hansen nur noch einen Ort, wo er die Scheine in die Briefumschläge stecken konnte, die er vorsorglich Zuhause eingepackt hatte. Nach einigem Grübeln fiel ihm die Kirche ein. Hansen machte sich auf den Weg und da sich das Kirchenhaus nur wenige Minuten entfernt von der Sparkasse befand, konnte er somit auch dem immer wieder aufflammenden Regen entgehen.

Die Kirchentür war offen und Hansen trat ein. Die Kirche hatte bessere Tage und reuigere Sünder erlebt. Es herrschte in ihrem Inneren der langsame Zerfall, den die wandernde Pfarrerin nicht mehr aufhalten konnte, auch wenn hier und da Unzufriedenheit herrschte, würde es die greise Kirche nicht mehr retten können. Wille und Glaube der Menschen wurden nicht mehr in die Kirchen getragen, sondern in den Schoß von geschürten Ängsten gelegt.

Hansen suchte sich einen Platz in den Sitzbänken. Als er sich setzte, knarrte das Holz verdrossen und beruhigte sich nur zögernd, was die Stille des Raumes beeindruckte, aber gerade dadurch vergaß Hansen für wenige Augenblicke was er sich eigentlich vor genommen hatte. Er ließ seinen Blick durch den Kirchenraum fliegen, scheute sich jedoch vor dem Altar und fing sich selbst wieder ein, damit er endlich seine Tagesliste weiter abarbeiten konnte.

Hansen nahm das Geld und die Umschläge aus seiner Jackentasche. Er zählte das Geld nochmals durch, verteilte es gleichermaßen in drei Stapel, um jeden einzeln in einen eigenen Briefumschlag zu tun. Er leckte die Falze ab und klebte die Umschläge zu. Dann steckte er sie in seine Jackentasche, legte seine Hände auf die Lehne der Sitzbank vor ihm und zog sich nach oben. Mit sicherem Griff knöpfte er seinen Mantel zu und verließ die Kirche. Der Regen hatte sich etwas beruhigt und dennoch war Hansen froh, dass er Pfeffis Trilby noch nicht zurück gebracht hatte, denn er war ihm ein guter, beschützender Begleiter.

Es war kurz nach sieben. Hansen ging im Kopf die Punkte durch die er ansteuern musste, um die Geldgeschenke zu verteilen. Ullas Haus war am nächsten, dann Victoria und Gerd, dann Pfeffi, anschließend zu Walters Blumenladen und das traurige Ende auf dem Friedhof. Drei Stunden fand er für ausreichend und wahrscheinlich würde er sogar zu früh am Grab seiner Frau stehen. Aber nun war es Zeit, Hansen machte sich auf den Weg zu Ullas Haus. Insgeheim musste er hoffen, dass Ulla noch nicht geflohen war, denn schließlich hatte Hansen sie letzten Mittwoch noch am Parkeingang mit ihrem vollgepackten Auto vorbeirauschen gesehen. Er hoffte einfach.

Hansen kam wenige Minuten später zu Ullas Haus. Aus einem der Fenster fiel etwas Licht. Jemand war da. Doch Hansen musste sicher gehen, dass es Ulla war, die hinter dem beleuchteten Fenster saß. Hansen ging langsam über die Straße und schlich in den Mantel geduckt auf dem Fußweg entlang. Vor Ullas Grundstück konnte Hansen ihr Auto nicht entdecken. War sie nun da, oder nicht? Hansen fasste sich an den Mantel, drückte an die Stelle, wo sich die Geldumschläge befanden und war beruhigt, als er bemerkte, dass sich alles noch an seinem Platz befand. Hansen gab sich mit der Rückseite seiner rechten Hand einen kleinen Klaps auf die Stirn, um sich sein affiges Verzögern auszuschlagen. Forschen Schrittes ging er zur Haustür und klingelte. Durch die Tür hörte Hansen den nachhallenden Klingelton auf den aber nichts folgte. Also betätigte er nochmals den Klingelknopf, nun etwas penetranter.

Als sich daraufhin noch immer nichts in Ullas Haus bewegte, lief Hansen zum beleuchteten Fenster. Er musste sich auf die Zehenspitzen stellen, damit er einen Blick hinein werfen konnte. Da saß Ulla, mehr konnte Hansen nicht sehen, denn seine Kraft ließ es nicht zu, dass er länger in dieser anstrengenden Haltung dastehen konnte. Er streckte seinen Arm aus, klopfte an die Fensterscheibe und hörte solange nicht auf, bis Ulla endlich das Fenster öffnete und ihm völlig verbränt und verrotzt entgegen glotzte.

«Ulla. Was ist denn los? Komm mach mal auf.», forderte Hansen und lief im Sprechen schon zur Haustür zurück.

Hansen saß Ulla gegenüber, die einen neuen Heulanfall bekam. Schluchzend versuchte sie immer wieder Hansen ihre Situation zu erklären, doch alles wurde stets durch Ullas Elendsgefühl erstickt. Und Hansen? Er wusste einfach nicht, was er machen sollte. Am besten ließ er Ulla erstmal ihr Recht auf inneres Chaos gewähren. Er kümmerte sich um seine regennassen Sachen und brachte sie zur Garderobe. Hansen schaute sich ein bisschen in Ullas Haus um. Es war fast leer geräumt. Hier und da standen verstreut kleine Möbel und Kisten, auch ein paar Blumentöpfe standen noch auf den Fensterbrettern. Die Küche war der einzige Raum, der komplett leer geräumt war. Und so musste Hansen eine andere Lösung, als einen Beruhigungstee für Ulla zu kochen, finden, denn die erste Option, um sie aus ihrem Krampf zu holen, war dahin.

Hansen schaute durch die leeren Fenster hinaus, wo der Regen erneut wild umhertanzte. Was sollte er bloß mit Ulla anfangen? Vor einigen Tagen war sie noch so voller Enthusiasmus, und jetzt? Nichts mehr übrig.

Hansen wurde selbst traurig und er begriff, dass er nicht viel Zeit für eine Lösung von Ullas Problem hatte, von dem er nicht einmal wusste, worin dies eigentlich bestand. Die Zeit setzte sich ihm in den Nacken und schlich sich langsam in seinen Kopf. Er durfte die Beerdigung nicht aus den Augen verlieren. Schon viel zu lange saß er bei Ulla fest. Es wurde Zeit, dass er ging.

Plötzlich stand sie hinter ihm, griff Hansen von hinten um den Körper und drückte sich fest an ihn heran. Hansen erschrak vor Ullas körperlicher Intimität und er hatte das Gefühl, dass er seine Frau betrog. Rasch löste sich Hansen aus diesem erschreckend, angenehmen Frauenkokon und drehte sich um. Ulla sah furchtbar aus. Doch Hansen trieb nun sein eigentliches Vorhaben voran.

«Ich wollte dir nur etwas bringen. Warte kurz.», und Hansen lief zur Garderobe, holte einen Umschlag aus der Mantelinnentasche heraus, klemmte ihn sich zwischen die Lippen, zog Mantel und Schuhe an, setzte den Trilby auf, kehrte zu Ulla zurück und legte ihr den Umschlag in die Hände.

«Nimm es, vielleicht hilft es dir. Ich muss weiter.», und schon verschwand Hansen.

Als Hansen auf der sicheren, anderen Straßenseite stand, blickte er ein allerletztes Mal zurück. Ulla stand am beleuchteten Fenster und lachte. Sie winkte ihm mit einem Geldfächer zu, Hansen nickte und machte sich auf den Weg zu Victoria und Gerd. Hansen war enttäuscht von Ullas Problem, weil es anscheinend nur ein finanzielles war, obwohl sie ihm erklärt hatte, dass bei ihr geldmäßig alles traumhaft sei. Andererseits konnte er ihr so wenigstens am schnellsten helfen. Gegen Ullas mögliche Einsamkeit hätte er wohl nichts ausrichten können. Und Hansen spürte urplötzlich wie sehr ihm die Körperlichkeit in seinem Leben fehlte. Ihr fiel es immer schwerer im gleichen, sicheren Tritt wie der seines Geistes zu marschieren.

Hansen hatte sich viel mehr von dem Besuch bei Ulla erhofft. Klar, das Geld war angekommen. Fakt war aber auch, dass Hansen zu weit gegangen war, denn eigentlich wollte er den Briefumschlag einfach in den Briefkasten werfen und verschwinden. Doch was wäre gewesen, wenn Ulla bereits nicht mehr da gewesen wäre? Ja, was dann?

Hansen setzte den Hut ab und ließ sich vom Regen einfangen. Der kalte Schmerz, den die Tropfen brachten, ließen Hansen ein wenig aus dem angestrengten Geist fallen. In zwanzig Minuten würde er bei Victoria und Gerd ankommen. Und er mochte noch nicht daran denken, was wohl dort auf ihn wartete.

Langsam drückte sich Pfützenwasser in Hansens Schuh und an den Schultern bemerkte Hansen wie sich auch dort immer mehr Feuchtigkeit an seine Haut heran sog. Er lief etwas schneller. Unter seinen Sohlen spritze das Wasser zu allen Seiten weg und schlug aufgeregt Wellen. Die Gullys schluckten unaufhörlich den heran gespülten Dreck der kleinen Stadt und schienen es leid zu sein. Hansen konnte sich nicht um die Belange der toten Dinge kümmern. Er begann zu rennen, denn mit der Feuchte kam auch die Kälte.

Als Hansen aufblickte, um sich zu orientieren, sah er, dass es nicht mehr weit bis zur Neubausiedlung, wo Victoria und Gerd wohnten, war. Noch einmal links und schon kamen ihm die Häuser entgegen. Die beiden wohnten in einem der neuen Mehrfamilienhäuser, in einer modernen Dreiraumwohnung mit Ausblick auf die anderen Baustellen, der irgendwann zugemauert sein würde, dachte Hansen. Aber was kümmerte ihn das? Der Mensch lebt nach seinem Charakter.

Hansen stand wieder vor einer Entscheidung. Klingeln oder einfach den Umschlag in den Brief-

kasten werfen? Er versuchte die Uhrzeit abzuschät-
zen, um nicht zu spät zu kommen. Vielleicht war es
kurz nach acht, überschlug Hansen kurz seine Be-
rechnung und erinnerte sich daran, dass er auch
noch zu Pfeffi musste. Wofür er mindestens eine
weitere halbe Stunde brauchen würde. Also warf
Hansen den Umschlag einfach in den Briefkasten
und machte sich auf den Weg zu Pfeffi. Hinter ihm
warf der Regen seinen Umhang zu, und so blieb es
Gerd, der glaubte etwas an der Tür gehört zu haben,
verborgen, wer ihnen dieses großzügige Geschenk
gemacht hatte. Denn als er prüfend aus dem Fenster
schaute, war Hansen schon längst vom Regen ver-
deckt gewesen.

Hansen fror und auch wenn er Regen liebte, kam
er ihm gerade nicht gelegen. Er war völlig durchnässt und als Hansen nach dem letzten Umschlag
schaute, bemerkte er, wie bereits das Wasser an ihm
nippte. Hansen machte sich keine falschen Vorstellungen. Bis zu Pfeffi würde er es nicht mehr schaffen. Er bog statt nach rechts, nach links ab und eilte
nach Hause. Auch sein Zeitgefühl machte ihm Sorgen. Er hatte es irgendwo verloren und somit ver-
flog gleichermaßen jegliche, zeitliche Orientierung.
Wenigstens umzuziehen wollte er sich noch und
dann rechtzeitig am Friedhof sein, dass war von seinem Plan übrig geblieben. Nicht einmal Blumen hatte Hansen besorgen können. Und der Besuch des
Grabes von Jolkas Bruder fiel wohl ebenfalls seiner
Langsamkeit zum Opfer. Also rannte er wieder, obwohl sein Körper immer schwerer wurde.

Hansen öffnete hastig die Haustür, stürmte zum Telefon und rief die Zeitansage an. Halb zehn. Hansen lief ins Badezimmer zog sich die nasse, zähe Kleidung vom Leib und rieb seine kalte, feuchte Haut und die Haare mit einem Handtuch ab. Gleichzeitig sprühte er sich etwas Parfüm an die Kehle, kämmte seine Haare nach hinten, und putzte sich die Zähne.

Äußerlich etwas Instand gesetzt lief Hansen nochmals zum Telefon und bestellte sich ein Taxi. In der Wartezeit schlüpfte er in seinen dunklen Hochzeitsanzug und ging zur Garderobe, um sich seine schwarzen Lederschuhe an die Füße zu ziehen. Als er die zweite Schleife fest gezogen hatte, hupte draußen ein Fahrzeug. Hansen nahm das Schlüsselbund und seine Geldbörse und verließ erneut sein Haus. Er schloss hinter sich ab und gab dem Schatten des Taxifahrers ein Zeichen. Dann fiel ihm jedoch der Umschlag für Pfeffi ein. Hansen hielt inne und entschied sich dafür den Umschlag zu holen. Er dachte an die Zeit, aber Hansen wusste, dass man ihm, einem alten Mann verzeihen würde, dass er ausgerechnet am Tag der Beerdigung der eigenen Frau zu spät kam. Manche Menschen kamen nie zu manchen Beerdigungen.

Hansen steckte den Umschlag rasch in eine Tasche seines Jacketts und spurtete zum Taxi. Er öffnete die Tür, ließ sich auf die Rückbank fallen und rief dem Taxifahrer von hinten, etwas überlaut, um die Ohren, «Zum Friedhof, bitte.»

«Wird gemacht.», antwortete Pfeffi, der sich mit einem breiten Grinsen versuchte zu Hansen umzudrehen, was ihm aber aufgrund seines fettstarrigen Halses nicht gelang und er daraufhin wenigstens im Rückspiegel Hansens beeindruckte Augen einfangen wollte.

«Ist nicht mehr viel Zeit, Hansen. Aber wir zwei schaffen das schon. Leg mal den Gurt an.»

Hansen gehorchte und band sich den Gurt um seinen schmalen Leib.

Für ein Gespräch war der Anlass ihres Wiedersehens zu ernst und es fehlte ihnen schlichtweg die Zeit, denn nach knapp vier Minuten, hielt Pfeffi das Taxi am Eingang zum Friedhof an. Er schaltete den Motor ab und versuchte sich aus dem Auto zu schälen. Und obwohl er sich sichtbar Mühe gab schneller als Hansen zu sein, schaffte er es nicht. Hansen hatte auch nicht viel Zeit. Er las vom Taxameter seine zu zahlende Gebühr ab und legte sie zu dem Geld im Umschlag, den er einfach auf den Beifahrersitz warf. Das Taxi wankte unter Pfeffis Bemühungen rasch auszusteigen. Was Hansen einfach übersah und ihm nur zurief, «Bis später, Pfeffi.»

«Warte Hansen, ich hab noch Blumen für deine Frau!», keuchte Pfeffi ihm hinterher, der es endlich aus dem Auto geschafft hatte und mit einem bunten Blumenstrauß Hansen zuwinkte.

Doch Hansen drehte sich nicht mehr um. Er eilte auf den Friedhof, wo er froh war auf die Pfarrerin zu treffen, die sich seiner annahm und ihn zur Grabstelle begleitete.

Wer waren all die Leute? Hansen versuchte sich an die Namen zu erinnern. Zumindest bei den bekannten Gesichtern glückte es ihm, andererseits waren so viele Unbekannte anwesend, dass er sich langsam fragte, wer für diese Ansammlung gesorgt hatte.

Hansen stand direkt neben der Pfarrerin, die sich bemühte eine würdevolle Grabrede zu halten. Hansen dämmerte mehr in den Gedanken, als dass er sich mit diesem Trauerspiel abgab. Ihm fehlten die Tränen, die Emotionen, die Blumen und ringsherum wurde geheult. Seine Kinder rotzten die Taschentücher voll, schluchzten in die Kragen ihrer eigenen Familien hinein, kreischten und jauchzten schmerzverzerrt wie ein Orchester singender Sägen. Nur Hansen blieb still. Ihm war plötzlich nicht ganz wohl. Irgendwie rutschten seine Gedanken in den Sarg seiner Frau hinein. Hansen sah sich auf dem verwesenden Körper seiner Frau liegen und er spürte ihren toten Atem in seiner Nase. Sie roch nicht mehr so, wie Hansen sie in Erinnerung behalten hatte. Würden seine Gedanken an sie nun für immer diesen Geruch tragen? Hansen versuchte sich von ihrem Körper loszudrücken, stieß dabei aber unvermittelt mit dem Rücken gegen den Sargdeckel und konnte den um sich greifenden Armen seiner Frau nicht entkommen. Sie sog ihn in sich hinein und Hansen musste schlagartig an das letzte Mal mit seiner Frau denken. Es lag schon einige Jahre zurück. Obwohl Hansen seine Frau bis zum Tod begehrt hatte, war es unmöglich für beide geworden, sich zu lieben, was nicht nur mit den körperlichen Problemen, sondern vorrangig mit der Geistesgegenwart zu tun hatte. Hansen war darüber einsam geworden und jetzt, da er langsam aus seiner Lethargie erwachte und erkannte, dass er in die Grube gefallen war, hätte er sich am liebsten wieder zu seiner Frau gelegt. Warum konnte er nicht augenblicklich sterben? Dann würde er endlich von dieser Welt verschwinden auf der er gewissermaßen schon nicht mehr existierte.

Einige Gäste halfen Hansen aus der Grube. Seine Kinder nahmen sich seiner an. Sie putzten ihm den Dreck vom Anzug und säuberten ihn mit Spucke und Taschentuch das Gesicht. Ein Schwiegersohn bot ihm einen Schluck aus einem Flachmann an, den er aus der Innentasche seines Mantels herausgezogen hatte. Hansen schwieg und trottete zum Friedhofstor. Die Beerdigung war für ihn gestorben. Er kramte in seiner Tasche nach dem Hausschlüssel, um sich von den Geschehnissen gedanklich zu entfernen. Auf dem Vorplatz des Friedhofs hielt er kurz inne und schaute auf den Schlüssel. Der Autoschlüssel fehlte, schon seit Jahren. Hansen verspürte den unnachgiebigen Drang sich in ein Auto zu setzen und alles hinter sich zu lassen. Er dachte an das menschenleere Haus, an die stete Präsenz des Alleinseins, an das Fehlen jeglicher Zärtlichkeit. Die letzte Woche hatte ihm wieder einmal gezeigt, dass man als alter Mensch, genau wie als Kind bei der Vergabe von Zärtlichkeit komplett ausgespart wurde. Die Erwachsenen kapierten es einfach nicht. Zärtlichkeiten funktionieren auch ohne Geschlechtsverkehr. Hansen verharrte weiter und seine Gedanken webten ein aufwändiges Wurzelwerk, das ihn immer handlungsunfähiger machte. Die Uhr im Torbogen des Friedhofs stand still, so als ob die Wurzeln der Ohnmacht auch in ihr Uhrenwerk gegriffen hatten. Die kleine Stundenglocke schwieg eisern an diesem Tag. Die Beerdigungsgesellschaft machte sich auf den Weg zum Leichenschmaus und da sie sich durch den hinteren Ausgang des Friedhofs schlich, wurde Hansen sich selbst überlassen. Es dröhnte etwas Stummes, Unsichtbares in seinem Kopf. Ein Nichts, wenn jemand Hansen berührt hätte. Doch es kam niemand.

Pfeffi saß gerade in seinem Taxi, als sein Herz beim Anblick des Geldes aufhörte zu schlagen. Jolka vollzog in diesem Augenblick seinen lang geplanten Suizid. Victoria und Gerd hatten Sex in der Badewanne. Ulla lernte am Flughafen eine Leidensgenossin kennen. Die Pornoqueen blies die Erotikmesse ab, weil zu wenige Karten im Vorverkauf unter die Leute gebracht worden waren. Die Bürgermeisterin und der Hallenbesitzer stritten daher über die Kostenverteilung. Heiko fand das Glück in einer Gruppe herumstreunender Tiere. Nur Hansen fiel dieser Augenblick in den Opferstock der Vergessenheit. Welcher Tick konnte ihn zurückholen? Es lag alles in seinem Kopf, nichts in seinen Händen. Der ganze

Körper wartete auf irgendein Signal. Ein Pfeifen, ein Trillern, einen Schlag oder Hieb, einen Schrei, ein Glucksen, ein Niesen oder Husten, nichts regte sich. Säulengleich stand Hansen auf dem Vorplatz des Friedhofs. Menschen und Tiere machten einen Bogen um den Scheintoten. Man konnte denken, dass sich Leben und Tod davor scheuten Hansen bei sich zu behalten oder aufzunehmen. Irgendetwas überzeugte beide nicht von der Notwendigkeit einzuschreiten. Es schien möglich, dass ein Betrachter von außen zur Vermittlung zwischen beiden fähig gewesen wäre. Da sich aber die beiden Parteien partout nicht an einen gemeinsamen Tisch setzen wollten, benötigte es diesem Betrachter nicht. Hansen wurde sich selbst überlassen. Und weil sich weder das Leben noch der Tod um ihn kümmerten, wanden sich auch das Wetter und das ganze Universum von ihm ab. Plötzlich saß Hansen in einem leeren Wartezimmer ohne Türen und Fenster. Es war einfach ein undurchsichtiger Raum mit spürbaren, unsichtbaren Möbeln. Hansen saß auf einem Stuhl, dass verriet ihm der Druck auf seine Pobacken.

Hansen fühlte sich leer, aber durch dieses Gefühl empfand er sich gleichsam zart gefüllt. Die Wände des Wartezimmers bewegten sich, stellte Hansen irgendwann fest, als ein millimetergroßer Fleck zum zigsten Male an seinen Augen vorüber flog. Er verließ seinen Platz, denn das Warten schien ihm nur ein Vorwand dafür zu sein, um bei den Insassen Langeweile zu entfachen, die dafür sorgen konnte, dass der innere Anstoß sie endlich zu einer Entscheidung zwingen würde. Leben oder Tod?

Hansen lief dem winzigen Fleck hinterher, wobei sich der Raum immer wieder änderte wie Hansen unter seinen Füßen bemerkte. Bis der Fleck schließlich seine Flucht beendete und an einer Stelle hängen blieb. Hansen trat ganz nah an den Fleck heran, der sich nun auf dem Boden des Wartezimmers befand. Er kniete sich hin und versuchte ihn wegzupusten. Nichts geschah. Hansen hielt seinen linken Zeigefinger über den Fleck, peilte ihn an und stieß zu.

Der Boden fiel wie ein Puzzle auseinander und Hansen hinein. Sein Sturz endete in den Armen seiner Frau, die nackend auf ihn wartete. Sie war so jung. Hansen so alt. Er begehrte sie. Und alles fühlte sich falsch an. Sie roch nach Leiche. Er roch verbraucht. Wenn das die Möglichkeit für das letzte Mal war, dann fragte sich Hansen, warum nicht auch er in die Haut seiner Jugend zurück schlüpfen konnte?

Ihr Geruch stieß Hansen ab, ihr Körper jedoch zog ihn an. Ihr Gesicht mit dem aufgesetzten Lächeln verabscheute er. Sein Ekel machte ihn wahnsinnig. Die Reaktion seines Körpers auf die Möglichkeit sich mit seiner Frau zu vereinigen, trieb ihm die Tränen in die Augen. Seine Frau übernahm die Initiative, Hansen huschte unters Bett, während es seine Frau mit seinem Körper trieb.

Hansen wachte in seinem Schlafzimmer auf. Er lag in einer trockenen Lache von Körpersäften. Das Fenster blies milde Luft und das Licht der Straßenbeleuchtung in den miefigen Raum hinein. Eine dicke Kerze brannte auf dem Schminktisch und ihre Flammen scheuten vor dem Luftzug. Hansens Füße bemerkten den Tanz der Luft und er zog sie unter die Bettdecke zurück. Seine Knie presste er an die Brust wie ein kleines Seelen angefressenes Kind. Hansen blickte vom Bett aus hinaus in die Dunkelheit. Er lag in einem Baumwollkokon und das Banjo spielte auf. Es war ganz nah. Hansen spürte wie ihn diese hörbare Illusion am Leben hielt und ihm seine Gefühle erwärmte. Er schloss seine Augen, legte sich eine Hand auf den Rücken und tastete seinen Rücken ab. Die Zärtlichkeit dieser Berührungen verstärkte sich, als sich ein anderer Körper hinter ihn legte und sich an seinen presste. Hansen spürte jede Einzelheit des fremden Körpers, und er ließ sich von ihm in eine andere Welt führen. In eine Welt, die außerhalb jedes kleinen Universums lag und Hansen erblühte in dieser ewigen Zärtlichkeit aufs Neue.

Bonus

Das Tränenmännchen

In Trauer und Freude fallen Tränen, dies ist seit ungezählten Jahren so. Und wenn die Tränen ihre reinigenden Bäche über die Wangen der kleinen und großen Menschen ziehen, dann ist es das Tränenmännchen, das an eurer Seite sitzt, so leis und unscheinbar, dass man denkt ein Traum würde neben einem wachen. Es fängt die Tränen der Trauer, aber auch die Tränen der Freude in kleinen, gläsernen Fläschchen. Und wenn die Tränen gesammelt sind, mildert sich die Trauer und vermehrt sich die Freude. Sanft verlässt euch das Tränenmännchen und bringt die Fläschchen in sein kleines Sammelsurium an einen unbekannten Ort.

Hier kann man auch die Tränen der Boshaftigkeit und des Leides finden. Sie sind in große, gläserne Kugeln gepresst und sind als Strafe für Menschen gedacht, die in ihrem Leben nichts als Angst und Schrecken verbreitet haben. Es sind die Tränen ihrer Opfer, die sie geschunden und gepeinigt haben. Das Tränenmännchen sammelt auch diese und wenn ein arglistiger Mensch drei Glaskugeln mit Tränen gefüllt hat, dann ist es an der Zeit ihn zu bestrafen, vielleicht aber auch ihn so von seinem schlechten Charakter zu befreien.

Es ist die Geschichte des Jacomas von Geck, einem Menschen, der von Geburt an ein bösartiges Wesen besaß und allein durch das Eingreifen des Tränenmännchens zu einem besseren Menschen wurde.

Jacomas von Geck hatte schon als Ungeborenes seine Eigenartigkeit angekündigt. Erst sechs Wochen nach dem eigentlichen Tag der Geburt kam er auf die Welt geplumpst. Alle Ärzte die vorher versucht hatten, die Geburt einzuleiten, begruben alle Hoffnungen der Mutter um eine schöne Geburt. So hinterließ Jacomas, zwar noch unschuldig und unwissend, zum ersten Male Tränen des Leides und das Tränenmännchen sammelte sie fleißig, jedoch in großer Sorge.

Die Jahre vergingen und Jacomas füllte seine Tränenkugeln ohne es zu wissen. Er schlug seine Eltern, er nahm sich von allen schönen Dingen den größten Anteil. Er wiegelte kleine Streitereien zu großen Zwistigkeiten auf, um seinen Vorteil daraus zu ziehen. Und kein Mensch schien ihm gewachsen zu sein. Ein jeder hatte Angst vor ihm und das war sein besonderes Glück, so konnte er sein Leben weiter über das der anderen fahren und ihm erging es gut dabei.

Doch schließlich kam der Tag, als Jacomas von Geck seine dritte Tränenkugel gefüllt hatte. Das Tränenmännchen nahm die drei Kugeln und reiste in der Nacht an das Bett des Tunichtguts. Im Schlaf sieht selbst das Böse friedlich aus, dachte das Männlein. Dennoch vollzog das Tränenmännchen die

Strafe. Es legte die Tränenkugeln in die offenen Hände des Jacomas und sprach leise einen Bannspruch:

«So viel böse Tränen hast du zum Leben erweckt, hast zarte Wesen erschreckt. Umher sollst du nun rastlos ziehen und den Tränenkugeln wirst du erst entfliehen, wenn der purpurrote Schlüssel den Weg zu deinen Tränen bahnt.»

Sanft streichelte das Tränenmännchen Jacomas über seine Wangen und es verschwand mit der großen Hoffnung, dass er den Jungen in ferner Zukunft mit einem schöneren Wesen treffen würde.

Am Morgen wachte Jacomas auf und er spürte wie die Kugeln in seinen Händen lagen und unruhig zu rollen begannen. Und so sehr Jacomas sich auch bemühte sie abzuwerfen, es gelang ihm nicht. Die Tränenkugeln wanderten über seinen Körper und er musste ihnen gehorchen. Er wütete und raste vor Wut. Er trat Stühle und Tische mit seinen Beinen um, aber die Tränenkugeln wurde er nicht los. Vielleicht war er hier seiner Erlösung schon sehr nahe, doch der Lauf des Lebens hatte anderes mit ihm vor.

Jacomas lief durch sein einsames Haus geradewegs hinaus auf die Straße bis hin zu seinem Leibarzt, einem allwissenden und gescheiten Mann. Doch in dieser Angelegenheit konnte auch dieser nichts ausrichten. Die Tränenkugeln rollten weiter über den Körper Jacomas und er wusste nichts weiter zu tun als zu laufen. Er lief hinaus aus seiner Stadt direkt in die weite Welt des Unerwarteten.

Doch unverschämtes Glück stand an Jacomas Seite. Alle Menschen, die ihm begegneten, sahen in ihm einen Künstler und so geschmeidig die Trauerkugeln über seinen Körper wanderten, hatte es auch diesen Anschein. Und weil die Leute begannen Jacomas Jubel und Münzen zuzustecken, vergaß Jacomas den wahren Sinn der Trauerkugeln zu erfassen.

Tage und Jahre verstrichen und Jacomas ging als berühmter Künstler in Königsschlössern und Fürstenhäusern ein und aus. Eine große Dienerschaft begleitete ihn und kümmerte sich um die Dinge des Alltags, die er selbst, gebunden an den Bann nicht verrichten konnte. So erging es ihm also noch besser, als es ihm in seiner Jugend schon ergangen war. Er wurde ein liebloser, reicher Herr mit Anwesen und Ansehen.

Währenddessen wiegte sich das Tränenmännchen in Geduld, denn es wusste, dass sich der purpurrote Schlüssel schon auf dem Weg zu Jacomas befand.

Eines Tages, als Jacomas den täglichen Spaziergang durch seinen riesigen Schlosspark tat, stürzte plötzlich eine Frau auf ihn zu. Sie war nicht sehr schicklich gekleidet und ihre Schönheit lag verborgen unter einer Sorgenfratze. Die Frau bettelte Jacomas um eine milde Gabe an, der natürlich nichts dergleichen tat, aber sie auch nicht mit den schlimmsten Worten loswurde. Er war allein und keiner seiner Diener konnte ihn hören. Also musste er sich die Anwesenheit der Frau gefallen lassen. Er versuchte schneller zu gehen, doch die Frau hielt

Schritt. Er beleidigte sie abermals, sie überhörte ihn stur. Er hob seinen Gehstock.

Dann aber passierte es. Das Glück änderte sein Gewand. Jacomas verspürte plötzlich ein unangenehmes Kratzen auf seinem Rücken. Es juckte, es brannte, es war schrecklich. Und da die Frau, der einzige Mensch war, der ihm helfen konnte, ließ Jacomas sich dazu herab sie zu fragen, besser gesagt zu befehlen:

«Mach das Kratzen von meinem Rücken weg und vielleicht gebe ich dir dann etwas.»

«Erst die Münzen, dann die Heilung.», entgegnete ihm die Frau etwas spöttisch.

Und weil das Kratzen langsam in wahre Schmerzen überging, ließ Jacomas es zu, dass sich die Frau ein paar Münzen aus seinem Lederbeutel nahm und sie in ihre Schürze steckte. Dann zupfte sie vorsichtig etwas frisches Moos von einem Baumstamm und drückte es auf den juckenden Rücken des verschrobenen Herren. Das Moos linderte mit seiner Frische den Schmerz und Jacomas entschlüpfte ein erleichtertes „Aah". Es war so etwas wie der Funke, der die Tür zum verborgenen Raum seiner Gefühle öffnete.

Er selbst hatte es weder bemerkt, noch gespürt. Das Tränenmännchen jedoch wusste, dass nun das Leben von Jacomas einen anderen Weg nahm.

Jacomas verlangte, dass die Frau ihn auf sein Schloss begleitete. Irgendwie war es ihm danach sie um sich haben zu müssen. Denn er sah es als äußerst praktisch an, dass jemand mit diesem Wissen um Heil und Gesundheit bei ihm wohnte.

Es gab nur ein Problem, die Frau wollte nicht mit auf sein Schloss. Sie hatte bekommen, was sie wollte. Nämlich genug Geld, um für ein paar Wochen anständig leben zu können. Und als Jacomas ihr auch noch befahl, dass sie ohne Widerrede mitkommen sollte, da spuckte sie ihm ins Gesicht und ließ den schier verdutzt dreinblickenden Herren stehen.

Zum ersten Male wusste Jacomas nicht was er antworten, ja was er tun sollte. Er stand in seinem Park, die Tränenkugeln kullerten munter über seinen Leib und er beobachtete wie die Frau in den Büschen verschwand. Und wenn ihn nicht seine Diener am späten Abend aufgesucht hätten, stünde er vielleicht heute noch, einer Statue gleich, wie eingemauert da.

Die Diener brachten ihren sprachlosen und verwirrten Herren ins Schloss und setzten ihn auf seinen Schlafthron, denn mit den ständig wandernden Tränenkugeln ließ es sich schwerlich in einem richtigen Bett schlafen.

Als der Morgen mit seinen Sonnenstrahlen an die Fenster klopfte, war Jacomas schon lange in seinem Park unterwegs. Er wollte die Frau finden. Sie hatte ihn die ganze Nacht nicht schlafen lassen. So suchte er auf allen Wegen und hinter allen Büschen. Doch allein, er fand sie nicht. Also lief er in das nahe gelegene Städtchen, um da nach ihr zu suchen. An jedem Haus klopfte Jacomas. Er suchte in den Häusern der Reichen und in den Häusern der Armen.

Bis er zu einem alten, leer stehenden Gehöft kam. Die Häuser blickten traurig drein, denn Regen und Wind hatten sie zersaust und gebrechlich gemacht. Nur aus einem winzigen Auge eines kleinen Hauses lugte ein ängstliches Licht. Jacomas ging vorsichtig durch das marode Tor und über den modderigen Hof. Er schlich sich an das Fensterchen heran und blickte zaghaft hinein.

Die Kerze, die im Fenster stand, schaffte kaum die kleine Kammer auszuleuchten. Jacomas sah einen gebeugten Schatten auf einem Stuhl sitzen, der etwas an einem Tisch zu schaffen schien.

Jacomas versuchte so nahe wie möglich an die Scheiben zu rücken. Doch die Tränenkugeln ließen es nicht zu. Und weil er sich auch noch ungeschickt anstellte, geschah es. Er stieß mit seiner Nase gegen das Fenster, das nur spärlich verschlossen war und schon standen die Fensterflügel sperrangelweit nach innen offen. Jacomas erschrak genauso wie der Mensch am Tisch. Der wiederum schneller reagierte, als er und mit einem Gezeter und Geschrei anfing, das Tote wecken konnte.

Jacomas beschwichtigte, die sich im Lichtschein enttarnende Frau. So gut er es mit den Tränenkugeln konnte, versuchte er seine Absichten zu erklären. Misstrauisch, aber auch mit neugierigen Augen hörte die Frau schließlich zu. Jacomas hatte unbemerkt seine Sprache geändert. Sein Befehlston hatte sich in eine zwar stotternde, jedoch ruhige Stimme gewandelt. Und weil er die Frau nun höflich darum bat, dass sie ihn auf sein Schloss begleiten solle, willigte sie ein, denn auf diesem Gehöft hatte sie außer einer gräulichen Zukunft nichts zu erwarten.

So kam es nun, dass beide zum Schloss gingen und das Tränenmännchen blickte mit freudigem Blick auf das, was sich nun zutragen sollte.

Jacomas ließ der Frau zunächst ein Zimmer zurechtmachen und überschüttete sie mit allem Luxus, den er aufzubringen wusste. Die Diener wuselten durch das Schloss, brachten einen vergoldeten Waschzuber, prunkvolle Kleider und deckten eine Tafel mit reichlich Essen und Trinken, das wahrlich für ein riesige Hochzeitsgesellschaft genügt hätte. Jacomas hatte kein Gefühl dafür, was sein Gast wirklich brauchte. Er meinte es gut, aber machte alles falsch. Die Frau nahm gerne ein Bad, aber ohne dass ihr die eigens eingestellten Zofen den Rücken schrubbten. Das konnte sie allein und auch auf die Kleider verzichtete sie. Sie begnügte sich mit einem einfachen Kleid, das eigentlich für die Küchenmädchen war. Und für das maßlose Auffahren von Essen und Trinken fand sie keine Worte. Sie nahm sich ein Stück Brot und Käse, trank etwas kühles Wasser und verließ ihr Zimmer, um Jacomas aufzusuchen.

Als sie die Zimmertür aufschlug, stand der schon davor und rang um Worte. Doch die Frau fand sie zuerst.

«Was soll das ganze hier eigentlich? Warum haben sie mich hierher gebracht?»

Jacomas begann eingeschüchtert zu stottern: «Ich weiß nicht. Irgendetwas will, dass sie hier sind. Ich kann nicht sagen, was es ist, aber mein Herz hat erst jetzt angefangen auch für andere zu schlagen. Ich habe das Gefühl, dass ich es noch erforschen muss wie es funktioniert. Ich habe es noch nie ausprobiert. Anders kann ich es nicht beschreiben. Und sie haben sich auch verändert.»

Das stimmte. Aus der schmutzigen Frau mit zerschlissener Kleidung und windiger Frisur war eine ansehnliche junge Frau geschlüpft. Sie selbst hatte es noch nicht bemerkt, aber als ihr Blick in einen der riesigen Spiegel fiel, die den Flur einkleideten, da erschrak sie ein klein wenig ob ihres Aussehens. Eins, zwei Tränen des Glücks rollten über ihre Wangen und das Tränenmännchen fing sie auf. Und augenblicklich zerrann eine der Tränenkugeln über einen von Jacomas' Armen.

«Sieh, sieh mich an. Eine der Kugeln ist verschwunden. Bitte bleib bei mir. Du tust mir gut.», bat, ja bettelte Jacomas die junge Frau an, die sich immer noch ungläubig im Spiegel besah. Und ohne Jacomas anzusehen, antwortete sie einfach nur: «Sanstriste.»

Jacomas blickte verdutzt und fragte schließlich doch: «Was ist Sanstriste?»

Die junge Frau drehte sich um und lachte nur verschmitzt. «Na, das ist mein Name, ohne Trübsinn. Es ist das einzige, was mein Vater für mich hinterlassen hat, bevor er zu seiner anderen Familie gen Westen zurückgekehrt ist.»

Dann drehte sie sich wieder dem Spiegel zu, warf sich ein Lächeln entgegen und begann durch den weiten Flur zu tanzen.

Jacomas staunte über diese Leichtigkeit der Freude und das fast arglose Lebensgefühl, das Sanstriste ausstrahlte. Er lief ihr mit den zwei übrig gebliebenen Tränenkugeln zaghaft hinterher und er beobachtete einfach nur was sie tat. Sie grüßte die Diener, fragte sie nach ihrem Wohlbefinden und ließ die schweren Fenstervorhänge entfernen, damit das Licht endlich Einlass in das Schloss fand.

So vergingen die Tage und Jacomas lernte von dieser einen kleinen, einst verborgenen Seele das Wissen, wovor ihn sein Charakter immer abgeschnitten hatte. Er erfuhr die Gnade des Mitgefühls. Und sein Herz vertrieb langsam, aber spürbar, den Kopf von seinem Lebenssteuerrad. Die zwei übrig gebliebenen Tränenkugeln blieben dennoch an ihm kleben. Natürlich hoffte er, dass sie verschwinden würden, aber noch hatte Jacomas nicht herausgefunden, warum sie ihn seit so vielen Jahren begleiteten.

An einem Tag, dessen Kleid aus bunten Blättern und lauem Wind genäht war, spazierten beide durch den Schlosspark wie sie es bisher jeden Tag getan hatten. Doch dieser hielt etwas bereit, das Jacomas ein Stück näher an die Erlösung brachte. Sie liefen gerade an dem kleinen Bach entlang, der den Park in zwei Teile zumaß, als ein erbärmliches Wehklagen ihre Ohren durchzog.

Sanstriste und Jacomas suchten nach der Ursache des Klagens und alsbald fanden sie in einem Gebüsch ein Körbchen in dem ein neugeborenes Kind lag. Es schrie um sein Leben und hatte eines gefunden. Für Sanstriste war es sofort klar, dass das Kind bei ihr bleiben musste. Jacomas hatte Angst. Doch Sanstriste half ihm mit ihrer Unbekümmertheit. Sie legte ihm das schreiende Kind einfach in seine Arme. Als es in seinen Armen lag, da hielten die Tränenkugeln inne und Jacomas zitterte. Aber das Kind beruhigte sich, schlief ein und ließ so eine weitere Tränenkugel in ihre Tränen zerrinnen.

«Er braucht einen Namen.», sprach Sanstriste leise.

Jacomas kannte keinen Namen, damit hatte er sich nie beschäftigt, warum auch, er war der Herr, alle anderen waren nichts, und hießen auch so.

Nun störte es ihn aber, dass er dieses Wissen nicht hatte. Überhaupt bemerkte Jacomas wie wenig er wusste.

Er sah zu Sanstriste, «Ich habe keinen Namen für ihn. Ich kenne keine anderen Namen, außer deinen und meinen.»

«Dann finden wir einen.», beruhigte sie ihn und schien zu grübeln. Als Sanstriste endlich eine Idee fand, platzte sie nahezu aus ihr heraus.

«Anneau, ich glaub, der Name passt zu ihm.»

«Was bedeutet Anneau?», fragte Jacomas.

«Ganz einfach, Ring.» und freudig tänzelte Sanstriste durch den Park. Sie schien glücklich zu sein und jetzt ahnte Jacomas wohl, was die Kugeln zu bedeuten hatten. Fortan kümmerte er sich um Anneau und Sanstriste. Auch den Dienern begegnete er von nun an mit mehr Respekt und Anerkennung. Doch die dritte Kugel rollte weiter ihre Bahnen über Jacomas` Körper. Es störte ihn anfangs nicht sehr, aber weil er sich so viel Mühe gab, sein Leben in eine andere Bahn zu lenken, ließ die Enttäuschung nicht lange auf sich warten. Sie grub sich schwer in seinen Kopf und Jacomas wurde von Tag zu Tag betrübter. Er suchte die Einsamkeit und ging des Nachts allein im Park spazieren.

In einer jener Nächte in denen Jacomas keine Ruhe fand und Trost bei einem Spaziergang suchte, verhinderte ein Ereignis sein Vorhaben. Denn kaum das Jacomas das Schloss durch das Portal verlassen hatte und ein paar Schritte gegangen war, gab es einen lauten Knall. Jacomas erschrak, wandte sich um und sah aus einem Fenster riesige Flammen schlagen. Er brauchte nicht lang, um zu erkennen, was zu tun war. Jacomas rannte zurück ins Schloss, direkt zu dem Zimmer, dass das Feuer zu fressen begann. Es war der Raum in welchem Sanstriste und Anneau schliefen. Jacomas trat die Tür ein und brachte die schreiende Frau und das hustende Kind hinaus in den Park. Unterdessen versuchte die Dienerschaft das Schloss zu retten. Doch das Feuer war gierig und so verlor Jacomas sein gesamtes Hab und Gut. Allein dafür hatte er gerade keine Gedanken übrig. Ihn sorgte es um die Gesundheit der zwei Menschen, die sein Herz gerettet hatten und als er bemerkte, dass es ihnen gut ging, brach es aus ihm heraus. Die ersten Tränen seines Lebens fielen in seine Hände und seinen Schoß. Er weinte so sehr, dass sein Körper zitterte und Jacomas wurde kalt. Aber dann legte Sanstriste ihm Anneau in seine Arme und rückte ganz nah an ihn heran. Wärme strömte nun durch ihn hindurch. Und auf seiner Schulter zerfiel die letzte Tränenkugel in die Tropfen der Leiden, die er einst verursacht hatte. Unbemerkt wohnte das Tränenmännchen dieser Szene bei, fing Jacomas Tränen mit seinen kleinen Fläschchen auf und im Anblick dieses Glücks, verlor das Männlein selbst eine Träne. Sie schlug auf die Erde und kurz darauf sprudelte eine kleine Quelle klarsten Wassers an dieser Stelle heraus. Das Tränenmännchen verschwand, es hatte hier sein Werk getan.

Jacomas wusste nun, warum er die Tränenkugeln so lange hatte tragen müssen und er dankte, wem auch immer dafür. Mit den letzten Münzen aus einer eisernen Schatulle, die sie in der Asche des Hauses fanden, kauften Sanstriste und er das alte Gehöft in dem Jacomas Sanstriste einst gefunden hatte. Sie richteten es mit den eigenen Händen zu einem schönen Heim her und bekamen viele Kinder, die ihnen ihr Leben lang große Tränen der Freude bescherten.

Leseprobe aus dem nächsten Buchprojekt
von H.R. Sebastian

Gedichtband «Tagesgedichte»

voraussichtliche Veröffentlichung 2019

Ein Denkandich

Du bist eine versteckte Erinnerung,
etwas,
das ich so geliebt.
Etwas,
das mich übrig ließ.
Du bist ein Brief
mit Tränen statt mit Worten,
Ein Lied,
das nicht mehr singt.
Hab dich geliebt,
verstecktes Denkandich.

Zeitfracht Medien GmbH
Ferdinand-Jühlke-Straße 7
99095 Erfurt, Deutschland
produktsicherheit@kolibri360.de